普天之下・盡是好書

普天 出版家族
Popular Press Family

凌雲 文創
A-Plus Creative Company

深入骨髓的驚悚，直指內心的顫慄！
十四個夜晚，十四個人，十四個詭譎離奇的犯罪推理故事……

十四分之一

One of Fourteen

卷壹｜必須犯規的遊戲

寧航一｜著

推薦序

閱讀快感的極致體現

●南派三叔

受邀爲寧航一的作品寫一篇推薦序，我深感榮幸。

老實說，作爲一個相同類型的文字工作者，在長期的高強度創作下，我早已經忘記了全身心投入到文字情節中的樂趣。所以翻開《十四分之一》之前，我對自己還有一份擔憂：我的職業病會不會影響了我的判斷，不能公正地來評價這本小說？

現在看來，我顯然是多慮了，因爲這本小說，確實讓我重拾了閱讀的快感，忘記了自己也是懸疑小說的創作者，忘記了推敲別人的結構和文字，眞正如當年剛開始寫作時一樣，作爲一個單純的讀者，在懸念和驚悚中痛快淋漓了一把。

多年來，已經很少有一本懸疑小說，能夠如此地吸引我。通過對故事情節的把握，和對懸念的那種令人驚艷的理解運用，我可以毫無疑問地斷言，寧航一是一個非常擅長講故事，非常擅長駕馭讀者的心理，而且有十足想像力的人。整個閱讀過程中，我猶如進入了迷宮之中，摸不到一點頭緒，同時也很沒出息的、快樂又忐忑不安的，等待著最後一頁揭示的謎題。

如果世界上所有的小說，都能給讀者帶來這樣的閱讀樂趣，出版公司何愁找不到暢銷書？何愁書賣不出去？

我從來不會刻意約束自己的言詞，但是如此的溢美之詞，也不曾對很多人說過。熟悉我的朋友都知道，同樣的讚揚，先前我只給過另外一個人，就是香港的奇人倪匡先生。由此可知，我對《十四分之一》的評價。

現在的中國，正處於一個全民寫作、靈感過剩的年代，在巨大的利益與暢銷神話的策動下，大量浮誇的、標榜想像力卻弱化了故事結構的作品陸續上浮，已經很少能找到願意認眞在故事結構上下功夫的作者了。而這本《十四分之一》，卻恰恰好體現了寧航一對於故事本身的那種純粹追求。不使用譁衆取寵的噱頭，就能牢牢地吸引住讀者，這才是眞正的小說家應該追求的能力。

因爲這是一本懸疑小說，我在這裡不便過多地透露其中精彩的懸念和情節，以免破壞大家閱讀時的樂趣。所以此序非彼序，只講我的喜愛，不談我喜愛的實質。

好了，看完我的廢話，翻過這一頁，拉上窗簾，請進入故事裡，坐上專門留給你的那個席位，不許尖叫哦。

十四分之一

Contents

【推薦序】閱讀快感的極致體現 ‧南派三叔

第一天

第一天晚上的故事：怪病侵襲

序章 突發事件／057

01 封閉狀態／067

02 怪異的兩個人／079

03 恐怖的猜想／085

04 男孩的秘密／091

05 怪叫／097

06 駭人的新聞／105

07 表決／115
08 斷電／123
09 第一個死者／129
10 猜疑／135
11 老婦人的秘密／141
12 怪物襲擊／153
13 暗夜腳步聲／161
14 第二個死者／165
15 三聲槍響／171
16 驚人的請求／181
17 又一個死者／191

十四分之一

Contents

18 誰是兇手？／195

19 門外的世界／203

20 真相／209

尾聲 超市裡的男孩／229

第一個故事之後

第二天

第二天晚上的故事：鬼影疑雲

01 出院／251

02 異樣感／263

03 幻象／271

04 舊相簿／279

05 醫生的秘密／287
06 又見鬼影／291
07 懷疑／297
08 老同學／303
09 房子的隱情／309
10 疑竇叢生／315
11 令人震驚的消息／325
12 紀念日／335
13 八年前／343
14 恐怖的「那一天」／351
15 錯亂的復仇／363

十四分之一

Contents

16 殘酷的真相／373
第二個故事之後
第三天
第三天晚上的故事：謎夢
序篇／401
01 被惡夢纏身的學生／403
02 凌晨四點十六分／409
03 另一個學生／417
04 凌晨四點十七分／421
05 預感／431
06 凌晨四點十八分／435

07 初入夢境／441
08 惡夢中的隱密／447
09 保命的方法／453
尾聲／457

第三個故事之後

第四天

第一天

01

這起恐怖事件的開頭，平淡得就像一篇小學生的流水帳作文。

南天是一個單身的自由作家，早上按自己的生理時鐘起床，洗漱、吃早餐，在電腦前敲字敲到中午十二點，然後出門，到附近的一家小餐館吃午餐。吃完回家睡午覺，下午三點起來，玩電腦遊戲。晚飯叫的是外賣，吃完後繼續敲字直到夜裡十一點半，之後躺在沙發上看電視。電視節目十分乏味，他不一會兒就睡著了。

詭異的狀況，發生在他睡著之後。

更準確地說，是他睡醒之後。

南天迷迷糊糊地揉著眼睛，等到看清周圍的景象，愣了足足半分鐘。

我還在夢裡？這是他的第一反應。

不對，觸感是真實的。捏了自己的手臂一把，疼。

他瞠目結舌地環顧自己身處的這個狹小而陌生的房間——大概只有兩坪大，斜前方是一扇關著的木門。沒有窗戶，頂上是一盞日光燈。一張小床、一張布沙發，角落裡有一個抽水馬桶。除此之外，再無其他。

南天倏地從小床上坐起來，驚愕而緊張地思忖著，這是什麼鬼地方？不管怎麼看，他敢百分之百確定，這不是自己溫暖可愛的家。

之前不是躺在客廳的沙發上看電視嗎？

南天想了起來，那電視節目真難看，讓他不知不覺地睡了過去……那麼，現在這是在哪裡？這到底是怎麼回事？

思緒混亂不堪，喉嚨一陣陣發乾，他無法判斷自己遇到了什麼樣的狀況。

這時，門外傳來女人惶恐的呼喊：「這是什麼地方？」

還有別人在這裡！他激動地跳下床來，兩步跨到門前——感謝上帝，門沒上鎖，一拉就開了。

他跨出門，來到走廊上，一眼就看到一個棕色長捲髮、面露驚惶的女人。兩人短暫地對視幾秒，彷彿從對方眼中看到了自己的樣子。

緊接著，南天旁邊房間的門也打開了，一個微胖的中年男人以同樣的詫異表情出現在他們面前。

很快的，走廊上的房門紛紛打開，不止是這一邊，還有隔著好幾米遠的對面走廊也是。每一扇門後都走出來一個人，張著嘴、瞪著眼睛，一副驚愕莫名的神情。

南天定了定神，總算看清楚了所處的環境。這是一個面積約有百坪的空間，分爲上下兩層，下層是大廳，擺放著一圈深棕色皮椅。自己和其他人現在正處在二樓對稱的兩排走廊上。

迅速數了一下，兩排走廊各有七個房間，加起來總共十四間。每個房間都走出來一個人，一共十四個人。

「我們這是在哪裡？」一個身穿白襯衫的男人茫然發問。

「看格局，應該是監獄。」南天隔壁的中年男人緊蹙雙眉。

這句話讓衆人大驚失色，緊張不已。對面走廊的一個短髮女人用不敢置信的語氣道：「我是怎麼到這裡來的？」

無人能夠回答，在場者臉上都寫著相同的疑問。

一個戴帽子的小夥子循著一側的樓梯走下去，來到一樓的大廳，仔細觀察這地方的佈局。其餘人面面相覷了一陣子，也跟著他走下樓去，聚集在大廳裡。

「這裡有扇門。」穿白襯衫的男人走到大廳的一道鐵門前，用力拉了拉，搖頭道：「鎖死了。」

戴帽子的小夥子點著大廳中間圍成一圈的棕色皮椅數了一遍，手托住下巴，道：「有意思，剛好十四把椅子，和我們的人數一樣。」

一名頭髮染成淡茶色的年輕帥哥將雙手插入褲子口袋，「這麼說，這些都是早就安排佈置好了的。」

「到底是怎麼回事？誰安排的？」有人問。

「會不會是電視節目？」一個高個子男人說：「現在有一些真人實境秀節目，喜歡把完全不知情的來賓帶到某處，進行秘密拍攝，最後才告訴來賓，一切其實只是節目罷了。」

「不可能！」一道冷冷的聲音，來自一個面容冷峻的男人，「沒有哪家電視台或者哪個節目製作單位有這麼大的膽子，敢在未經我允許的情況下，把我弄昏，帶到陌生的場所來錄製節目。」

這男人說話的口氣非同一般，似乎來頭不小。所有人都望了過去，南天注視他的臉，覺得有些面熟，好像曾在哪裡見過。

微胖的中年男人也點頭道：「沒錯，這不可能是那種無聊的電視節目。」他抬手看了一下手錶，「現在是四月二十二日上午十點十七分。如果我沒理解錯，各位和我一樣，已經被非法拘禁十二個小時以上了。這絕不可能是整人遊戲或實境節目，完全是不折不扣的犯罪。」

見這人看錶，大家才想起時間問題。一些沒有戴手錶的人立即去摸身上的手機，隨即發出異口同聲的驚呼，「手機不見了！」

「要眞有誰把我們抓到這裡來，還會留下手機給我們報警或求救，那才是怪事呢！」面容冷峻的男人輕哼一聲。

「這麼說，我們是被什麼人秘密地抓過來的？」有著一頭漂亮捲髮的女人捂著嘴，表情駭然，「那人想把我們怎麼樣？」

「我看不止是一個『人』，可能是一個組織。想想看，誰有這麼大的本事，把十多個人一起抓過來？而且，全是在不知情的情況下。」一個男人瞪圓了眼睛，用無比震撼的語氣道。

「有沒有誰知道，自己是怎麼來到這裡的？」淡茶色頭髮的年輕帥哥說：「我的意思是，有人有被綁架或者受到脅迫的印象嗎？」

在場者紛紛搖頭。

「這樣說起來，我們全是莫名其妙地昏迷過去，清醒後就發現自己在樓上的房間裡了？」

南天道：「我在家裡睡著了，然後就來到了這地方。」

「我也是。」戴著閃閃發光鑽石耳墜的短髮女人望了南天一眼，「我跟他的情況一樣，睡著再醒過來，人就在這裡了。」

淡茶色頭髮的年輕帥哥無奈地搖頭，「看來繼續研究這個問題是沒有意義的。不管是怎麼來的，現在的關鍵在於，把我們秘密囚禁在這兒的人，究竟想幹什麼？」

沉默了片刻，戴帽子的小夥子指著圍成一個大圓圈的皮椅道：「也許這些椅子就是答案。」

「什麼意思？」南天問。

「我剛才就說了，我們一共有十四個人，而椅子也有十四把。這肯定不是巧合。」

「你的意思是什麼？抓我們過來的人，難道希望我們在這裡開一場茶話會？」

面容冷峻的男人冷笑道。

戴帽子的小夥子並不覺得好笑，仔細觀察著周圍，篤定地道：「誰曉得呢？從目前的狀況看，大廳裡沒有其他更醒目的東西。這十四張皮椅整齊地擺放成一個圓圈，意思再明顯不過了，那位神秘的幕後主使者，希望我們都坐到椅子上去。」

「說得有道理。」南天想了想，點頭贊同。

大家走近那一圈皮椅，但沒有誰直接坐上去。

短髮女人問：「我們現在該怎麼辦？全坐到椅子上？然後呢？然後又該幹什麼？」

「或許坐下來之後，就會出現下一個『提示』。」穿白襯衫的男人若有所思地說道。

「『提示』？什麼意思？」短髮女人問。

白襯衫男人聳肩，「我不知道，隨口說的。只是覺得如果在小說中，十有八九要出現類似情節。」

「對，我也有同感！」戴帽子的小夥子竟然顯得有些興奮，大步走到一張皮椅旁，準備坐下，「我們就試試看吧。」

「等等！別坐！」捲髮女人突然驚叫，把大夥都嚇了一跳。

身材高大的男人問：「怎麼了？」

衆人的目光都聚集過來，她的臉一下子紅了，窘迫地說：「沒什麼……我只是想提醒你們，小心一點。」

「妳似乎認爲坐到這些椅子上，會觸發不好的事。」短髮女人犀利地提出疑問，「妳爲什麼會這麼認爲？」

捲髮女人咬著下嘴唇，雙眉微蹙，猶豫了片刻才道：「因爲，我以前寫的一篇小說中，出現了這樣的劇情：椅子上藏著機關，坐下去的人……會死。」

這句話讓衆人都吃了一驚，包括南天在內。但，他們吃驚的不是椅子可能藏著機關，是另一件事。

02

「妳說，妳寫的一篇小說？所以……妳是個作家？」南天問。

「對。」捲髮女人點頭，「專門寫推理、懸疑小說。」

「眞是巧了！」南天失聲驚呼，「我也是啊，我也是寫懸疑驚悚小說的。」

話音未落，戴帽子的小夥子也喊起來，「什麼？你們都是寫恐怖懸疑小說的？和我一樣？」

「等等！難道我們都一樣嗎？都是懸疑小說作家？」白襯衫男人瞪大了眼睛。

「沒錯，我也是！」短髮女人叫道。

面容冷峻的男人觀察著他們的反應，轉動幾下眼珠，低聲道：「哼，看來眞是如此。」

戴帽子的小夥子望向他，驀地一拍掌，「啊！難怪我剛才就覺得您面熟，您是大作家荒木舟吧？」

另外十二個人的眼神都透出不加掩飾的驚訝。萬萬沒想到，堪稱華文懸疑小說界領軍人物的著名作家荒木舟，竟會和自己落到相同的處境中，一起經歷這起詭異事件。

荒木舟淡淡地承認，「嗯，那是我的筆名。」

戴帽子的小夥子好像忘了自己處在什麼狀況中，興奮地感歎道：「十四個懸疑小說作家離奇地聚集在一個神秘場所，面臨未知的危險和謎題，實在是太富戲劇性！太有意思了！我們現在的經歷，簡直就是一部最好的懸疑小說！」

聽完這番話，一個看起來只有十多歲的男孩子盯住了他，嘴巴微微張開，似是意識到了些什麼，卻沒有說出來。

荒木舟仍然是那種慢條斯理、冷若冰霜的口吻，「現在不是爲這種事情激動的時候吧？還是商量一下接下來該怎麼辦好。」

「對！這樣看來，我們這些人被聚集在這裡，絕不可能是巧合。既然各位都是推理懸疑小說界的行家，不如一起來分析，這到底是怎麼回事。」穿白襯衫的男人說：「對了，我覺得咱們有必要做個自我介紹，我的筆名是龍馬。」

「啊！龍馬，我知道！」戴帽子的小夥子興奮得直搓手，「我看過你寫的《逃出惡靈島》，很棒！沒想到就是你呀！」

龍馬淺淺地笑了笑，禮貌地道了聲謝，轉向衆人，「大家都分別做個自我介紹，沒意見吧？」

淡茶色頭髮的年輕帥哥正要開口，戴帽子的小夥子又像發現了新大陸一般，搶在他之前道：「啊！我也想起來了，我看過你的專訪——你就是被媒體譽爲『偶像作家』的歌特。」

年輕帥哥捋了一下額前的瀏海，點頭道：「對，是我。」

戴帽子的小夥子顯然是個神經大條的傢伙，在這種人人惶惶不安的時刻，卻有心情繼續搜尋明星作家，「你是白鯨！」他指著一名一身休閒打扮的男子，「新晉的懸疑小天王，我在網路上讀過你的作品。」

筆名白鯨的作家，南天也聽說過，去年才在懸疑小說界嶄露頭角，作品不多，勢頭卻銳不可擋，竄紅的速度令很多前輩咋舌。

白鯨勉強笑著點了點頭，反問戴帽子的小夥子，「那你呢？」

「我就不能跟你們比了。」小夥子不好意思地取下帽子，抓了抓頭，「我沒什麼名氣，甚至沒出過半本實體書，充其量算是個網路寫手，筆名叫北斗。」

高個子男人接著說：「我的筆名叫暗火，也不是什麼名作家。」

一頭漂亮捲髮的女人皺眉道：「我叫紗嘉，嗯，是筆名，一樣不算是名作家。」

短髮女人有著和小女人般的紗嘉截然不同的成熟韻味，「我嘛，筆名叫千秋。」拖長的聲音極具磁性，知性與嫵媚兼具。

後面的人挨個地介紹自己，三十多歲的瘦削男人筆名叫萊克，穿方格子襯衫的白皮膚男人叫尉遲成，微微發胖的中年男人筆名叫夏侯申。還有一個戴眼鏡的男人，看起來有些畏畏縮縮的，名字叫徐文，他說那是真名，他從不用筆名。

等到南天做完自我介紹，就剩下那個十多歲的男孩了。他明顯是這十四個人裡面年齡最小的一個，之前一句話也沒說，見大家都望過來，低聲道：「唔，我的筆名叫克里斯。」

「克里斯？」大夥都怔住了，連荒木舟都抬起頭來，仔細打量這個男孩。

北斗驚訝地張大了嘴，發出幾乎等同尖叫的聲音，「老天！你真的是克里斯？寫出《冥頑世界》的十六歲天才作家？」

男孩靦腆地一笑，「嗯，是我，不過我現在已經十八歲了。」

幾人面面相覷，驚訝之情溢於言表。南天也感到不可思議，之前認爲在場十四個人當中，荒木舟是最大牌的，怎麼也想不到，居然連克里斯都在他們當中！要知道，天才少年作家克里斯在全世界範圍來說，都是個名人。十六歲那年寫成的長篇小說《冥頑世界》甫出版便獲得多項文學大獎，並被迅速翻譯成十多種不同的語言，連續數月高居許多國家的暢銷書排行榜榜首。之後，克里斯轉寫懸疑小說，每一部作品都有數百萬冊的銷售紀錄。據媒體推測，他的智商超過一五〇。不過，這位天才少年作家十分低調，基本不接受任何採訪，不出席任何活動，所以對很多人，包括業內人士來說，都是謎一般的人物。

這樣一號人物，竟然也被拉入了這起詭異事件，別說是性格外露的北斗，就連自認頗沉得住氣的南天都感到心潮澎湃。

同時，更深一層的震驚和恐懼也向他襲來——究竟是什麼樣的神秘力量，能把如此多不簡單的人聚在一起？目的又是什麼呢？

北斗已經難以自持了，面紅耳赤、手舞足蹈地道：「眞是太不可思議了！我昨天晚上還跟朋友在街邊的燒烤攤喝酒，今天醒過來居然就跟克里斯身處一室，世界眞是太奇妙了！」

「你覺得很高興還是怎麼著？」荒木舟瞪著他，「別做這種不知所謂的感慨了，還是想想現在的處境吧！我提醒你，這不是聚會或渡假，而是非法囚禁，並且不確定接下來會發生什麼事——但十有八九，不會是好事！」

北斗吐了吐舌頭，埋下頭不說話了。

「那麼，回到之前的話題吧。」夏侯申說：「我們到底要不要坐到這些椅子上試試？」

尉遲成望了一眼紗嘉，「我認爲這位女士的擔憂是不必的。想想看，我們在這地方昏迷了十多個小時，如果有誰想取我們的性命，早就可以下手了，哪裡用得著採取『椅子機關』這麼麻煩的殺人方式？」

「沒錯，要殺人，沒必要特地把人弄到這裡來殺。」夏侯申說：「可見那傢伙想要的不是我們的命。」

幾人說話的同時，北斗蹲下身去，仔細檢查了一把皮椅，「沒有任何機關，就是普通的椅子。」

筆名叫暗火的男人似乎不耐煩了，「本來就沒有什麼好疑神疑鬼的。」說著，逕直走到一把椅子前，坐了下去，自然地翹起二郎腿。

見沒發生什麼事，其他人都走到一把皮椅跟前，挨著坐下去。

十三個人紛紛落座，唯獨紗嘉站在最後一把椅子前面，手撫胸口，似乎還有些猶豫。

南天恰好坐在旁邊，見她一臉憂慮，心中忽然升起一股想要保護這小女人的衝動，於是拉了一下她的手，站起身來，「別擔心，沒問題的，要不妳坐我這裡吧。」邊說邊起身坐上她面前的椅子，示意不會有任何事發生。

紗嘉微微張嘴，盯著南天看了幾秒，努力擠出一個感激的笑，「謝謝你。」坐到他讓出來的那把椅子上。

終於，十四個人全部落座。

下一秒，空曠的屋內突兀地響起一個響亮的聲音，把所有人都嚇了一大跳。

「歡迎光臨，客人們。」

03

坐在皮椅上的十四個人驚詫地左顧右盼，尋找聲音的來源。北斗率先看出端倪，抬手道：「在那兒！」

循著手指的方向望去，原來屋子的四個角落都安裝著一個小音箱，聲音就是從那裡發出來的。

「抱歉，在未經同意的情況下，把幾位『請』到了這裡來。不管你們現在處於何種心境，憤怒也好，恐懼也罷，都請暫時冷靜下來，聽我說完以下的話，因爲這是關係到性命的大事。」

十四個人屏息靜氣，偌大的空間裡沒有一絲雜音。

「毫無疑問，你們剛才已經有過一些交流了，各位的名字和來歷，就不用我再來一一介紹。我相信你們現在最關心的問題是：我把這麼多人『請』過來，究竟想幹什麼呢？」

「簡單地說吧，我和你們一樣，也是一個懸疑小說創作者。多年來，我一直在思考一個問題：如何才能寫出一部震驚華文出版界乃至整個世界的偉大作品？想了很久，總算找到了答案。是的，你們，就是我的答案。」

圍成一圈的十四個人面面相覷，神情複雜。

「在座的各位，不管知名與否，在我看來，都是最優秀的懸疑小說作家。我把你們請來，是想玩一個『遊戲』。」

「我來簡單說明遊戲規則。首先，請注意大廳東南方向角落，那裡擺著一個小箱子。」

眾人朝主辦人提示的方向望去，果然看到他說的箱子。

「這個箱子裡，裝著十四顆乒乓球，每顆球都寫著一個數字，分別是1到14。一會兒，我希望你們能輪流從箱子裡摸出一顆乒乓球，上面的數字就代表你的『號碼』。確定之後，遊戲就開始了。」

「遊戲內容是這樣的：從拿到號碼『1』的那個人開始，每天晚上七點鐘，每人講一個自己新構思出來的懸疑恐怖故事。講完之後，除了講述者之外的其他人，必須爲那故事打一個分數，以十分爲滿分。打完之後，再由一個人負責統計，算出平均分，代表這個人所講故事的得分。十四天之後，得分最高的人，就是這場遊戲的勝利者。」

「肯定有人會問，贏得這場比賽有什麼好處？我想，各位都是行家，肯定能意識到，你們目前經歷的這件事，實在是絕好的懸疑小說題材。尤其難得的是，它不是虛構的故事，而是各位親身經歷的眞實事件。我相信在場的每一個人都清楚，對於一個懸疑作家來說，這是千載難逢的機會。如果能把這件事情改編成小說，絕對會轟動文壇，創下銷售奇蹟。」

南天在心中暗歎，這傢伙說得一點都沒錯。且不論後面會發生什麼情況，單憑目前的狀況：十四位懸疑小說家，其中還包括了克里斯、荒木舟、白鯨、歌特等名作家在內，被神秘人綁架到一個封閉場所，強制他們在這裡度過近半個月的時間，每晚講一個故事……毫無疑問，光憑介紹，這本書就能勾起無數讀者的興趣和好奇心，篤定要成爲超級暢銷書。

神秘人的聲音將南天從遐想拉回現實，「但是有一點，你們一定也想到了：總不能這麼多人都去寫同一個題材吧？所以，這本未來暢銷書的寫作權，只屬於得分最高的那個人，也就是這場遊戲的最終勝利者。這個人可以將他所經歷的整件事，包括這十四天以來聽到的所有故事，寫成一部書。最後誰能成為幸運兒？對在座的每個人來說，都是一場挑戰。」

「當然，也許有人會說，我不同意，我也不想玩這遊戲，只想回家。對於抱著這種想法的人，我不會強迫你做任何事。可是，我也不能就這樣任你離開，只有萬分遺憾地讓你『出局』了。」

「他說的『出局』是什麼意思？」徐文鼓著一對向外凸出的眼球問坐在他身邊的白鯨，後者搖了搖頭，做了個暫時不要說話的手勢。

「好了，對於遊戲內容，大家都了解了吧？接下來，我還要說明遊戲的規則，這是最重要的部分，請仔細聆聽。」

「首先，關於你們每天晚上要講的那個故事。除了必須是一個精采的懸疑恐怖故事之外，更關鍵的一點是：後面的故事絕不能和前面的故事有任何構思上的相似或劇情上的雷同。萬一出現這種情況，犯規者會被判『出局』，你們千萬要牢記在心。」

講述暫停了幾秒，好像是有意留時間給眾人思索。接著，含混沙啞的聲音繼續道：「另外，告訴你們一件事：這個活動的主辦人，也就是我，現在就跟你們坐在一起。沒錯，我就是十四人當中的一個。」

此話一出，所有人都驚愕地倒抽一口涼氣（顯然有一個人是在演戲），目瞪口呆地望著身邊的人。瞬間，人人都成了嫌疑犯。

主辦者明顯算準了他們的反應，「以後再花時間慢慢猜測我是誰吧。我要你們知道的是，我之所以這樣做，是爲了向餘下的十三個人做最公平的挑戰。自然，我到時也會講一個故事，然後等待評分。但是，我要你們聽清楚，如果最後的勝利者恰好是我……」

聲音驟然停下，大廳裡靜得可怕。

當沙啞的話音再一次響起，全部的人都感到不寒而慄，後背發冷。

「假如結果是那樣，剩下的人，一個也別想活著出去。」

兩名女士驚恐地捂住了嘴，險些發出尖叫。在場的十二個男人雖然沒有做出太誇張的反應，表情也都好看不到哪裡去。

音箱繼續傳出聲音，「所以了，唯一能夠活著離開這裡的方法，就是按我定下的遊戲規則講好你的故事，並公正地爲每個人評分。最後的勝者，不但將獲得整起事件的寫作權，還能掌控所有『未出局者』的性命——打開這扇鐵門的鑰匙，只有獲勝的那個人能夠得到。萬一很不幸的，你們評選出來的獲勝者是我，沒辦法，就只能到地獄裡去後悔了。」

「好了，該交代的我都說了，最後提醒幾點：第一，你們應該看出來了，這地方是用一間小型廢棄監獄改造成的，要想出去，除了打開大門，別無他法，各位不必枉費心機地做各種逃生嘗試。第二，大廳西北方向的那個櫃子裡，有足量的食物和水，只要不浪費，捱過半個月完全不成問題。最後一點，我希望你們能明白——你們的生命掌握在我手裡，最好不要輕舉妄動。我既然能把人神不知鬼不覺地請到這裡來，也就能神不知鬼不覺地取走任何一個人的性命。遊戲從今天晚上開始，各位請好自爲之。」

04

等了好一陣子，音箱沒有再發出聲音。

「呼！」荒木舟長長地吐出一口氣，「毫無疑問，那傢伙是個瘋子。」

「可怕的是，這瘋子現在就在我們中間。」萊克說。

「對了，我們剛坐下來，聲音就響起來了，這是怎麼回事？難道這房子裡還有人，躲在暗處觀察著我們的一舉一動？」徐文緊張地環顧四周。

白鯨緩緩搖頭，「那聲音多半是事先錄好的，以遙控的方式控制音箱。等十四個人全都坐下來，當中的某人就悄悄按動隱藏於某處的遙控器。」

「這麼說，現在只要搜一搜誰身上有遙控器，就能將『主辦人』找出來？」尉遲成瞪大了眼。

「如果是超小型遙控器，可以藏在身上的很多地方，根本搜不出來。」白鯨無奈地一攤手，「況且，怎麼搜？由誰來搜？現在的關鍵在於，我們根本不知道該相信誰。」

聽了這話，大家都感覺到一陣寒意，警覺地彼此互望。

這可不行，身在困境，倘若無法團結，情況只會更糟。南天忍不住插話道：「我個人認爲，最好不要互相猜測、疑神疑鬼。畢竟十四個人當中，有十三個是無辜的。」

「這小夥子說得對。」夏侯申點頭，「也許那瘋子告訴我們這一點，就是爲了讓人互相懷疑猜忌，別中了他的計。」

低頭沉思的北斗，忽然咧嘴笑了一聲。

「你笑什麼？」千秋挑眉問。

北斗抬起頭來，對上衆人的目光，唔了一聲，「沒什麼，只是我實在沒想到，自己居然能跟大名鼎鼎的克里斯老師、荒木舟老師一起被看作『最優秀的懸疑小說作家』之一。」

千秋翻了個白眼，語帶譏諷，「眞榮幸啊！」

南天望向夏侯申，「現在幾點了？」

夏侯申看了下手錶，「上午十點三十六分。」

南天點頭，把臉扭到一邊，凝望牆邊的小木箱。

徐文說：「難道真要按照那人說的去做？」

「要不然呢？你覺得還能怎樣？」龍馬問。

「我們有這麼多人，就沒辦法對付那瘋子一個人？」暗火不服氣。

「問題是，你能分辨出誰是那瘋子？」龍馬又問。

「他的聲音……我們當中，有沒有誰的聲音跟那人相似？」徐文說。

荒木舟冷笑了一聲，「別犯傻了，你難道覺得，能策劃並執行這種犯罪行動的人，會蠢到用眞實的聲音跟我們說話？那顯然是用了變聲器之後的聲音，一聽就曉得了。」

克里斯轉了轉眼珠子，看著他，「叔叔，您用過變聲器嗎？」

荒木舟一怔，「……沒有。」

「那您怎麼知道使用變聲器後的聲音該是什麼樣的？」

大家的視線都集中過去，荒木舟的表情有幾分不自然，解釋道：「我以前在電影裡看過，聽著就跟剛才那聲音差不多。」

克里斯哦了一聲，又不說話了。

龍馬說：「看起來，眞的只有按照那個人說的那樣去做了，否則恐怕無法活著離開。如他所言，大家的性命都掌握在他手裡，沒有選擇的餘地。」

「主要是他在暗處，我們在明處。找不出這個人，就意味著我們要一直處於被動。」白鯨補充道。

「那就如他所願，來玩這個遊戲吧！最終的勝利者能獲得鑰匙，放大家出去。我不相信，十三個人的智慧比不過那一個人。」南天說。

歌特不像他那麼樂觀，「別忘了，那傢伙早就在策劃這件事，是有準備的。」

南天托著下巴想了幾秒，居然和克里斯異口同聲地道：「不，他不可能事先準備好故事。」

說完，兩人有些詫異地對視一眼。

「爲什麼？」徐文問。

「按照他說的那種規矩，抽籤決定順序是隨機的，後面的人的故事內容又不能和前面的雷同。那麼，假設他的號碼排在後面，之前又恰好有人講了個構思差不多的故事，他辛辛苦苦準備好的故事就不能用了。」

紗嘉啊地低呼一聲，「如此說來，誰都無法提前把故事想好，只有自己的前一個人說完了才可以開始構思？」

「就是這樣。」南天頷首，「所以正如他所言，這是一個對所有人都公平的比賽，他想用自己的眞正實力來挑戰另外十三個人。」

「不，有一點是不公平的，對後面的人來說……」克里斯說。

大夥都望向他。

「規則表明了，前面的人講過的內容和題材，後面的人就不能再用了。這意味著，越到後頭，故事的題材就會越狹窄，顯然對後面的人是不利的。」

「你說得對。」白鯨點頭。

「也許，他認爲運氣也是實力的一部分。」南天若有所思。

夏侯申又看了一眼手錶，「容我提醒一點，那人說，遊戲從今天晚上七點開始，也就是說，待會兒抽到『1』的人，只剩下不到九個小時的準備時間了。」

衆人的目光再次聚集，迅速用眼神做出決定。

「我去拿木箱。」

北斗朝大廳角落走去，很快就捧著小木箱走回來。那是一個類似商場抽獎活動使用的箱子，頂端開了個小洞，剛好能讓人把手伸進去。

「誰先來？」他問。

「我先來吧。」龍馬走上前，手伸進木箱，摸出一顆乒乓球，上面寫著數字「6」。他轉過身，把號碼展示給所有人看。

南天跟著過去，從木箱裡摸出一顆小球，看了一眼上面的數字，心中顫抖了一下。

怎麼會……

小球上的數字是14。

最後一個？這到底算是運氣好還是不好？

在他發怔的同時，另外幾人都挨著走上前來，分別從箱中摸出小球。

等他們拿完，北斗說：「剩下的那一顆就是我的了。」伸手拿出最後一顆乒乓球，數字是9。

現在，每個人的號碼都確定了，這是接下來十四個晚上講故事的順序。

尉遲成轉動著手中那顆寫著「1」的小球，有些緊張不安，「我居然是第一個。」

「那不好嗎？第一個講的人，可以任意選擇題材和構思，不用擔心和別人重複雷同。」歌特揚起他手中那顆寫著「12」的小球，「我就沒這麼幸運了。」

「可不是？就像剛剛克里斯說的，越到後面，題材和情節就越受限制。」白鯨道。

尉遲成聽他們這樣說，似乎放鬆了許多，微微點了點頭，「這倒也是。」從椅子上站起來，「那麼，我回房間去構思我的故事了。」

「等等！」克里斯忽然道：「我想問各位一個問題：你們究竟是怎麼到這裡來的？」

聞言，眾人都愣了一下。千秋不解地問：「研究這個問題有什麼意義？反正我們已經被困住了。」

「我想，也許能透過各人被帶到這裡來的不同時間和方式，發現其中的一些端倪。」克里斯沉靜地回答。

南天一怔，「你的意思是，由此推測誰是那個神秘的『主辦人』？」

「我沒有十足的把握，只是覺得可以試試。」

05

「我贊成。」夏侯申率先響應，「如果大家都沒有意見，就分別說說自己是怎麼來到這地方的，如何？」

「我根本不知道我是怎麼來的。」千秋擺擺手。

克里斯道：「至少可以回憶一下來到這裡之前，自己在做些什麼。」

「好吧，就這樣辦。」荒木舟道：「按照這個順序依次說吧。」他舉起自己手中的小球。

尉遲成是第一位，「嗯，昨天下午我從一個朋友家出來，開車回家，途中忽然覺得很疲倦，就把車停到路邊，想稍微休息一兩分鐘，沒想到不知不覺就睡著了。醒來的時候，就在樓上的一個房間裡了。」

「你睡著之前有沒有看時間？那時是幾點？」克里斯問。

尉遲成思索著說：「我從朋友家出來是下午三點半左右，之後只開了最多十分鐘的車……」

「下午三點四十分左右？」

「差不多。」

尉遲成說完，拿到號碼「2」的徐文皺著眉頭道：「我昨天下午在自己的辦公室裡看文件，看累了就閉上眼睛想養會兒神，結果……後面不用說了吧？」

「具體時間記得嗎？」克里斯追問。

徐文想了想，「應該是下午四點過一點兒。」

號碼「3」的主人是夏侯申，他說：「我昨天下午在公園的長椅上冥思，尋找創作靈感，不曉得是睡著了還是怎麼樣，總之睜開眼睛就來到這裡了。」

「時間？」

他聳了聳肩膀，「不知道，我沒看時間。」

「能不能大概地判斷一下？」克里斯不死心。

夏侯申瞇著眼睛思索片刻，「印象中，公園裡打拳的老人都準備要回家了，大概快五點了吧。」

克里斯點頭，後面的人挨著說了下去。

萊克（號碼「4」）：「我在家裡上網，莫名其妙地就失去知覺了，時間……估計是五點半左右。」

暗火（號碼「5」）：「我和朋友在一家餐館吃飯，喝了些酒，我離席去上廁所，後來就什麼都不知道了。具體時間我也沒看，但吃晚飯的時候，應該就是六點過一些吧。」

龍馬（號碼「6」）：「我昨天七點在外面吃完晚飯，坐地鐵回家，覺得有些頭暈，之後就跟你們差不多了。」

千秋（號碼「7」）：「我昨天晚上去一家美容中心做全身按摩，那個按摩師的手法相當到位，我非常舒服，很自然地就睡著了。」她攤了下手，表示後面的不用講了。

「時間呢？」克里斯提醒。

「這個我記得很清楚，正好按摩前看了一下手機，剛好七點半。」

「喂！等一下，這……這是怎麼回事？」一直在旁邊認真傾聽的南天突然驚呼一聲，滿臉驚愕。

「怎麼了？」徐文詫異地望著他。

「難道你沒發現嗎？從號碼『1』的尉遲成開始，每個人失去知覺的時間順序，跟我們隨機抽到的號碼順序一樣！」南天高喊。

意識到這一點，在場人都驚詫地張開嘴巴，感到匪夷所思。

「難道後面的人也是這樣？」夏侯申愕然看向餘下幾人。

「聽他們說完吧。」克里斯道。

白鯨（號碼「8」）：「我昨晚和一個朋友在咖啡廳裡喝咖啡、聊天。後來她出去接電話，我大概就是在那時候失去知覺的，時間是晚間八點左右。」

北斗（號碼「9」）：「我和一群高中同學在外面喝酒，一家普通的燒烤攤。大多數人都喝醉了，根本記不得後面還發生了什麼事，直到在這裡的一張床上醒來為止。印象中最後一次看時間，是晚上九點十五分。」

荒木舟（號碼「10」）：「昨天晚上我哪兒都沒去，就在自己家裡。我老婆在客廳裡看電視，我在臥室看書。我不曉得自己是如何失去知覺的，時間也不敢肯定，只能估計是十點以前。」

紗嘉（號碼「11」）：「昨晚有個朋友來我家找我聊天，我們聊了一個多小時。

她走之後，我躺在床上聽音樂，不一會兒就什麼都不知道了。我朋友是接近十點時走的，嗯，我失去意識的時間應該在二十分鐘以內，也就是十點二十分前後。」

歌特（號碼「12」）：「昨天晚上，我去電影院看電影，看到中途就覺得很疲倦，漸漸沒了意識。電影是九點四十分開始的，我看了大概一半，那應該是十點五十分左右吧。」

歌特說完，接下來沒有人接話。南天（號碼「14」）以爲已經輪到最後一個了，於是道：「我昨天晚上在家裡寫小說，寫到十一點半，然後去客廳看電視，沒看多久就睡著了。」

聽他說完，北斗忍不住叫起來，「天哪，眞的是這樣！我們隨機抽出的順序，就是每個人失去知覺的順序！」

「怎麼會有這麼詭異的狀況？」夏侯申眉頭緊鎖，「這絕不可能是巧合。」

「難道每個人的順序，是從一開始就安排好了？」尉遲成驚愕地提出猜測。

「我們被帶到這裡來的先後順序，是可以控制的。但方才每個人挨著在那小木箱中抽出號碼，是完全隨機的，怎麼有辦法控制？」白鯨感到不可思議。

就在大家惶恐地談論、猜測時，荒木舟忽然道：「先別忙，還有一個人沒說自己是怎麼來到這裡的。」

見他直盯著克里斯看，另外十二個人才想起來，一開始提出這問題的天才少年自己還沒有說。但此時，當著全場的注視，他偏偏選擇了緘默不語。

「怎麼了？天才少年，提出問題的是你，我們都說了，你卻不願意說？」荒木舟用審視的眼光打量克里斯，「難不成，你來這裡的方式和別人不一樣？」

克里斯沉默許久，終於將目光迎向荒木舟，「對。」

荒木舟瞇起眼睛，「那你是怎麼來的？」

「我不是昏迷後出現的。」克里斯說。

大夥都是一愣，白鯨道：「難道你……」

「對，我是清醒地走進來的。」克里斯平靜地點頭。

「什麼？」眾人發出異口同聲的驚呼。

面對十幾道懷疑的眼神，克里斯依然保持沉著，「你們別誤會，我不是那個神秘『主辦人』。如果我是，就會編一個天衣無縫的謊言，而不會把真實的情況告訴你們。」

「很難說。」荒木舟沒有被說服，「你也許就是要利用我們的這種思維，故意這麼做。」

克里斯低下了頭。

南天道：「既然你不是『主辦人』，那請你誠實地告訴我們，你究竟是怎麼來到這裡的？」

「我和一個人有約定，昨天晚上，我按約定時間抵達指定地點，有一輛黑色轎車在那裡等我。上車之後，我被黑色布條蒙住眼睛。車子開了大約半小時，停了下來，我接著被一個人帶進一個室內場所，當然，就是這裡。我取下蒙在眼睛上的布條，帶路的人不知道上哪兒去了，就好像憑空消失了一樣，而鐵門已經鎖上了。」

所有人都屏息靜氣地盯著克里斯，像在聽一個奇幻故事。

紗嘉問道：「然後呢？」

「然後我就走上二樓，發現兩條走廊邊共有十四個房間，其中十三間的門是緊閉著的，只有一個房間的門還開著。我走進去，把門關上，躺上床睡覺，直到早上聽到你們的聲音，我才醒來──就是這樣。」

克里斯說完後，眾人凝視了他足足有一分鐘。

「你很清楚自己來到這地方的原因與目的，所以能從容面對目前的狀況，是嗎？」夏侯申問。

「對。」克里斯又低下頭，「但現在想起來，那可能是個圈套。」

荒木舟說：「你最好把話說明白，是什麼吸引你來這裡？你來幹什麼？和你有約的人是誰？」

「對不起，這些我暫時不能說出來。」

荒木舟皺眉，「爲什麼？」

「因爲這是我的事，和你們沒有關係，對不起。」

大廳裡又是一陣短暫的沉默，南天問道：「那你總可以告訴我們，昨天晚上抵達這裡的時間吧？」

克里斯頷首，「那個人沒把我的手錶收走，我進門後看了時間，正好是十一點十分。」

「你的號碼是？」

克里斯展示手中那顆寫著「13」的小球。

南天深吸一口氣，「沒錯，你在時間上的順序也剛好是第十三個人，在歌特（十點五十分）和我（十一點半）之間。」

「眞他媽見鬼了！」暗火低聲咒罵。

龍馬這時想起了什麼，問克里斯：「對了，你是怎麼想到這個的？我的意思是，你怎麼會想到從每個人到達的時間尋找端倪？」

「因爲和我有約定的那個人非常強調時間，他在車上跟開車的人說了一句『我們必須在十一點十分之前到達那裡』，所以我認爲，時間順序對神秘的『主辦人』來說，極可能具有某種特殊意義。」

其他人面面相覷，表情無比糾結複雜。

「那麼，通過我們的敘述，你有沒有推測出……誰可能是『那個人』？」千秋緊張地問。

克里斯搖搖頭，「沒辦法，那個人隱藏得非常深，不會輕易暴露。我只能肯定一件事……」他頓了一下，環視所有人，「這件事情，絕對不是我們想像的那麼簡單。」

06

南天躺在「牢房」的床上，思索著這一起詭異莫名的事件。

這件事情，絕對不是我們想像得那麼簡單……

克里斯這句話到底是什麼意思？他知道什麼內情？爲什麼不願意說出來？

目前看來，最值得懷疑的，就是他了。但，這可能只是表象。

在這地方無所事事地待了一下午，南天感到心煩意亂，各種猜忌、推想困擾著他，擔憂和焦慮也讓他難以平靜。他想像遠在他鄉的父母拿起電話，撥通兒子的手機號碼，卻無法聯繫到人，會著急成什麼樣？不用說，他們會趕到兒子所在的城市來，發現他失蹤了……

南天用手按住額頭，不願再想下去，這種想像令他心中絞痛。

這時，門外傳來輕輕的敲門聲。

南天從床上坐起來，問道：「是誰？」

女人的聲音道：「是我，紗嘉。」

南天走到門口，將門打開，紗嘉站在門外，手裡拿著一盒午餐肉罐頭和一瓶礦泉水。

「已經六點多了，你不餓嗎？」她把手中的食物遞過來。

「謝謝。」南天接過水和罐頭，衝她笑了一下。見她沒有立刻轉身離去，又問了句，「嗯……要進來坐會兒嗎？」

「好啊！」紗嘉走進來，大方地坐到布沙發上。

南天提著拉環將罐頭啟開，卻發現沒有餐具，正在窘迫的時候，紗嘉像變戲法一樣從身後拿出一把不銹鋼小勺，「拿去。」

他接過勺子，笑道：「妳想得眞周到。」

紗嘉淡淡笑了笑。南天舀了幾口午餐肉到嘴裡，喝了些水，「這個『主辦者』準備的食物還算不錯，比我想像的好多了。」

紗嘉點頭，「櫃子裡的食物種類還挺多的，顯然那人還考慮到了在這十四天中讓我們換口味。」

南天若有所思，「大概是因爲他自己也在這十四個人當中吧。」說著大口吃光罐頭，拿手背抹了抹嘴，「我覺得妳挺堅強的，一個女孩，遇到這種情況，竟然很快就能恢復從容。」

「你叫我女孩？」紗嘉又笑了，「我都二十七歲了。」

「反正沒結婚就能叫女孩。」

「你怎麼知道我沒結婚？」紗嘉睜大眼睛問。

「妳若結了婚，肯定沒辦法表現得這麼從容鎮定。」

紗嘉點頭道：「是啊，我無牽無掛的，確實沒太多值得憂心的地方。」

「父母呢？女兒莫名失蹤，他們肯定會擔心。」

她低下頭，輕聲道：「我的父母早就過世了。」

南天微微張開嘴，「對不起……」

「沒關係。」紗嘉抬起頭來，將話題岔開，「在我以爲，咱們雖然碰到這種事情，還是要樂觀一點，彼此之間應該多溝通、多交談。否則還沒過完十四天，恐怕就先受不了這種沉悶壓抑的日子，精神崩潰了。」

「嗯，妳說得很對。」南天表示認同。

「那個叫徐文的就有些這種傾向了。剛才我給他送吃的東西去，他連門都不敢開，好像把其他人全想成了要謀害他的壞人。」紗嘉歎了口氣，「唉，一直處於精神高度緊張的狀態，肯定會出問題。」

「是啊！」南天也跟著歎息一聲。

紗嘉看了下手錶，「快七點了，我們下去吧，今晚的重頭戲要開始了。」

南天和紗嘉一起離開房間，走進大廳。十四個人很快又聚集在了一起，每個人還是坐在上午的位子上，圍成一圈。

南天的旁邊坐著紗嘉，另一邊是龍馬。他看到龍馬從衣服口袋裡摸出小筆記本和圓珠筆，問道：「你準備把尉遲成講的故事記下來？」

龍馬頷首，「一方面可以當成參考資料保存，一方面也可以避免自己的故事觸犯規則。」

時間一分一秒地逼近七點，南天望向尉遲成。作爲第一個登場的「選手」，他顯得相當緊張，對上衆人的視線，清了清嗓子，說道：「也許各位覺得我作爲第一個講故事的人，佔了不小的便宜。可是，我的構思時間是所有人當中最短的，這樣應該扯平了吧？所以，我希望，聽我講完以後，你們能絕對客觀公正地爲我的故事評分。」

說完這番話，他的臉微微泛紅。

看來他是真的很想贏得這場「比賽」，獲得故事的寫作權。南天暗暗想道。遊戲主辦者說的話，對每個人都多多少少產生了影響。

荒木舟道：「我們當然會客觀公正地評分，這跟你是不是第一個沒關係，不用擔心。」

其他人紛紛點頭。

尉遲成安心了許多，舒了口氣道：「這樣我就放心了。實話說，這個故事雖然是我用短短一個下午想出來的，但也許是受到特殊的環境啓發，我認爲，它是我多年來所構思的，最好的一個懸疑恐怖故事。」

七點鐘到了，他開始講述。

第一天晚上的故事：

怪病侵襲

序章

突發事件

二〇〇X年九月二十二日，晚上九點二十五分

人生，總是會有出人意表的變數。

身處這家超市的人，沒有一個能料想到接下來發生的事。

這是個再普通不過的地方，事實上，把不到一百坪大的店面稱爲「超市」，似乎還帶了那麼一點點諷刺意味。誠然，這裡完全沒法跟城市裡的大型商場相提並論，但貨物算得上齊全，在這片偏遠的郊區地帶，已經很不錯了。

店內總體來說很安靜，互不相識的顧客們默默選著自己需要的東西，只有一個女子一邊提著購物籃，一邊講手機。

「不行，我跟你說過，吃太多糖會長蛀牙的。」她壓低聲音，儘量讓口氣嚴肅，「你又想去牙醫那裡報到了嗎？」停下來，傾聽一會兒，她無奈地搖了搖頭，「好吧，就一塊巧克力和一包洋芋片，但你得答應媽媽，每天早晚都不可以忘記刷牙。什麼？喂……噢，兒子，這裡信號太不好了，算了算了，等我回去再說。」

她將手機塞進手提包，在貨架上挑選零食。

九點半，超市的小擴音器傳出女店員溫柔甜美的聲音，「各位顧客，您好。本超市將在十五分鐘後關門，請您儘快選好所要購買的貨物，前往收銀台結帳。歡迎您明天再次光臨。」

顧客們聽到通知，加快了選購的速度。不一會兒便陸陸續續地來到收銀台前，排隊結帳。

「讓一下！讓一下！」一個滿臉鬍子的粗獷大漢從後面趕過來，毫不客氣地撥開隊伍，逕自走到一對正要把貨物放上收銀台的男女面前，搶先將自己抓在手中的幾袋食物扔出去，「先幫我算，我有急事。」

被擠開的是一個穿著時尚的年輕女孩，正要張口說什麼，身邊的男友輕輕扯了她的衣服一下，示意不要開口。

那女孩白了男友一眼，氣鼓鼓地把臉扭過去。女店員自然覺得不合規矩，但瞥了一眼滿臉橫肉的大漢，同樣不敢多說什麼，默默地掃過那幾包東西的條碼。旁邊的男店員無奈地看著這一切。

就在這當口，意想不到的事情發生了。

砰！

一聲巨響，超市的玻璃門被撞開，一個滿頭大汗、氣喘吁吁的男人跌跌撞撞地闖進來。距離最近的女店員一眼便瞧見他手裡拿著的東西，啊地驚叫起來。

「不許動！你們全都不許動！」來人舉起手槍，瘋狂地大聲嘶喊，尖厲刺耳的聲音充滿整個空間，「所有人都待在原地！」

超市裡的人全都驚呆了，誰也沒經歷過這種事情，沒有一個人敢輕舉妄動。

那歹徒似乎無暇進一步控制局面，一邊舉著槍，一邊驚惶地向後望，突然把槍口指向男店員，大聲喝道：「關門！快，把鐵門拉下！」

「好的，好的……」那男店員嚇得面色蒼白，完全不敢反抗。他哆哆嗦嗦地走到門前，拿起門邊靠著的一根鐵鉤，將頂上的鐵門嘩地拉下來，關攏鎖好，然後自覺地丟掉鐵鉤，舉起雙手，戰戰兢兢地望著持槍的男人。

見鐵門確實已關攏，男人稍微安心了些，神色比起初緩和了不少，但仍然舉著槍，對男店員揚了一下，「過去，跟他們站在一起。」

男店員乖乖地照辦，站到女店員身邊。

現在，超市裡所有的人都集中在持槍男人面前。他長長地吐出一口氣，用一種刺耳、難聽的嗓音道：「別拿這種眼神看我，我不是你們想像中的搶劫犯，沒有哪個搶匪會笨到把自己鎖在一家密閉的商店裡。」

他頓了一下，接著說，「現在，聽好了，我要告訴你們一些事情……我猜，你們都不知道外面發生了多大的事。」

沒有人動，也沒有人搭話。

那男人的表情相當神經質，「聽清楚了！外頭爆發了一種從未有過的、可怕的病毒！現在正以驚人的速度傳播。大概十幾分鐘前，市區裡的人幾乎都被感染了。我是倖存下來的，因爲我在被感染之前，逃到了這片郊區來。」他嚥了口唾沫，瞪著聽眾們，「看你們的樣子肯定沒被感染，說明這片地區目前還是乾淨的。但用不了多久，這地方也會遭到侵襲，所以……大家聽懂了嗎？我們只能待在這家超市裡，等待救援！誰都不要試著出去！你們不曉得，被那種病毒感染的人，會……」

乓！

一聲悶響，持槍的男人搖晃兩下，直愣愣地倒下去。他的身後，站著一個染了一頭紅髮的年輕男子，穿得像個嬉皮，確切地說，就是個街頭小混混，手裡拿著沾了血的葡萄酒瓶。

男人趴在地上，血從他的後腦勺慢慢地沁出來。

「嘿！幹得好，小子！」先前插隊的粗獷大漢衝過來，蹲下去搶過被打昏的男人手中的槍，對紅髮混混道：「你制服了這個瘋子！」

後面的人全湧過來，見歹徒昏死過去，大家都鬆了口氣。買零食的母親心有餘悸地捂著胸口，「天哪，太可怕了，眞沒想過這輩子還會遇到這種事情！」

現場嘈雜起來，大夥都七嘴八舌地議論著。

時尚女孩的男朋友搖頭感歎，「這是個瘋子，十足的神經病！不過，他的槍是從哪兒來的？」

「可能他在來這裡之前還去幹了些別的事。」一名身材發福的中年女人皺著眉頭說。

「也許那根本就是玩具槍。」時尚女孩說。

「不，是眞槍。」大漢捏著那把手槍，瞥了女孩一眼，「而且我檢查過了，裡頭有子彈。」

衆人都吸了口涼氣，爲剛才的危險感到後怕。一個戴眼鏡的大叔說：「不管怎麼樣，趕快報警吧。」

「對，對。」大家這才醒悟過來，一致附和。女店員趕忙走到櫃台前，抓起電話聽筒。

「喂，等一下！」大漢將手槍放上櫃台，斜睨準備報警的女店員，「要報警也好，或者要怎麼處置地上這個瘋子也好，那都是你們的事。但是在那之前，先把門打開，我要出去。我說過了，我有急事。」

「啊……對……」女店員這時也意識到顧客們還被關在店裡，趕緊衝男店員道：「你快把門打開。」

男店員機械地點了下頭，從褲子口袋裡摸出鑰匙，要打開鐵門的地鎖，卻聽後面傳來一個女人的聲音，「等等，別忙打開。」

他茫然地轉過頭去，其餘人的目光投注方向也和他一致，盯著說話的那個胖女人。

「妳是什麼意思？」大漢不客氣地問。

胖女人的打扮有些不合時宜，現在才初秋，她卻穿著一身黑色毛料大衣，脖子上還圍了一條羊絨圍巾，看起來就像才從北歐旅行回來，還沒能及時對衣裝做出調整。見所有人的注意力都聚集到自己身上來，表情有些不自在。

大漢提高聲音問：「為什麼別忙開門？」

她遲疑著說：「我有種……不好的預感。」

大漢盯著她看了兩秒，不屑地哼了一聲，轉過身去咕噥一句，「又是個神經病。」接著對蹲在門口的男店員說：「別理她，把門打開！」

男店員猶豫了片刻，將鑰匙插進鎖孔，旋轉半圈，地鎖啪地開啓，然後手上用力，嘩啦一下把鐵門拉開約半個人高，讓些許漆黑夜色透入。

他保持蹲姿，轉過頭對顧客們說：「好了，門打開了，大家可以出……」

話還沒說完，衆目睽睽之下，倏地一下子，他不知讓外面的什麼東西猛力拖了出去。本來被他用手撐著的鐵門頓時往下垮，啪地砸落，地鎖隨即將門再次鎖住。

這幾乎是一眨眼的事，後面的人根本沒看清發生了什麼，人就不見了影蹤。

大家驚詫得還沒能做出反應，事態又有了更令人駭然的變化——門外傳來男店員撕心裂肺的慘叫聲，還有他拚命掙扎、擊打鐵門發出的巨大撞擊聲。兩種聲音交織在一起，組成一種混合了無窮驚悸和恐懼的可怕噪音，聽者無不毛骨悚然、心膽俱裂。

大概半分鐘之後，門外安靜了，什麼聲音都沒有了。

超市內的人神情駭然，面面相覷之際，又一聲尖叫劃破安靜，是那個時尚女孩，她面色慘白地指著門口，驚惶地叫道：「血！血！」

順著她手指的方向望去，徹骨寒意自在場人的後背油然升起。

男店員剛才被拖出去的位置，一抹鮮血正從門縫外慢慢地滲透進來。

「啊！」女店員驚駭地捂住嘴，幾乎當場昏厥。店內的其他人，包括那名粗獷大漢，都被嚇得目瞪口呆、全身僵硬。

空氣凝固了大概一分鐘，然後，所有人都在一瞬間意識到了什麼，對視幾眼之後，一齊望向趴在地上昏死的那個男人，並想起他方才說的那番話。

戴眼鏡的大叔最先走上前去，蹲下身搖搖那人的身體，口中道：「喂！你怎麼樣了？醒醒！醒醒啊！」

沒有反應。

大叔將他的身子翻過來，心中一抖——自男人的後腦勺流出的血，已經把身體前方浸濕了，地上也積了一大灘。

大叔接著把手指伸到那人的鼻子前試了一下，心裡咯噔一聲，呆住了。

身後，時尚女孩的男朋友問道：「怎麼樣了？他……」

大叔轉過身，望著眾人，沉聲道：「他死了。」

聽到這句話的那一刻，在場人心中都生出一種足以令人遍體生寒的恐懼，彷彿有誰在耳邊輕聲說道：惡夢，開始了。

1

封閉狀態

二〇〇X年九月二十二日，晚上九點四十分

多年來，我一直有個不好的習慣，喜歡邊走路邊看書。只因生活節奏太緊了，似乎連走在路上看書，都成了一種需要珍惜的享受，想起來眞讓人心酸。

老實說，今天晚上我壓根兒就沒想過要進什麼超市。之所以走進這家倒楣的店，純粹是因爲街邊的路燈太暗了，雜誌上的字又太小，看得眼睛疼。這種時候，前面那家超市的玻璃門透出的亮光，儼然成了黑暗中指引旅人的一盞明燈，把我這個饑渴的閱讀者牢牢地吸了過去。我急於看完雜誌上那個有趣的故事，便稀裡糊塗地進了店門。

走進店內，我意識到光站在門口看書好像不大合適，便捧著書漫步於各個貨架之間，順便隨意地抓了兩包泡麵。萬萬沒想到，剛進來五分鐘，廣播就提示要關門了，實在不爽。我都已經決定了要付兩包泡麵的錢，他們卻連讓我看完故事的時間都不給。

沒辦法，我拿著泡麵加入排隊結帳的行列。等待的時候，仍沉浸於故事的情節裡，直到那一聲刺耳的「不許動」像把利劍刺進耳膜，把我嚇得渾身一抖，手裡的書掉到了地上，這才終於回神。惶恐地抬起頭，就見一個瘋狂的男人拿槍指著我們。

回憶至此結束。現在，那男人趴在地上，一個戴眼鏡的大叔告訴我們，他因失血過多，已經死了。

我想，前面那些突如其來的事件只是把我嚇傻了。現在，恐懼感才真正襲來，令我不寒而慄。

顯然，處於驚恐的人不止我一個。在場情緒最激動的，就要數時尚女孩的男朋友了，他不斷喊著：「喂，你們看清楚了嗎？那個店員是被什麼東西拖出去了？他被殺了嗎？」

「住嘴！」鬍子大漢瞪著他，「你要想知道答案，就自己出去看。」

長得像小白臉的男生一下噎住了，臉色變得更白。

戴眼鏡的大叔站了起來，「我剛才就說了，先報警吧。」

這一次，自然沒有任何人反對。

女店員哆哆嗦嗦地撥打一一〇，拿著電話聽筒聽了半晌，茫然地抬起頭，「不行，打不通，電話裡只有忙音。」

大叔皺了皺眉，「也許是佔線，一直打，直到打通爲止。」

「我看不像是佔線，話筒一拿起來就是忙音，感覺起來更像是……電話線被切斷了。」

大叔走過去，自己拿起聽筒聽了一會兒，又撥了幾個號碼，最後眉頭緊鎖地放下。

「試試手機吧。」買零食的母親一句話點醒衆人，幾乎所有人都從包裡摸出手機。

大叔說：「別一起打，我來。」

一分鐘後，他沮喪地搖頭，「不行，沒有信號。」

「我的也是，沒有信號格。」

「我的也沒有。」

「我的也不行，完全沒有信號……」

大家都試了一輪，每個人都垂頭喪氣，當然也包括我在內。

女店員說：「這裡是郊區，本來收訊就不怎麼好，再加上現在鐵門關了，又阻擋了一部分信號，手機更不容易打通。」

「嘿！不對啊，我記得一一〇、一一九之類的電話，就算在信號很弱的時候，也能夠打出去。」時尚女孩說。

「沒錯，可現在就是打不出去。」大叔深深皺眉，「眞是怪了。」

「那我們該怎麼辦？」小白臉男生憂慮地問。

大夥面面相覷，誰都想不出什麼對策。

「他媽的！」鬍子大漢怒吼一聲，「我就不信這個邪！把門打開，我要出去瞧瞧外面發生了什麼事！」

女店員顫抖著說：「恐怕不行了……我手裡沒有鑰匙，只有他（那個男店員）才有。但是……他剛才拿著鑰匙……被拖出去了。」

聽到這話，所有人心頭都涼了一截。那大漢瞪著銅鈴般的眼睛說：「妳的意思是，我們被困在這裡了？」

女店員嚇得不敢說話，輕輕地點了下頭。

沉默了幾秒，鬍子大漢喝道：「那老子去把門撞開！我就不信出不去了！」說著，大步朝鐵門走去。

戴眼鏡的大叔迅速攔到他面前，「喂，別衝動！剛剛發生的事情你也看到了，現在我們不清楚外面的情況，貿然出去會有危險的。」

大漢氣呼呼地喘著粗氣，大概覺得大叔言之有理，不甘願地停下腳步。

時尚女孩說：「外面的情況，剛才闖進來的這個拿槍的人不是說了嗎？他說外頭爆發了一種可怕的病毒……」

「對，他還說這種病毒正以驚人的速度傳播，城市裡的人很多都被感染了，他只好逃到這裡來。」小白臉男生補充道。

「他逃過來爲什麼要帶著槍？」女店員問。

「也許他在反抗，或者要自衛。依我看，他肯定在之前遭到了某種襲擊。」胖女人驚恐地推測，「而且，襲擊他的那種東西，現在也來到我們這個地方了。剛剛那個店員……就是被那種東西拖出去的。」

她的這番猜測極具邏輯性，讓人聽了毛骨悚然。特別是她用「那種東西」來形容抓走並殺死男店員的兇手，更能引發人們內心無窮的恐懼幻想。我連著打了好幾個寒噤，忍不住也加入猜測的行列，「會不會……襲擊那個店員的，就是那些感染了病毒的人？」

「我也正想這麼說。」小白臉男生衝我點頭，「我記得拿槍的傢伙被打暈（其實是被打死）之前說過，受到病毒感染的人，好像會怎麼樣……」

「可惜他正說到這裡，就被打死了……」我用帶遺憾的口吻說。

沒想到，這句話像是一簇火苗，瞬間點燃了鬍子大漢心中的某根引線。他對紅髮小混混吼起來，「都是你這小子壞事！那男的話還沒有說完，你就下手把他給打死了！」

紅髮小混混表情漠然，好像絲毫沒爲自己殺了一個人感到不安愧疚，冷冷地回道：「你原本不是說我『幹得好』，誇獎我制服了那個瘋子嗎？怎麼？現在又怪我不該出手了？」

「他根本不是瘋子！」大漢咆哮道：「他可能想要告訴我們什麼重要的消息，你卻把他給殺了！」

「我當時怎麼曉得？」紅髮小混混並不懼怕身形幾乎是他兩倍的彪形大漢，面露不加掩飾的厭惡，「那人手裡拿的玩意兒可不是鬧著玩的，我一看就知道是眞傢伙，而且隨時可能走火。我冒著危險救了你們，現在情況有變化，又怪我不該出手了！哼，早知道我就該繼續躲在那個角落，管你們死活！」

大漢氣鼓鼓地瞪著小混混，一時之間找不到話來反駁。

現場沉寂了一陣子，黑衣服的胖女人問道：「大家都在排隊結帳的時候，你一個人躲在角落裡幹什麼？」

小混混驀地一怔，表情變得難堪至極。女店員似乎猜到了，喃喃道：「你……難道……」可也許是考慮到眼下這種特殊情況，有些事情已經不那麼重要了，便沒有把話說出口。

大叔跳出來打圓場，「好了好了，事到如今，我們不要互相責怪，也別去管那些細微末節的事，還是商量一下該怎麼辦吧。」

「我們得和外界取得聯繫。」事發前與兒子通過話的母親慌亂地說：「得知道外面究竟發生了什麼。」

「怎麼跟外界聯繫？」時尚女孩問：「電話、手機全打不通，你們還想得出別的辦法嗎？」

胖女人用略帶責怪的語氣道：「外面出了什麼事，難道還看不出來？那個店員肯定被殺了！雖然我不清楚外頭到底有什麼東西，但不用想也知道，是很危險的東西！而且我得說，起先你們為什麼不聽勸告呢？我說我有不好的預感，你們偏偏都不當一回事，結果害得那個男店員被殺死！」

鬍子大漢顯然覺得這話是衝著他來的，轉過頭去，惡狠狠地盯著胖女人，「就算當時沒開，我也不相信門能夠一直關到現在。要不是那男店員被害了，我們又怎麼會知道外面有危險？」

小白臉男生不安地說：「外面到底怎麼樣了？不會真像那男人說的那樣，那種可怕的病毒已經侵襲到了我們這裡，把這片地區的人都感染了吧？」

「天啊！不會的！絕對不會的！」聽到他這麼說，那位母親失控地大叫起來，臉上淚如泉湧，發瘋般衝到門前，用力捶打鐵門，轟隆的噪音夾雜著驚悸的呼喊，「不行，我要出去！我兒子還一個人在家裡呢！他才五歲啊！」

大家都被她的失控情緒感染，紛紛想起自己的家人，變得慌亂起來。

時尚女孩抓著男朋友的手叫道：「我爸媽都在市區呢，怎麼辦？」

胖女人揪著胸口念叨個不停，「我老公一個人在家裡，上帝保佑，他可千萬別出什麼意外……」

女店員同樣急得愁容滿面，手足無措。

在這種情形下，我的心情變得複雜而矛盾，竟然不知道此刻是該感到慶幸，或是失落。在場的每個人都有値得牽掛和擔憂的親人，只有我沒有。我的父母親屬都遠在他鄉，我一個單身女人來到異地工作，無牽無掛。按道理說，這時本該感到相對輕鬆，偏偏有些羨慕其他人。他們在擔心親人的同時，一定也被親人掛念著。而我，什麼都沒有。

在我出神的時候，大叔走到門邊，小心地將悲傷的母親扶過來，勸慰她說：「這位女士，請冷靜下來。」然後揚了下手，對所有人道：「大家聽我說，都別急，也別慌。我知道你們都很擔心自己的親人，我也不例外。我的老婆和女兒也在外面，如果眞的爆發了什麼傳染病，那誰都有可能被感染。但我想，情況沒有那麼糟，畢竟外面有醫生和警察，他們會幫助我們的親人。相較之下，我們這時就算是貿然出去了，恐怕也幫不上忙，反而可能使自己被感染。與其那樣，倒不如靜心待在這裡，等待救援。」

這番話說得沉著冷靜，擲地有聲，使大家都稍稍地平靜下來。確實，除此之外沒有別的辦法了，可那鬍子大漢不以爲然，斜視著大叔道：「你的意思是叫我們一直在這裡被動等待？我問你，這個地方偏僻得很，要是十天半個月都沒人來救援，又該怎麼辦？」

「不，不會的。」女店員說：「只要外面的情況不失控，明天早上我老闆肯定會拿著鑰匙來開門，那時我們就能出去了。」

五歲孩子的母親像看到了希望的光芒，急切地問：「也就是說，我們最多只需要在這裡待一夜？」

「應該是這樣。」女店員點頭。

大夥都如釋重負，我也鬆了口氣。那大漢大大咧咧地說：「好吧，我就在這兒睡上個安穩覺得了。」聽口氣，好像他本來要睡的地方還不如這間超市。

這當口，胖女人卻臉色煞白地道：「你們是不是忘了什麼事？」說著，指了指地上的屍體，哆嗦著問：「他……怎麼辦？」

2

怪異的兩個人

二〇〇X年九月二十二日，晚上十點十三分

經過一番商量，大家決定把屍體搬到某個看不到的角落去，明天來了人再處理。畢竟一具死屍橫臥在這裡，讓人很不舒服。

「廁所旁邊有一個雜物間。」女店員不敢靠近屍體，遠遠地一指某個方向，「就在那邊，你們把他抬進去吧。」

大叔從後面架起屍體的上半身，抬起頭問：「誰來幫忙？」

紅髮小混混一言不發地走過去，抬起屍體的雙腿，兩個人合力搬起屍體，朝雜物間走去。剛才是小混混打死了這個人，現在又來幫忙處理屍體。不知道其他人是不是跟我一樣，望著這一幕，心中有種怪異感。

幾分鐘之後，他們弄好了，關上雜物間的門。大叔從廁所拿出拖把，將門口和地上的血跡清理乾淨。

女店員指著櫃台上的手槍，遲疑地問：「這怎麼辦？」

大叔指著收銀台說：「把它鎖進去，警察來了就交給他們。」

她依言照辦。

經過收拾整裡，整個超市暫時沒有什麼看起來不舒服的東西，大家的心情都平和了不少，於是散了開來，各自找了個地方待著，大多數是靠在牆邊，席地而坐。女店員坐在櫃台前的椅子上發呆。大漢大大咧咧地躺在地上，手抱在胸前睡了過去。那位母親坐立難安地於兩個貨架之間來回踱步，顯然還在擔心她的兒子。而我，靠牆坐在一個剛好能看見所有人的位置。

呆呆地坐了十多分鐘，我實在不知道該幹什麼好。睡覺？遭遇這種怪異事件之後，怎麼可能睡得著？極度無聊之下，乾脆開始觀察周圍的人，猜測他們的身分和職業。

首先，最容易判斷的是那個滿臉橫肉的大漢。毫無疑問，從他的穿著和舉止看，是個以苦力爲生的大老粗，也許就是附近哪個建築工地上的工人。和他相反的是那個溫文爾雅的大叔，知書達理，遇事沉靜，可能是個老師，沒準兒還是個教授。瘦瘦的紅髮小子一臉的放蕩不羈、玩世不恭，那身打扮活像**Tokio Hotel**樂團的主唱**Bill Kaulitz**。除開是個小混混，我唯一能想到的，就是他也許是個玩搖滾的。至於穿黑衣服的中年胖女人，我還眞看不出來她是幹什麼的，只感覺像個清教徒。那對情侶看上去二十歲左右，也許是哪兒的大學生吧。至於那個單身母親——嗯，我會這麼以爲，是因爲之前聽到她說了句「我兒子還一個人在家裡」。她的年齡大概跟我差不多，接近三十歲。那她的職業會不會也跟我類似？是某個公司的普通職員……

突然，我停止思考，目光聚集在兩個人身上。此時才赫然發現，除了剛才那些人，超市裡還有兩個存在感非常薄弱的人。事發以來，這兩人連一句話都沒說，也沒做出任何特別的舉動，以致於我差點兒忽略了他們的存在。

其中一個是長相清秀的男孩，年齡應該在十四、五歲左右。他的鎭定和冷靜使我暗暗吃驚，沒想到在場人之中年紀最小的一個，竟然是最處變不驚的。細細地回想，從持槍男人闖進來開始，男孩臉上就一直掛著一副冷峻陰沉的表情，既不慌也不急，現在也只是隨遇而安地靠在一個貨架邊靜坐，好似今晚遇到的意外對他來說並不稀奇，不過是忘了帶家門的鑰匙，不得不在這裡停留片刻罷了。可在我看來，這恰好是最奇怪的地方。

另外一個人和這個小男孩的狀況剛好相反。首先，從年齡上看，那位老態龍鍾的婦人的年齡估計是小男孩的五倍，頭髮幾乎都白了，滿臉的皺紋如一道道的溝壑。

相對於男孩的鎮定，老婦人表現出來的是另一種極端。此刻，她遠離衆人，蜷縮在兩面牆所夾成的角落，雙手抱著身體，不停發抖，顯得比任何人都要恐懼。這使我感到納悶——固然，遇到這麼匪夷所思的怪事，害怕是正常的。可現在畢竟平靜下來了，爲什麼她還懼怕得如此厲害？

就在我默默注視他們，暗自思忖的同時，大叔從另一邊走過來，坐到我身邊，跟我打招呼道：「嗨，妳好。」

「你好。」我衝他笑了一下。

他扶了下眼鏡，溫和地詢問：「妳的父母住在附近嗎？還是住在市區？」

我回答：「不，他們都在外地。」

他顯得有些驚訝，「妳一個人生活？」

我聳了聳肩膀，「也不能算是一個人，我還有些朋友在這裡。」

他輕輕點了下頭，「我有個女兒，看起來和妳差不多大，所以看見妳，給我一種親切感。」

我知道，他在安慰我。看他的年紀，最多也就是四十幾歲，他的女兒怎麼會跟我差不多大？但不管怎麼樣，這份善意關懷都讓我感動。我望著他說：「你肯定很愛你的女兒，對嗎？」

他輕輕點頭，眼中流露出無限關愛，「我最愛的就是女兒和老婆，她們是我這一生最重要的寶貝。」

「那……你現在一定很擔心她們。」

他深深地歎一口氣，「當然，可是著急沒有用。而且此刻，她們一定也在外面掛念著我。所以我得堅強些，不然她們會更擔心的。」

聽起來，他和妻女之間似乎有某種心靈感應。這種愛的力量使我深受觸動，不忍繼續談論這個問題，使他傷感。

這一夜，我和大叔沒有再說話，只是默默地並排坐著，幻想屋外夜空的星光熠熠。

3

恐怖的猜想

二〇〇X年九月二十三日，早上八點四十五分

迷迷糊糊中，我被男人的聲音吵醒。睜開眼睛，看見鬍子大漢站在櫃台前大聲責問女店員，「喂！妳不是說你們老闆早上會來開門嗎？怎麼到現在還沒動靜？」

「我也不知道……按道理是該來了的，可是……」女店員表情難堪，不知所措。

「現在幾點了？」大叔問。

時尚女孩看看手機，「八點四十五了。」

「你們老闆一般什麼時候開門？」大叔問女店員。

「平常八點半就該來了。」

「再等等吧。」他對大家說。鬍子大漢不耐煩地哼了一聲。

我從地上站起來，走過去和其他人待在一起。這時候還沒「起床」的，只有角落裡的老婦人和紅頭髮的小混混，其他人都站在超市門口。最焦急不安的仍然是那個單身母親，她一臉浮腫，眼圈發黑，恐怕昨晚完全沒闔過眼。

又等了二十分鐘，已經是九點零五分了。大漢忍不住了，嚷道：「喂，我們還要傻等到什麼時候？我看那個老闆根本就不會來了！」

大家都望向女店員，她卻顯得比任何人都要茫然，惶恐不安地道：「不會的，老闆總不會連自己的店都不要，除非……」

這句「除非」懸在空中，半天都沒有下文。胖女人冷冷地接過去，「妳想說，除非遇到了什麼意外，或遭到了不測，是嗎？」

女店員的臉刷地一下白了。我的心重重地往下沉了沉。

短暫的幾秒沉默之後，鬍子大漢咆哮起來，「媽的，我就不相信外面的人都死絕了！」吼完一句，衝到門前，揮舞大拳頭用力擂著鐵門，在轟鳴聲中大吼道：「喂！外面有人嗎？去叫人來開一下這該死的門！」

他不斷地撞擊、吼叫，甚至是謾罵。這種狀況持續了十分鐘，我們眼看著他終於氣喘吁吁，聲音嘶啞，最後狠狠地踢了一腳鐵門，洩下氣來。

小白臉男生惶恐地搖頭道：「天哪，這樣敲打外面都沒有反應，難不成整條街都沒有人了？」

「怎麼可能？人都到哪裡去了？」他的女朋友瞪著眼睛問。

「也許全被病毒感染了。」一個顫抖的聲音說。所有人的視線頓時聚集過去，出聲者是身穿黑衣服的胖女人，「那個男人說過的，用不了多久，我們這片地區就會受到那種可怕病毒的侵襲。」

「嘿，等等！」小白臉男生做了個暫停的手勢，「妳的意思是他們都生病了，住進了醫院？還是他們都已經……」

「死絕了！」癱坐在門口的大漢驀地吼道：「媽的，我看外面的人真的都已經死光了！」

「不會的！」單身母親發出絕望而痛苦的哀叫，聲淚俱下，「別這麼說！我求求你，別說這種話！」

「對，別說這種喪氣的話。」大叔神情嚴肅地道：「這種想法只會讓我們更絕望無助。依我看，首先得想辦法弄清楚，外頭到底是什麼情況？」

「我同意。」一個軟綿綿的聲音從我身後傳出。回過頭一看，不知什麼時候，紅髮小混混已經站在了我身後，吊兒郎當地舉著一隻手，拖長著聲音說：「起碼我想知道，那種『可怕的病毒』到底是什麼？」

「可恨該死的手機一直沒信號，也沒辦法上網。」時尚女孩懊喪地說。

「既然不能和外界取得聯繫，就試著單方面地獲取消息吧！」在我的印象中總是渾渾噩噩的小混混，這時好像變得比誰都要冷靜、清醒，慢悠悠地繞到櫃台邊，問女店員：「這裡有電腦嗎？」

「沒有。」她搖頭。

「電視機呢？」

「也沒有。」

紅髮小混混翻了個白眼，朝空中擺了擺手，「太好了，這家超市還停留在中世紀。」

大叔走過去問：「有收音機嗎？」

「沒有……」女店員正要搖頭，猛地想起什麼，「啊！等等！雖然沒有收音機，但我身上有MP3，以前拿它來聽過電台廣播。」

「快拿出來。」大叔急切地說：「試試收聽廣播。」

女店員從她的包裡拿出一部黑色的小型MP3，把耳塞塞進耳朵，按著右側的一個鍵，調試波頻。所有人都注視著她。

一分多鐘後，她道：「收到一個台了！」

「裡面說什麼？」單身母親衝過來，滿臉焦急。

女店員皺著眉搖頭，「是音樂台，放流行歌的，沒播新聞。」

「能收到就好！」大叔顯得有點激動，「再搜搜別的台，特別是本地的電台。」

女店員繼續調試，眾人關注著她，卻見她不住地搖頭歎息，「全是雜音，不行……這個台也沒有，是講故事……噢，還是在放歌……」

十多分鐘後，她懊惱地取下耳塞，對眾人說：「不行，我收到的台，全都沒播新聞。而且很奇怪，只能收到外地的台，收不到本地電台。調頻到本地電台那一段，就是一片雜音。」

幾人面面相覷，黑衣胖女人在後面陰沉沉地說了一句，「這說明，我們市的電台裡已經沒人了。」

大叔不願意放棄希望，「沒關係，能聽到外地的台也好。現在不是新聞時間，一會兒中午了再收聽試試。」又對女店員道：「要不這樣吧，把MP3給我，我比較有耐心，一直聽下去，總能聽到些相關消息。」

女店員點點頭，把MP3遞給他。紅髮小混混在一旁意有所指地道：「這是目前了解外界情況的唯一途徑。」

4

男孩的秘密

二〇〇X年九月二十三日，上午十一點零五分

「對不起，那是……要付錢的。」

紅髮小混混轉過身去，望著提醒他的女店員，將手中剩下的半根火腿塞進嘴裡，一邊滿不在乎地嚼著，一邊咯咯咯地笑。本來一臉嚴肅的女店員反倒顯得困窘起來。

嚥下火腿，紅髮小子低下頭，把臉靠近她的面龐，「說實話，妳還蠻可愛的。再這樣望著我，說不定我會喜歡上妳。」

「你……」女店員的臉刷地一下紅了，眼神變得閃爍不定，有些不知道該往哪兒看，口中再次強調道：「這裡是超市，吃東西是要付錢的。」

「這正是我說妳可愛的地方。」紅髮小混混仍是那副玩世不恭的模樣，皮笑肉不笑地盯著她，「妳好像完全不明白我們處在什麼狀況中，居然還在乎什麼錢不錢的。」

女店員一時語塞，表情更窘迫了。紅髮小混混當著她的面又撕開一包牛肉乾，

遞了一塊到她嘴邊，見她用手擋掉，好笑地道：「我們被困在這裡，能平平安安地活下去，或者說多撐一陣子，就應該感謝上天了。妳還期待怎麼樣？在這段時間內繼續維持應有的營業額，好跟老闆爭取加薪？」

略帶譏諷的話說得女店員臉上一陣青一陣紅，正想反駁，緩緩走來的胖女人道：「這小夥子說得也有道理。我們能活著就算是不錯了，何必去計較一些小事？」她站定在女店員身邊，「不過，妳也可以記下我們吃了、用了哪些東西。要是能夠平安離開，以後再把錢補上也不遲。」

女店員想了想，顯然覺得特殊情況下確實沒必要太認眞，便沒吭聲了。

在他們說話時，貨架的另一邊，鬍子大漢早就拆開一袋麵包啃了起來，那對情侶也在食品架上選起了食物。

我的肚子其實早就餓得咕咕叫了，只是一直忍著，見大家都開始選吃的，也就不再客氣。

說實話，我小時候一直有個夢想，希望有一天能夠撲進一間堆滿了零食和糖果的房間，敞開肚皮吃它個夠。眞沒想到，這個願望居然會在如此詭異的狀況下，變相地得到實現。可惜我沒法感到高興，也沒心情去品嚐各種零食，只是在貨架上隨手拿了兩包餅乾，撕開包裝，塞進嘴裡。

環顧整間超市，只有三個人還沒有吃「午餐」的意思。其中兩個是大叔和單身母親，他們一人耳朵裡塞一個耳塞，坐在牆邊，專注地收聽電台。不難從兩人的表情判斷，沒聽到任何有用的消息。還有一個就是迄今爲止幾乎沒挪過窩的老婦人，仍是遠遠地蜷縮在角落裡。

我在貨架上選了幾袋蛋糕，拿了兩個牛肉罐頭，走到大叔和單身母親身邊，蹲下來將食物遞給他們，「先吃點東西吧。」

「謝謝。」大叔接過食物，分了一半給單身母親，並幫她打開罐頭蓋，卻被那位母親搖頭拒絕。看得出來，她現在除了自己的兒子，別的什麼都不關心，甚至連進食這種本能都被置之度外。大叔勸了好一會兒，她才拿起一個蛋糕，勉強咬了兩口。我敢說，哪怕遞過去一塊肥皀，她也吃不出那東西和蛋糕的區別，因爲她的全部神思都集中在正收聽的電台上。

「怎麼樣，聽到什麼相關的新聞了嗎？」我感覺自己是明知故問。

「沒有。」大叔低聲道：「再等等看吧。」

我點了點頭，心中不抱多少希望。

我真的餓了，很快就吃完了那兩包餅乾，還覺得沒怎麼飽，打算去貨架上再拿點兒吃的。沒走兩步，就發覺那個一直陰沉沉的、從沒說過話的男孩，在最靠邊的貨架上挑選東西，離眾人都遠遠的。

我忽然對這個孤僻的男孩產生了極大的興趣，想試著去接觸了解一下他，便緩緩地走到他身旁，可他像沒看見我似的，只顧低頭挑零食。注意到他手裡拿的那包洋芋片是我喜歡的口味，內心登時產生了些許好感，我於是儘量露出親切的笑容，主動打招呼道：「嗨！」

小男孩抬起頭來，漠然地望了我一眼，不搭腔，繼續選零食。

他的反應完全在預料中，但我沒有放棄，再次跟他套近乎，「眞巧，我也喜歡這口味的洋芋片。」

他仍然不理會，甚至看都不看我一眼。

我有些尷尬了，心說待在這裡自言自語完全就是自討沒趣。正準備轉身走開，那小男孩突地轉過身，從身後的貨架上拿了一樣東西，遞到我手上，並對我說：「妳需要這個。」

那是一把超市裡出售的水果刀。

我完全呆了，後背冒出一股涼意，不明白這是什麼意思。打算問個明白，他已先一步扭身離開，留我一個人怔怔地站在兩排貨架之間。

我一動也不動地站在那兒愣了將近一分鐘，腦海一片迷茫。低下頭，看見躺在手心裡的水果刀，忙把它放回原處，離開那兩排貨架。

走了兩步，我瞥見蜷縮在角落裡的老婦人探出頭來朝這個方向望，大概聽到了我和那男孩的對話。四目相對，我不知道該說什麼好，轉念想起她應該沒吃東西，便拿了一瓶礦泉水和兩袋麵包走過去，對她說：「吃點東西吧，老太太。」

我還沒完全走近，離她起碼有兩米遠，她卻惶惑地搖著頭，分明不希望我繼續靠近，好像我是什麼恐怖的怪物一樣。我無奈地歎了口氣，把食物和水放在她面前的地上，然後走開。

可憐的人，眞的被嚇傻了，我在心中想著。不過，她到底在怕什麼？還有那個男孩，爲什麼他的舉止如此怪異？另外，他說我需要那把刀，又是什麼意思？

毫無疑問，這一老一少是所有人當中最神秘且古怪的。我隱隱有種感覺——他們身上，隱藏著什麼秘密。

那秘密，就與我們現在遭遇的事情有關。

5

怪叫

二〇〇X年九月二十三日，晚上十一點整

她終於累了。哭累了、喊累了，敲打累了。而我也累了，聽累了、看累了，煩到累了。

那個單身母親連著聽了好幾個小時的電台節目，沒有收聽到任何關於此次事件的相關新聞，直到MP3的電力用盡，不得不拿去充電爲止。那之後，她卻好像被插上了電源似的，一下進入亢奮狀態，衝到鐵門邊，不停地嘶喊、哭泣、撞擊敲打鐵門，還像發了瘋似的呼喚她兒子的名字。我不知道是什麼力量支撐這個瘦弱的女人從下午三點一直持續這種行爲到晚上十一點，直到現在才總算癱軟下去。不難透過她虛脫的肢體和渙散的眼神，感受到深深的絕望與心寒。

事實上，絕望的何止是她一個？我想，超市裡包括我在內的每一個人，此時都是心寒徹骨。

這女人的敲擊呼喊持續了大約八個小時，外面沒有任何動靜和回應——我儘量

不去想，這意味著什麼。

所有人都心灰意冷了，沒有一個人說話，安靜得出奇。大家橫七豎八地胡亂躺在地上，此情此景，看起來像是有人洗劫了殯儀館。

令人窒息的沉悶持續了好一陣子，大叔忽然站起身來，走到櫃台邊問女店員，「這裡有被子嗎？」

她搖頭道：「沒有。以前沒人在這裡面住過。」

大叔說：「現在是秋天了，晚上的氣溫會比較低。如果我們繼續這樣和身而睡，是很容易感冒的。店裡肯定沒有藥品吧？要是有人生病，情況會相當麻煩。」

我正感歎大叔的心思縝密、考慮周全，卻聽對面的紅髮小混混用譏笑的口吻道：「大叔，看來你是準備在這裡長住下去了，對嗎？」

大叔瞥了他一眼，沒搭理，又問女店員說：「妳想想，有什麼可以代替被子使用的東西嗎？」

「讓我想一想……啊，對了，那邊的貨架上有一些桌布，也許可以拿來當被子蓋。」

「好的，我去拿。」大叔點點頭，朝她指的方向走過去。

不一會，他抱著十多條嶄新的桌布回來，分發給超市裡的每一個人。發到我這裡，特別說了一句：「晚上裹緊點兒，別感冒了。」

「謝謝。」我感激地點頭。

他又走到對面，問紅髮小混混，「你要嗎？」

紅髮小子挑了下眉毛，還是將桌布接了過去。

接下來，大叔走到門邊，親自把「被子」蓋在癱軟的單身母親身上，並對她說了些勸慰的話。最後，他才坐到牆邊，裹著「被子」睡了。

此刻已接近十二點，我不確定是不是每個人都睡著了，但起碼他們看起來都閉著眼睛。我發現，被鎖在這家超市之後，自己有了些失眠的症狀，但總不能一直不睡，於是在心中默默地從一數到一百。數著數著，眼皮越來越重，最後終於完全閉攏，同時關閉了腦中的所有意識。

不知過了多久，迷迷糊糊之中，我被人推醒。當著刺目的白熾燈，勉強半挑開眼簾，就見原先癱在門邊的單身母親蹲在面前，瞪著一雙驚恐的眼睛望著我，問道：

「妳剛才有沒有聽到什麼聲音？」

我迷茫地問：「聲音？什麼聲音？」

她把手指放到嘴邊，噓了一聲，低聲道：「別說話，仔細聽，門外。」

我照她說的去做，豎起耳朵聆聽外面的動靜。不一會兒，我聽到外頭貌似很遠的地方，傳來一聲低沉的、類似某種野獸發出的嚎叫。聲音不大，卻令我感到毛骨悚然，分辨不出那是何種動物製造的聲音。如此古怪的嚎叫，以前從來沒在任何地方聽過。

我駭然地問：「那是什麼鬼東西的叫聲？」

「不知道。」單身母親恐懼地搖頭，「我已經聽到好幾次了。」

話剛說完，怪物的叫聲又一次響起，而且這一次，音量明顯比方才要大，我不禁失聲叫道：「天哪！那到底是什麼？」

我的叫聲驚醒了附近的幾個人，他們緊張兮兮從地上坐起來，大叔問道：「怎麼了？妳們聽到了什麼？」

我惶恐地指著鐵門，「你們聽，外面有奇怪的叫聲。」

很快又起來了幾個人，他們一齊望向門口，仔細聆聽外界的動靜。

怪物的叫聲再次響起，聲音又比上一次大了些。超市裡的人顯然都聽到了，全都站了起來，個個瞪著寫滿驚惶的眼睛。

「老天啊，這是什麼怪聲？」胖女人臉色蒼白，不斷打著寒噤。

這一次，那怪物發出的聲音已經不是嚎叫了，而是一種嘶吼。我能感覺到，超市裡的每一個人都驚駭得不知所措。

小白臉男生的臉色跟他蓋的那張白色桌布幾乎沒差別了，顫抖著道：「聲音……越來越大了。」

女店員離開櫃台，一步步往後退，「我感覺……那東西離得越來越近了。」

事實上，大夥都跟她一樣，正不自覺地向後退，儘量讓自己離門遠一些。

「喂，你們發現沒有？那聲音離我們越來越近，但是……爲什麼聽不到任何腳步聲？」胖女人驚恐萬狀地問。

此時，又一聲巨大的嘶吼傳來。我狂跳的心臟快要從胸腔中蹦出來，錯不了的，這東西和我們已是近在咫尺，準確地說，它可能就在門口。

瞬間，超市裡的空氣彷彿停止了流動，每一個人都屏住呼吸，一動也不動地緊緊盯住鐵門。

五分鐘，或者是十分鐘之後，我不敢肯定。總之，當我們再聽到那怪物的吼叫，竟感到它轉了個方向，漸漸遠去，直至消失。

胖女人的疑問劃破死一般的寂靜，「那東西……離開了嗎？」

「別說話。」大叔警覺地說：「再等等。」

又等了大概十分鐘，確定沒有再聽見任何怪聲，大家才稍微鬆了口氣，高懸的心緩緩地放下來。

時尚女孩驚魂未定地按著心口問道：「你們……有人知道嗎？剛才在外面的是什麼東西？」

「我認爲是一種超越了正常人認知範疇的東西。」胖女人肅然道：「它發出的聲音顯然不會來自人類，也不像是某種動物。」

「這東西……和那男人說的『可怕病毒』有關係嗎？」小白臉男生戰戰兢兢地問。

這顯然是個沒人能回答的問題。超市裡沉寂了好半晌，鬍子大漢憤然罵道：「他媽的！外面到底變成什麼樣子了？」

6

駭人的新聞

二〇〇X年九月二十四日，上午九點整

早上醒來，我明顯感覺到夜裡的恐怖陰影還沒從衆人心中散去，所有人的臉上都掛著驚悸和後怕。大家像驚弓之鳥一樣，時不時就要瞥一眼門口，神經質地判斷著外面是不是又傳來了什麼怪聲。不過，誰也沒有再提起昨天的事，沒人願意再去重溫那可怕的回憶。

我與其他人相同，在超市的貨架上尋找能充當早餐的東西。這時，身後傳來的稀哩嘩啦聲吸引了注意力。回過頭去，見鬍子大漢從廁所旁邊的雜物間中翻出電鑽、鐵錘、鉚釘和鋼鋸，雙手抱起它們，逕自朝鐵門走去。然後將電鑽插頭插入門口的一個線槽中，打開開關，嗡嗡地試起來。

胖女人走上前去問道：「喂，你要幹什麼？」

鬍子大漢鼓著眼睛說：「幹什麼？這不是明擺著的嗎？我要打開這扇該死的門，趕緊出去！」

女店員跑過來，說道：「這些東西……是我老闆用來修理貨架和貨櫃的，你從哪裡……」

沒等她說完，鬍子大漢惡狠狠地指著她道：「妳早該告訴我這店裡還有這些工具。我要是提前發現，早就弄爛這扇鐵門出去了！」

「你不能這麼做！」胖女人緊張地阻止，「忘了昨天晚上聽到的怪叫聲了嗎？外面肯定十分危險，貿然出去會送命的。」

「她說得對，外頭可能有很可怕的怪物！」小白臉男生也走過來。

鬍子大漢哼了一聲，輕蔑地說：「那你們就留在這裡吧，我可不想跟你們這群膽小鬼、孬種待在一起。老子受夠了，不管外面有啥，我都要出去看看。」

「可你把門砸開，就不是一個人出去的問題了。我們失去了這扇鐵門的保護，怪物和病毒都會趁機鑽進來。」胖女人神情嚴肅，「這不是只關係到你一個人的事，你不能這麼自私，因爲自己的衝動害了我們所有人！」

鬍子大漢吼道：「那妳說怎麼辦？在這裡住一輩子？超市裡的水和食物遲早會吃完，到時候還不是死路一條？不如趁現在出去，死也死個明白！」

「我們再守在這裡等等，說不定會有人發現……」

「發現個屁！都兩天多了，眞要有人路過，早該發現我們了。」

「別吵了！」他們正爭執不休，蹲在牆邊的大叔猛地大吼一聲，手裡握著MP3，神色嚴峻地道：「我聽到電台裡的新聞報導了！」

所有人一愣，趕緊圍攏過去。單身母親第一個撲到他面前，急促地問：「新聞報導說什麼？」

大叔眉頭緊蹙，迅速地比出一個手勢，示意別忙說話，沉聲道：「信號很不好，我只能斷斷續續地聽到一些內容。」

「那你聽到一句什麼，就馬上把那一句說出來。」單身母親焦急地要求。

大叔點了下頭，照她說的那樣做，「……現已查明，我國東部地區M市爆發了一種相當罕見且特殊的病毒，這種病毒的產生源和傳染途徑尙不明確……從患者的情況來看，病毒所引起的症狀十分可怕……該地區絕大多數人已被感染……爲了控制疫情，倖存人員已全數轉移，送往全國各大醫院隔離治療。遭病毒感染最嚴重的M市及其周邊已於昨日徹底封鎖隔離……目前所有人員基本撤離完畢……在醫療單位研究出具體預防和治療措施之前，M市將不允許任何人進入……有關專家稱，疫區的病毒存在變異和惡化的可能，而疫情最嚴重的M市一帶，在未來幾日將發展變化成何種情況，尚不能確定。若M市的狀況出現不可控趨勢，將不得不採取某些特殊措施……」

衆人的心都提到了嗓子眼，大叔偏偏在這個時候停了下來。單身母親急不可待地問：「然後呢？後面又說什麼？」

他神色凝重地又聽了好幾分鐘，最後沮喪地取下耳塞，「信號完全中斷了，後面是一片雜音，什麼也聽不清。」

「媽的！到最關鍵的地方，偏偏沒有了！」鬍子大漢怒吼。

「M市！不就是距離我們最近的城市嗎？」時尚女孩尖聲道：「這個地方的人果然都被病毒感染了，而且昨天就轉移到別處去了，那外面現在豈不等於是一座空城？」

胖女人面色慘白地說：「天哪！太可怕了，新聞裡說M市及周邊人員都已經撤離完畢，徹底封鎖，這麼說，我們被遺忘在這間郊區小超市裡了！」

小白臉男生呆若木雞地說：「怎麼會被遺忘在這裡……政府肯定在之前派人到這一片來看過的，可能那時我們沒有敲門求救，門又關著……所以他們以爲這裡面沒有人，就離開了……」

「你的意思是，我們是附近僅存的沒有受病毒感染的人，陰錯陽差地被遺忘在已經被病毒侵蝕的空城裡？」胖女人駭得面無人色。

「其說是空城，倒不如說是座『死城』貼切些。」冷冷的聲音，來自那個紅髮小混混。

女店員被嚇得淚流滿面，泣不成聲，「那現在外面還剩下什麼？該不會活著的人都撤走了，只留下因病毒感染而死的……屍體吧？」

「眞要是這樣，夜裡聽到的怪叫聲又是什麼東西發出的？」時尚女孩顫抖著問：「爲什麼新聞裡完全沒提到這個？另外，新聞說病毒存在變異和惡化的可能，又是指什麼？」

紅髮小混混一臉的厭惡和不屑，「妳對這些所謂的『新聞』還沒看透嗎？碰上眞正的大事，所謂的專家從來都只有模稜兩可、隱瞞事實、避重就輕三招。剛才聽了半天，連得了病毒的人到底會有怎樣的症狀也沒說明白。哼，別說我們本來就因爲信號不好而沒聽完全，就算是全部聽完了，也未必能弄清楚外面的眞實情況。」

「新聞裡最後說的那個意思，你們聽出什麼來了嗎？」胖女人膽顫心驚地說：「那裡面說，一旦出現不可控趨勢，就會對這裡採取某些特殊措施……」

「妳知道這句話是什麼意思？」時尚女孩問。

「我以前看過一部美國電影，那裡面講，有一座城市遭遇到類似我們現在遇到的這種可怕病毒的侵襲。爲了避免病毒向全國、全世界蔓延，政府不得不把那地區炸毀……」

聽到這話，女店員嚇得臉都扭曲了。時尚女孩難以置信地說：「炸……炸毀？這也太誇張了吧，又不是在拍災難片！」

我默默地聽他們你一言、我一語地猜測、議論，腦子有如一片亂麻，心一層一層地往下沉。越是聽，越覺得我們所處的境況無比糟糕，甚至感到萬念俱灰、走投無路。

這當口，鬍子大漢一聲猛吼，「既然如此，你們還猶豫什麼？應該趕快把門砸爛，趕快離開呀！」

大叔從地上站起來，望著他說：「你還沒弄明白狀況嗎？外面現在是病毒蔓延、危險重重。這種時候出去，無異於自尋死路。」

「那依你說，該怎麼辦？」鬍子大漢厲聲責問：「我們已經被忘在這裡，沒人管了，難不成眞要守在超市裡等死？」他指著胖女人，「而且她也說了，如果這地區的情況再惡化下去，政府有可能直接扔炸彈過來啊！你想等到那一天嗎？」

「我認爲那只是最極端的猜想。況且這位女士也說了，她的猜測來源於一部電影，那裡面的劇情絕對是虛構的。現實生活中，不管出於怎樣的考量，政府都不可能輕易地將某座城市炸毀，用不著這麼擔心。」大叔冷靜地分析道：「另外，我不認爲我們眞的被丟在這裡沒人管了。新聞裡說了的，只是因爲醫療機構還沒能研究出預防和治療病毒的措施，才不允許任何人進入M市一帶。這意味著，一旦問題解決了，立刻會有醫療隊伍或別的什麼組織重返此地，那時候我們一定會獲得救援。」

「可是，誰知道他們要研究多久？」時尚女孩擔憂地說：「要是一年半載都沒能研究出來呢？或者，在研究出來之前，情況就先惡化到了不可收拾的程度，誰知道他們會做出什麼決定？」

「那我們也只能耐心等待，相機行事。」大叔舉起手中的MP3，「不是還有這個嗎？可以通過它了解每天的事態變化，再靈活做出決定。」他說著，環視整個超市一圈，定定地道：「起碼現在要意識到，我們是幸運的，不是被鎖在一間車庫或者是體育館之類的地方，而是一家超市。我剛才大概估算了一下，省著點吃，靠這裡的食物撐上幾個月應該沒有問題。」

鬍子大漢倒吸一口涼氣，瞪大眼睛吼道：「你還眞打算在這地方長住？我跟你講，要眞待上幾個月，不悶死也會被逼瘋的！」

「我只是要表達，超市裡的食物很足夠，不代表眞的要在這裡待這麼久。夠幸運的話，或許再待上一兩個星期就能獲救。」

「啊——」胖女人忽然渾身一陣抽搐，臉色煞白地猛力搖頭，「不，不行……」

衆人都詫異地望向她，時尚女孩問道：「怎麼了？」

她哆嗦著指向雜物間，「你們是不是忘了，雜物間裡還有具屍體？時間長了，會腐爛、發臭的，到時候……」

所有人都愣住了，臉龐罩上一片陰影。

7

表決

二〇〇X年九月二十四日，上午九點三十五分

對於胖女人說的這句話，反應最大的就是我了。因爲我早上到廁所洗臉的時候，確實聞到旁邊的雜物間發出陣陣腐臭。此時一回想，胃裡的東西瞬間湧進喉嚨，我不得不以手捂住嘴，拚命克制立即嘔吐的衝動，別無選擇地朝廁所衝。

我趴在馬桶邊一陣狂嘔，之後猛灌了幾口涼水漱口，匆匆地離開廁所，不想再記起或聞到那股味道。走出來再看，鬍子大漢還在和一些人爭吵是否應該砸門出去。雙方的爭執越演越烈，吵得面紅耳赤。

大叔舉起雙手揮舞，努力提高音量喊道：「大家別吵了，不管有什麼問題都可以好好商量，輕率急躁只會對我們不利。目前最重要的是，我們十個人必須團結一致……」

十個人？超市中不是有十一個人嗎？我愣了一下，隨即會過意來，他肯定把剛剛跑去廁所嘔吐的我算漏了，於是一邊走過去，一邊揚手道：「嘿，別忘了還有我

呢。」

大叔望向我，點了下頭，繼續道：「大家都冷靜下來，仔細分析商量看看，到底怎樣做才是最好的。」

鬍子大漢瞪著他，像要發洩心中積蓄已久的怒氣，「喂！你憑什麼老是擺出一副領導者的姿態，要我們都按你說的那樣去做？你算老幾？」

大叔道：「我沒有要求你們都聽我的，我只是建議大家先冷靜下來，好好地討論完再做決定。」

「做什麼決定？我說了，砸開門，出去，就這麼辦！沒什麼好商量的！」

大叔直視大漢，「不能因爲你的一意孤行，讓我們都陷入危險。」

鬍子大漢迎著他的目光道：「那你能肯定，照你說的那樣留在這裡，就不會有什麼危險？」

大叔和他對視了好一陣子，最後率先轉開視線，歎息道：「要不這樣吧，民主一點，舉手表決，看到底是留在這裡還是砸開門出去，行嗎？」

鬍子大漢頓了幾秒，甕聲甕氣地說：「好吧！」

大叔掃視了一遍集中在一起的人，問道：「除了他之外，還有誰贊成出去的，請舉一下手。」

本來以為沒有人會和那大漢志同道合，沒想到那位單身母親舉起了手，「我要出去，我受不了了，我必須出去找我兒子。」

「妳兒子現在應該很安全，已經被送去外地接受治療了……」胖女人道。

大叔衝她擺了下手，示意別忙說話，對單身母親點頭道：「沒事，我能理解妳的想法。那麼……」他望向其他人，「還有誰願意出去？」

又過了好幾秒，時尚女孩緩緩地舉起手。

她的男朋友驚訝地喊道：「嘉，妳在想什麼？妳確定嗎？」

她望著男友，口中的話卻像是對所有人說：「聽著，我是這樣想的。我們應該試著出去，但不是冒冒失失的，而是在謹慎、有準備的情況下出去。比如說，可以戴上這裡賣的口罩，穿上輕便雨衣，還可以準備好防身的武器。別忘了，收銀台裡鎖著一把槍，出去的時候可以把它帶上。」

「妳曉得外面的病毒有多厲害嗎？普通的口罩怎麼可能有效？況且新聞裡也說了，專家都還沒查明病毒的傳播途徑是什麼，擋著口鼻和身體能有作用？這可不是普通的感冒病毒！」小白臉男生滿臉憂慮地分析，「再說了，嘉，妳也聽到了那恐怖的叫聲。我敢說，發出那種聲音的怪物，就算沒一隻恐龍那麼大，也絕不會比一隻大象小，小小的手槍哪裡能派上用場？」

「已經過了這麼久，都沒有再聽到那種叫聲，那怪物應該走遠了。」時尚女孩厭煩地望著男友，「好了，我不想和你爭這些。總之，我覺得再在這裡待下去，不悶死也會瘋掉，與其那樣，倒不如出去碰碰運氣。至於你，不一定非得和我做同樣的選擇。你可以留下來等待救援，我不會怪你。」

小白臉男生愣了幾秒，隨即像受到侮辱似的漲紅臉嚷道：「妳在說什麼啊？我怎麼會讓妳一個人去冒險呢？好吧，既然妳這麼想，我就陪妳出去。」

他的話音剛落，鬍子大漢便鼓掌道：「很好，夠種！我欣賞你們！那麼現在，算上我在內，有四個人同意出去了。」

「是的。」大叔道，又問了一次，「還有誰贊成出去？」

我的心怦怦直跳，緊張得手心冒汗，再有一兩個人舉手贊同，恐怕鬍子大漢那邊就要勝出了，這顯然不是我希望看見的局面。我惴惴不安地偷瞄各人臉上的表情，同時注意到，紅髮小混混遠遠地站在一邊，漫不經心地嚼著口香糖，貌似在看一場好戲，一副事不關己的模樣。陰沉沉的小男孩離得更遠，完全沒有要參與進來發表意見的意思，那種漠不關心的態度，好像我們這些大人眞的是在上演一齣鬧劇。現在十多歲的小孩怎麼會酷成這副樣子？

還好，這一次過了好久，沒有人再舉手。

大叔問道：「沒有人贊成出去了嗎？那好，請贊成留在超市裡等待救援的人舉一下手。」

我、大叔、女店員和胖女人都舉起手。隨即我們尷尬地發現，贊成留下的人居然和贊成出去的人數一樣，都是四個人。

鬍子大漢不知出於什麼居心，哈哈大笑道：「平手！舉手表決個鳥啊？好了，到底怎麼辦？」

胖女人不甘心地望向紅髮小混混，「喂，年輕人，你不發表點意見嗎？你還這麼年輕，長得也挺帥氣的，應該不會急著出去送死吧？」

「妳這話是什麼意思？」鬍子大漢凶巴巴地瞪著她，「哪些是不該死的？哪些又是該去死的？」

「不，我不是這個意思……」

「你們別爭了。」紅髮小混混打斷對話，雙手抱在胸前，挑起一邊的眉毛，「我是不會發表意見的。你們出去也好，留下也罷，我都無所謂。」說著，不以為意地攤了下手，「反正我怎麼都行，就當我保持中立吧。」

胖女人望向前方，嘴唇翕動，一副欲言又止的樣子。大概是覺得那個小男孩更加冷漠，完全無法溝通，只能無奈地擺了擺手，歎息一聲。

鬍子大漢斜睨大叔說：「眼鏡，你要民主，我就陪你民主了一把，可表決的結果是兩邊人數對等，你說又該怎麼辦？」

女店員指著角落的老婦人說：「那邊不是還有個老太太嗎？她一直沒過來，但我們也該問問她的意見。」

鬍子大漢哼了一聲，「她從第一天晚上就被嚇得神智不清了，妳去問她也是白問。」

大叔沉吟道：「確實該問問她的意見。」他看向女店員，頭朝老婦人那邊揚了一下，「麻煩妳過去問問她吧。」

女店員朝角落那個老婦人走過去，後者仍是一副緊張、戒備的樣子，警覺地盯住所有靠近她的人。女店員顯然也察覺到了這一點，在距離她還有一兩米的地方停了下來，俯身問道：「老太太，我們剛才說的那些話，您應該也聽到了吧？那麼，您贊成砸開門出去嗎？」

在場人的目光都聚集到老婦人身上，只見她緊抱著身體哆嗦兩下，然後使勁晃了晃腦袋。

女店員轉過頭來說：「老太太不贊成出去。」

鬍子大漢暴跳如雷地吼道：「他媽的，這算怎麼回事？她本來沒發表意見的，你們偏偏要去問她！她當然不會願意出去，瞧瞧那副要死不活的樣子，擺明了打算窩在那裡等死，問她的意見有個屁用？」

「先生，你說得太過分了。」大叔道：「不管怎樣，她也是我們當中的一員，怎麼就沒有發表意見的權利？」

「夠了！我不想再跟你爭這些鳥問題！」大漢青筋暴露地咆哮道：「老子玩夠了，反正我要把門砸爛出去，管你們……」

話還沒說完，超市裡忽然傳出劈啪兩聲，接著，天花板上方的白熾燈閃了兩下，一齊熄滅。我們還沒反應過來是怎麼回事，已經被一塊無形的巨大黑色布幕完全籠罩。過了好幾秒，我才意識到——停電了。

8

斷電

二〇〇X年九月二十四日，上午十點零五分

突然陷入黑暗，所有人都在瞬間惶恐起來，暫時忘記了剛才的爭執。

我看不見任何人的臉，只感覺黑暗中有些模糊的身影在晃動，接著聽到胖女人驚恐的聲音，「這是怎麼回事？停電了嗎？怎麼會這樣？」

「大家別慌，也別亂動。誰有打火機？」是大叔的聲音。

「我這兒有。」隨著說話聲，啪的一聲響，一絲火光燃起，我看到紅髮小子那張昏黃的臉。

他點著打火機走到這邊來，火光跳躍著，每個人臉上都變換著明暗不同的色調，顯得陰森可怖、詭異莫名。

大叔問女店員，「這超市有什麼停電的應急措施嗎？」

「沒有，這只是家小超市，不可能自備發電機，而且以前也沒停過電。」

「那有沒有什麼可以照明的東西？比如說手電筒、蠟燭之類。」

「超市有賣手電筒。」女店員指著一邊的貨架，「印象中就放在那邊最上面的一層。」

大叔對紅髮小混混說：「走，我們過去拿。」

他們舉著打火機朝那一排貨架走去。而我們這邊，時尚女孩掏出手機，按亮背光，勉強帶來一點光亮。

不一會兒，大叔和紅髮小混混各拿著一支手電筒回來。對著天花板打開開關，兩束光線投射出來，就如黑暗中的兩座燈塔，將周圍照亮。

時尚女孩問大叔，「你們怎麼不多拿幾支手電筒過來呢？起碼一個人要有一支吧。」

「手電筒倒是有這麼多支，但超市裡的電池是有限的，如果不節約使用，以後可能就完全沒有光了。」

時尚女孩嘟囔道：「反正我也不打算再待下去……」

鬍子大漢不由分說地從紅髮小混混手中搶過手電筒，逕自朝門口走去，將燈光照向牆上的電閘，看了幾眼，咬牙罵道：「媽的，不是跳電，真的停電了。」

小白臉男生望向大叔，「聽你的意思，這電是不會再來了？」

「你怎麼還在問這麼幼稚的問題？」他的女友驚訝地說：「這種時候忽然停電，難不成是巧合？你該不會還天真地認爲，這只是暫時性的停電？」

胖女人神情陰鬱地提醒道：「新聞裡說，M市與周邊地帶的人都撤離了，當然沒有必要繼續供電了。」

小白臉男生呆呆地張著嘴巴，他的聲音顯然已離他而去。

「該死！」門邊的鬍子大漢又一聲怒吼，「電鑽沒法用了！」頓了片刻，憤憤然地道：「沒關係，我就憑這把鐵錘和鋼鋸，也能把門弄開！」

大叔走過去，對他道：「我知道這時候再勸你已經沒意義了，但在你把門弄開之前，我還是想提出最後一個要求——相信我，這對你也有好處。」

鬍子大漢遲疑地盯著他，「什麼要求？」

「再等十幾個小時。也就是說，等到明天早上，你再砸門。」

大漢瞇起眼睛問：「這是啥意思？既然要砸門，今天和明天又有什麼區別？難不成多在這裡面待一天，你都要舒服些？」

大叔從衣服口袋裡掏出MP3，捏在手中，「起碼，我們可以再透過它多了解一天情況。要是到了明天早上，事態依然沒有任何變化，或者說狀況更糟了，我會幫你把門砸開。」

鬍子大漢盯著他的眼睛說：「我得提醒你一件事，現在斷電了，這個MP3已經不能再充電。你用它來聽電台新聞，最多也就只能堅持一兩天。」

「我知道，所以才說，再多等一天的時間。」

他們對視了好一陣子，鬍子大漢終於微微點頭道：「那好吧，我就再聽你一次，等到明天。明天早上九點鐘，不管怎麼樣，我都會動手砸門。」

他從地上撿起鋼鋸，在空中揮舞兩下，惡狠狠地望著眾人，「到時候要是誰再來阻止，可別怪我不客氣。」

9

第一個死者

二〇〇X年九月二十五日，凌晨一點十四分

對於我們來說，白天和夜晚已經沒有區別了，在這個幽閉空間裡，任何時刻都是漆黑一片。唯有通過牆上時鐘的螢光指針，來判斷現在是該吃飯還是睡覺。

如果我說，待在這黑暗的環境中，感到了壓抑和鬱悶，其實有點矯情。經過將近一天的時間，竟然已經有些適應了猶如夜行動物的生活，不用借助手電筒微弱的光線，也能看清別人的臉。整個下午，我都坐在牆邊思索，自己的適應能力何時變得如此之強？直到發現超市裡其他人的表現也和我差不多，才有些明白——人處在逆境中，總會激發出一些潛能。

現在是睡覺的時候，只有一支手電筒直立在超市正中間的地板上，投射在天花板上的那團小小的、橘黃色的光，成爲我們和地底昆蟲唯一的區別。我盯著那團橙色的光發呆，腦子裡產生出許多與這團光暈相關的無聊幻想。沒辦法，確實太無聊了，沒任何事可做。從晚上九點就靠在牆邊打盹兒，睡到現在醒了，又開始失眠。

反常的作息模式已經成了家常便飯。

我正把那團圓圓的橘色光圈幻想成一個金黃色的月餅，突然看到前方的兩排貨架之間，出現一個小小的身影。定睛一看，是那個十四、五歲的小男孩，腳步緩慢地經過。我心中十分詫異，沒想到這裡除了我之外，還有人沒睡。更不明白的是，半夜三更的，這男孩爲何還在貨架中徘徊穿行？

這當口，他猛地扭過臉來，我心中一驚——不可能！我離他有好一段距離，而且我沒動，只是看著他而已。當著極度昏暗的光線，我不相信他看得清我是睜開眼還是閉著眼。

疑惑之時，男孩的臉又轉了過去，身影消失在一排貨架後。我鬆了口氣，心想他大概只是起來上個廁所，無意間朝這邊望了一眼罷了。

一切又歸於靜止、毫無變化的狀態。我盯著手電筒的光圈看久了，漸漸又有了睡意。飽受失眠折磨的我不敢怠慢，立刻順勢躺下去，許久之後，終於沉沉睡去。

在我以爲，自己剛睡著就被那聲刺耳的尖叫聲給驚醒。後來才曉得，那聲尖叫發出的時間，實際上是淩晨三點半左右。

那是一聲撕心裂肺的女人尖叫。我從熟睡中被驚醒，連打了幾個激靈，驚恐地坐起身來，不明白發生了什麼事。其他人也跟我一樣被驚醒，睜著一雙驚懼的眼睛，莫名其妙地左顧右盼。直到第二聲尖叫表明了出事的方向，眾人才一擁而上，朝最靠近門的那排貨架跑去。

衝在最前面是大叔，手裡拿著另一支打開的手電筒。跑到那排貨架和牆壁之間，他猛地煞住腳步，震驚得目瞪口呆。我們迅速跟上，藉著他手裡的光線，望見駭人的一幕：鬍子大漢以一種扭曲的姿態倒在血泊之中，一把水果刀的整個刀刃深深地插入他的脖子。

毫無疑問，他一定連聲音都沒發出來就斃命了。最恐怖的是，他雖然看著已死去多時，銅鈴般的雙眼依然圓睜著，直勾勾地望向前方，嘴也張著，像在死前曾試圖喊出什麼來。如此怪異的死相，給人的第一個感覺是，他在被殺時看到了什麼恐怖且驚人的東西，以致死後保持這般猙獰的表情。

在場的每一個人都跟我一樣，倒抽了幾口涼氣，被這番景象嚇得呆如木雞、不寒而慄。至於最先發現屍體的女店員，此刻蜷縮在牆邊，雙手緊緊地捂著嘴，渾身激烈顫抖。剛才的兩聲尖叫之後，她好像被抽去了所有的力氣，整個人被嚇得進入了恍惚狀態。

單身母親撿起地上的一塊桌布，走上前去，裹住顫抖不已的女店員，將她緊緊抱住，扶了過來，安慰道：「好了，好了，沒事了。」

時尚女孩從旁邊的貨架上拿來一瓶礦泉水，將瓶蓋擰開，遞給她，「喝點兒吧，會好些的。」

女店員顫抖著接過水，喝了幾口，臉色仍然蒼白得像張紙。單身母親不停地輕撫她的背。好幾分鐘後，她才稍微好了點兒。

大叔試探著問：「妳是……怎麼發現他的？」

女店員嚥了口唾沫，像要努力把恐懼吞嚥下去，但仍打著寒噤，「我起來上廁所，路過這邊……被他的腿……絆倒。我爬起來望過去，就看到他……被殺死了……其他的，我什麼都不知道……」

大家對視了一眼，胖女人駭然地喃喃道：「他是被殺死的……是被謀殺的，這麼說……」

我知道她想說什麼，兇手就在我們中間，這是毫無疑問的事實。在場沒有誰將這句話說出來，可所有人此刻都這麼想，這句話分明就寫在每個人的臉上。

「看來，我們都得提防著點兒了。」紅髮小混混冷笑道：「事情眞是越來越有意思了。」

我對他說話的內容和態度十分反感。雖說我之前也見不慣那個蠻橫無理的鬍子大漢，但他畢竟是一條生命，況且現在都被如此殘忍地殺死了，活人嘴上還不能積點口德嗎？我厭惡地瞄了一眼冷漠的紅髮小混混，哼！你覺得有人被殺是件有趣的事嗎？要是刀子這會兒插在你的脖子上，那就更有趣了。

突然，我心中一驚，腦子裡像劃過一道閃電，呼吸在瞬間暫停。水果刀？

妳需要這個——我想起來了，那個小男孩對我說這句話時，遞到我手裡的那把水果刀，就跟插在鬍子大漢脖子上的那把刀一樣！

天哪！我的後背冒出冷汗，緩緩地轉動腦袋向後望去，看到那個小男孩在遠處的黑暗中，默默地注視我們。隔得太遠了，看不清他臉上的表情，但不難猜到，因爲那副陰冷的、始終如一的表情，我已經看過很多次了。

是巧合嗎？還是……腦子裡一片亂麻，我把臉迅速地轉回來，不敢再望那個方向。整個人像是墜入了冰窖，全身發冷。

10

猜疑

二〇〇X年九月二十五日，凌晨五點十七分

「喂！喂！大姐，醒醒。」

輕微的呼喚聲中，單身母親睜開惺忪的雙眼，藉著昏暗的光線看見了面前的兩個年輕人，問道：「怎麼了？」

「有人被殺死了，妳還睡得著？」時尚女孩問。

單身母親苦笑一下，「發生了這種事情，我又有什麼辦法？總不能就一直不睡了吧？」

小白臉男生眨著眼睛說：「妳難道沒意識到，兇手就是我們這些人當中的一個？我們還處在危險中。」

「我當然意識到了。可我們本來就處在危險之中，又何必懼怕多出一個殺人兇手呢？」單身母親身心俱疲地說：「況且，我又不知道那人是誰，想提防也無從提防啊。」

「我們確實一直處在危險之中，可是，以前的威脅來自外面，而且不曾確切地造成傷害。這次就不同了，危險產生於內部，時時刻刻都在威脅我們的性命，不能夠坐視不理。」

單身母親盯著時尚女孩，「那妳想怎麼做？」

「還記得被殺的大鬍子昨天晚上說的最後一句話嗎？」

「他好像說，今天早上九點鐘，不管怎麼樣，他都會動手砸門，誰也別想阻止他……」

「對。」時尚女孩壓低聲音，「他撂下那些話之後，在幾個小時之內被人悄悄地殺死了，想想看，這意味著什麼？」

單身母親直起身子，似乎有些明白了，「妳是說……」

「沒錯，那傢伙毫無疑問是被不贊成砸門出去的那些人之中的一個殺死的。我想不出別的任何動機。」時尚女孩神色肅然。

「想一下吧，今天早上九點，不會再有人提議去砸那道門了——當然，前提是我們三個都不再堅持出去。」小白臉男生補充道。

單身母親徹底明白了這兩人來找自己的用意，「我懂了，除去那大漢，還贊成要出去的，就只有我們三個人。如果早上還堅持要砸門出去，下一個受害者就可能是我們當中的某一個。」

「謝天謝地，妳終於弄懂我們的意思了。」小白臉男生吐出一口氣。

單身母親說：「你們來找我商量，想讓我早上別再提起出去的事？」

「不僅是妳，我們也需要。」時尚女孩說：「得趕在兇手下手之前主動表明態度，讓所有人都知道，我們已經放棄了出去這個念頭。」

單身母親皺著眉說：「我想還不至於這麼可怕。畢竟那大漢對兇手來說，才是最主要的威脅，我們只是附和他而已。現在人已經死了，還有必要把我們三個趕盡殺絕嗎？」

「誰曉得呢？反正兇手開了殺戒，那麼殺一個和殺幾個，還不是一樣？」小白臉男生擔憂地說：「我就怕對方一不做二不休。」

單身母親悲哀地歎了一口氣，「其實，我倒不怕殺人兇手什麼的。反正我已經萬念俱灰了，真要被殺死，反倒是種解脫。」

小白臉男生憂慮地望著她，「妳這麼說的意思……該不會早上妳還要繼續堅持出去？」

單身母親心灰意冷地搖頭，「我一個人堅持有什麼意思？就是有心也無力啊。憑我一人的力量，不可能砸得開那扇門。事到如今，就聽天由命吧。」

時尚女孩看著她沮喪的模樣，安慰道：「別這麼洩氣，說不定我們運氣好，再耐心等個幾天，救援的人就來了。」

單身母親苦笑一聲，沒有說話。

三人的談話結束後，時尚女孩和小白臉男生又互相說了些鼓勵、安慰的話。我沒有心思再聽下去了。

現在才凌晨五點多，他們肯定以為輕聲細語的對話不會被熟睡的人聽見，卻不知道只相隔了兩個貨架的我，從殺人事件之後就根本沒睡著。剛才的每一句話，都讓我一五一十地收入了耳中。

時尚女孩的分析很有道理。具有殺人動機的，顯然是反對出去的這些人之一。她和她的男朋友此刻大概又躲到了另一個更隱密的角落去，進一步分析著：大叔、胖女人、女店員，當然還有我——這些人之中，誰更可能是殺人兇手？

我悲哀地歎了口氣。她的分析有道理，也有嚴重的疏漏。沒發表意見的人，不見得內心就眞的沒有想法。事實上，默不作聲、隱藏心中眞實想法者，往往才是最可怕的。

更要命的是，他們沒有一絲一毫想到，兇手可能是那個十多歲的小男孩，眞讓我失望透頂。

我忽然意識到，自己可能是這些人當中，唯一一個眞正猜到兇手身分的人。可是我能怎麼辦？僅僅因爲之前看到那男孩半夜在超市中走動，就指稱他是兇手，未免太沒說服力了。別人只會認爲他是起來上個廁所而已，我也的確沒有眞憑實據能證明他殺了人。至於他在幾天前暗示性地遞了一把水果刀給我這件事，連我自己都覺得詭異某名、匪夷所思，還是別講給他人聽比較好。

若我不採取任何措施，那男孩會不會繼續殺人？或者，他會不會對我下手？

我感到惶恐不安，苦苦思索卻無計可施，陷入深深的迷惘和困窘中。

11 老婦人的秘密

二〇〇X年九月二十五日，早上九點零五分

這實在是件諷刺的事情，昨天那鬍子大漢說要在第二天九點鐘把門砸開時，肯定想不到第二天的九點鐘，他是以死屍的身分進入另一扇門——雜物間的小門。

大漢比較重，這次是大叔加上紅髮小混混、小白臉男生，三個人合力才把他丟了進去。其他人站在一旁，目睹他們在昏暗的光線中搬動屍體、處理血跡，心中一陣陣發涼。

待處理完畢，時尚女孩便迫不及待、欲蓋彌彰地表白道：「我想，我們還是待在這裡面等待救援吧，也許……外面的情況真的比想像中還要危險。」

別的人都沒反應，我自然更明白她的用意，只有紅髮小混混點著一支煙，在一旁乾笑道：「呵呵，好，正確的選擇，這下就不用擔心『保守派』殺掉妳了。」

他語出驚人，一下子捅破了那層窗戶紙，所有人的表情都變得驚愕且緊張。我一思量，自己也是被劃分為「保守派」的，那贊成出去的人又算什麼？「激進派」？

太好了，眞是只要有人在的地方，必然會有幫派鬥爭存在，哪怕是再少的人——這正是人類幾千年來爭鬥不息的可悲根源吧。

被一語道破眞實想法的時尚女孩尷尬不已，臉扭到一旁不吭聲了。

倒是胖女人憤憤然地衝紅髮小混混道：「你這話是什麼意思？難不成是說我們幾個殺了那大漢？」

他歪著嘴哼了一聲，「我又沒說是妳，妳緊張什麼？不覺得這樣有點不打自招嗎？」

「不打自招？」胖女人倒吸一口氣，尖聲叫道：「你……你在說什麼！你居然懷疑是我？天哪，我怎麼可能做那麼可怕的事？」

「這可說不準。」紅髮小混混冷冷地道：「誰臉上都沒刻著『兇手』兩個字，要單看外表，誰都不像兇手，可偏偏就有人被殺死了，總不會是自個兒拿水果刀往脖子上插著玩兒吧？」

「好吧，既然話都說到這份兒上了，那我就把心裡想的說出來。」胖女人氣呼呼地道：「但我先說清楚，不是因爲你剛剛說了我，這才反過來攻擊你，我不玩那種小孩子的把戲。實際上，我看我們這些人裡面，最可能做出殺人這種事的，就只有你！」

紅髮小混混將半截煙頭猛地往地上一擲，惡狠狠地喝道：「妳說什麼？妳他媽憑什麼覺得我像殺人兇手？」

「就憑你這副嘴臉！」胖女人毫不示弱，「我看其他人都是正正經經的，只有你生得一副混混樣。再說了，最開始那個男的不就是被你打死的嗎？你那一下子可是心狠手辣、毫不留情啊！後來知道錯殺了他，也沒有半點內疚和……」

「住口！肥婆！」紅髮小混混怒不可遏，兩步跨過來，指著胖女人的鼻子罵道：「老子一副混混樣，妳就像好人？可別忘了，昨天那大漢說要出去的時候，妳是反對得最厲害的！我當時就說了，我保持中立，出去或者留下都無所謂，幹嘛要殺了他？哼，就是妳這種裝得像個好人的人，最有可能是殺人兇手！現在當著眾人的面說懷疑是我，爲的是轉移大家的注意力！」

胖女人氣得大口喘粗氣，像是快要爆炸了，渾身顫抖，「對，你是說保持中立，可鬼才知道你心裡是怎麼想的！沒準就是盤算著想把他殺死，才在表面上說什麼中立的鬼話。老實告訴你，我一看到那大漢被殺死，就猜到是你了！那種事絕對不像是女人幹的，溫文儒雅的男人和十多歲的小男孩也不可能，不是你，還會是誰？」

我心裡咯噔一下，這話可是說錯了。別的小男孩我相信是做不出來這種事，但超市中這個行爲詭異、舉止反常的小男孩，恰好有可能是我們當中最危險的一個。

這會兒那個小混混像是不願再發怒吼叫了，又恢復了那副玩世不恭的模樣，斜眉吊眼地拖長聲音道：「說得對，我也覺得這種事情不像是柔弱纖細的女人做得出來的，但像妳這樣膀大腰圓、孔武有力的女人，可就不一定了。」

胖女人被這句羞辱氣得七竅生煙，臉因憤怒而扭曲變形，「好吧，我也不再說什麼了。但我相信，只要是已經發生的事情，總會留下些痕跡。我不信有人在這間封閉的超市裡殺了人，會連蛛絲馬跡都不留。我要把眞相查出來，看看誰才是眞正的兇手！」

她說這話的時候，眼睛一直盯著紅髮小混混，看得出來完全是針對他的，只是一心想要找出他的罪證而已。我好失望，因爲我知道，兇手十有八九不是他。

這時，身旁突然有人抽搐了一下，是那個昨晚受到嚴重驚嚇的女店員。聽著胖女人的話，她像是想起了什麼，戰戰兢兢地抬起頭來道：「對了，我想……也許有人知道那大漢是被誰殺死的。」

所有人一怔，全都望向她。

大叔問：「誰知道？」

女店員顫微微地指著最右邊那排貨架，大家的眼光刷地一下齊聚過去，看見一個在角落裡蜷縮成一團的人影。

胖女人驚呼：「對啊，從那個老婦人待的角度，正好能瞧見案發現場，也許她目睹了行凶過程。」

「誰知道那大漢被殺的時候，她是不是剛好醒著？」小白臉男生不表樂觀，「她那時如果睡著了，就不會目睹凶案。」

胖女人搖著頭說：「一般老年人的睡眠品質都不會太好，很容易被驚醒。我想，兇手殺人的時候，總不可能完全無聲無息吧？只要有一點響動，躲在黑暗角落裡的老太太就可能睜開眼睛，看到兇殺場景。」

時尚女孩撇嘴道：「老太太一直縮在那個角落裡，每天癡癡呆呆的，早就被嚇得神智不清了吧。再加上她可能老眼昏花，就算看到也未必看得清楚。想從她那裡問出什麼來，可能性不大。」

「總之，我們問問看就曉得了。」胖女人將臉轉向紅髮小混混，挑釁地問道：「怎麼樣？敢讓我去問問她嗎？」

「請便。」紅髮小混混滿不在乎地聳了下肩膀，「不過，不能妳去問，得換個人去。」

我明白他的意思，讓胖女人去問，她可能會有意提出些帶暗示性的、對紅髮小混混不利的問題，於是舉了下手，自告奮勇，「要不……我去問？」

大家好像都沒意見。我正要過去，大叔向我走來，「兩個人去問吧。」

其他人都在後面跟著，我和大叔朝角落裡的老婦人走過去。

根據以往的經驗，我心裡已經做好了準備，沒想到這次靠近到離她只有幾步的距離，她仍沒有做出半點反應。我心生疑竇，蹲下身來，藉著昏黃的手電筒光線看到，老婦人閉著眼睛，像是睡著了。

大叔也跟著蹲下來，輕聲喊道：「老太太，老太太。」

依舊沒反應。

我提高音量喊道：「老太太，您醒醒啊！」

她還是一動也不動。

我和大叔愣了幾秒，驀地像是同時想到什麼，一起打了個激靈，然後驚恐地對視一眼。

難道，這老太太已經……

我略一遲疑，將右手食指輕輕伸到老婦人的鼻子前，試探鼻息。由於光線太暗，判斷不清距離，手指不慎碰到她的嘴唇。瞬間，老婦人挑開眼簾，嚇得我渾身一抖，措手不及。

我受到了驚嚇，而老婦人顯然被嚇得更厲害，喉嚨裡發出渾濁的喊聲，不怎麼大的眼睛幾乎瞪裂，驚恐萬狀地拚命搖頭，身體往已經無法再退縮的牆角裡使勁擠壓，像要鑽進牆縫裡去。

衆人驚呆當場，不明白她的反應爲何如此劇烈。

我在心裡估量著，她這回呈現出來的驚駭反應，是上一次的好幾倍都不止。大概是突然醒來，看到身前圍聚著這麼多人，所以嚇得更厲害。

我設法穩住她的情緒，輕聲細語地對她道：「老太太，您別怕，我們只是來問您點兒事情的。」

沒有用。她不斷地顫抖，嚴重抗拒。

大叔也用盡可能和藹的口氣說：「老太太，您不用怕，我們都沒有惡意的，先冷靜下來好嗎？」

老婦人根本不聽他說話，驚惶的程度比先前更甚。他只能沉沉地歎口氣，轉過身，無奈地望向後面的人。

時尚女孩說：「我就說沒用吧，她的神智眞的已經不清楚了。」

女店員有些於心不忍，「還是別圍著她了，好像我們在她面前，她才嚇得這麼厲害。」

我和大叔站起身來，和大家一齊離開。走出一段距離後，我回過頭去望了她一眼，她仍然警覺地盯著我們，渾身發抖。

回到起先站的地方，大概是因爲啥也沒問出來，衆人都感到失落，好長一段時間沒有一個人說話。

沉默持續了好幾分鐘，很久沒開過腔的單身母親忽然說道：「我覺得……那個老婦人，有點不大對勁……」

時尚女孩歎息著說：「有點不對勁嗎？我看是很不對勁吧？她的精神好像不怎麼正常了。」

「問題就在這裡。」單身母親說：「她爲什麼會精神不正常？或者說，她怎麼會被嚇成這副模樣？」

「也許她的精神本來就有問題。」小白臉男生說。

「不，不會。」單身母親搖頭道：「事情發生之前，我看到她在貨架邊挑選食物和日常生活用品，神態和舉止都十分正常。鐵門關上之後，她才開始變得古怪異常。」

「後來發生了這麼多可怕的事，她被嚇傻了吧。」時尚女孩說。

單身母親皺著眉說：「是嗎？可是仔細想想，到目前爲止，我們並沒有親眼看到怪物之類的東西。外面縱然爆發了可怕的怪病，在這裡面暫時還是安全的。當然，每個人碰上這樣的事情都會感到惶恐、害怕，卻沒有一個人怕成她那樣。她的恐懼程度簡直是我們的幾十倍！我不明白，她究竟在害怕什麼？」

「妳說這麼多，到底是什麼意思吧？」紅髮小混混問。

單身母親猶豫了片刻，「我猜，她會不會知道些什麼我們不清楚的事情？也許……她曉得外面具體發生了什麼？」

聽了她的話，大家面面相覷，臉上浮現出各種難以言喻的複雜神情。小白臉男生懷疑地道：「怎麼可能呢？她明明是和我們一起遇到這件事的，怎麼能知道我們不知道的情況？」

「我只是……猜測，不一定對。」單身母親說：「但我的直覺的確是這麼認爲的。」

「這麼說來，確實……」時尚女孩回憶道：「這麼久了，她從來沒跟我們說過話，也不問外面到底發生了什麼事，只是一直躲在角落裡，一副恐懼到極點的模樣，確實很像知道外頭的狀況……好可疑啊……」

「這個老太太……到底是什麼人？」女店員愕然地問道。

「如此看來，她眞的有可能知道些什麼。」胖女人喃喃自語，「我還得想辦法接近她，問出點兒東西來。」

12

怪物襲擊

二〇〇X年九月二十五日，晚上十點二十二分

一整天，我就像是暗夜中的窺視者，一直注意著那個小男孩的行蹤舉止。雖然除了我之外，無人懷疑他是兇手，但我相信自己的直覺和判斷。遺憾的是，密切關注了一天，沒發現他有任何異常舉動。

他很狡猾。我甚至覺得，他知道我在悄悄地看他。

他從不在我的視線範圍內停留太久，身影總是閃現幾秒就一晃而過。下午的時候，我有將近三個小時沒看到他的人影，便起身在各個貨架間尋找，同時假裝在選吃的。我自以爲做得很自然，不想轉到一排貨架前，駭然發現他正等在那裡，雙眼直勾勾地盯著我，就像知道我是爲了找他而來。我心中猛地一顫，驚詫不已，表面上卻要裝得平淡自然。不敢直視他的眼睛，在那排貨架上胡亂拿了包零食，匆匆地從他身邊走過。

他會不會知道我在懷疑他？

這樣的話，我可就危險了。

想到這裡，後背泛起一陣涼意。我不敢再一個人待著了，搜索超市裡的人，此時最值得信賴和依靠的也就是那個大叔了，於是朝他走去。

走到他身邊，正好看到他把MP3的耳塞從耳朵裡取出來，沉沉地歎了口氣，神情有些恍惚。

我坐下來，問道：「你怎麼了？」

大叔看了我一眼，陰鬱地說：「MP3終於沒電了。」

我的心往下一沉。本來都指望著靠這個MP3來了解外面的動向，但隨著電量告罄，能指引我們的最後一盞明燈就此熄滅。從今往後，究竟該何去何從？

我儘量控制住自己的悲哀絕望，強燃起最後一絲希望問道：「那你今天……聽到什麼新的新聞報導了嗎？」

大叔茫然地搖頭，「沒有，今天的新聞完全沒提到這件事。」

我詫異地問：「這怎麼可能？如此大的事情，新聞裡怎麼可能完全不報導？」

坐在附近的單身母親聽到了我們的對話，歪過頭說：「新聞裡沒報導，說明事態比我們的想像還要嚴重得多。」

我愕然地望著她，「為什麼？」

「如果這件事情還在政府的控制之中，那就不怕讓大家知道。依我看，正是因為事態變得十分嚴重，惡化到了無法控制和遏制的地步，政府只能選擇避開不談，避免大衆得知實情，引起大範圍的恐慌。」

聽了她的分析，我渾身發冷，「妳的意思是，這裡已經無藥可救了，而政府打算掩蓋事實眞相？」

單身母親神情木然地聳了下肩膀，表示無可奉告。

我望向大叔，以往在這種時候，他都會說出一些安慰或鼓勵的話，叫大家不要灰心喪氣、自怨自艾。但這一次，他只是低垂著頭，一言不發。我不敢相信，連他的心都死了。

就在我快被絕望吞噬的時候，胖女人從一側走過來，氣急敗壞地說：「那老婦人眞是被嚇傻了，我看她現在連話都不會說了！」

我幾乎忘了她說過要調查殺人兇手的事，現在看來，她還眞不是隨便說說的。也許是為了轉換一下心情，我站起來問道：「怎麼樣？調查出什麼來了嗎？」

胖女人無奈地歎了口氣，「暫時還沒能找到確切的證據，不過我不會放棄的，我會繼續查下去。」

我心想，她不知道是仍對紅髮小混混懷恨在心，還是實在太無聊了，竟然玩起偵探遊戲來。

不過，我對她不抱希望，因爲她的懷疑和調查目標首先就是錯的。

胖女人似是看穿了我的心思，靠近我，故作神秘地壓低聲音道：「雖說還沒能確定兇手，但我的調查也不是一點兒收穫都沒有。告訴你吧，我已經有些眉目了，只要順著這條線索查下去，一定會弄清楚兇手的眞面目！」

我有點驚訝，好奇心隨之被點燃，正打算問個究竟，單身母親突然站起來衝我們噓了一聲，緊張地說：「你們聽，外面！」

我和胖女人也警覺起來，仔細傾聽，卻沒有聽到任何異常響聲。

過了半晌，我疑惑地問：「怎麼了？外頭又有什麼聲音嗎？」

單身母親神色駭然，全身顫慄，「我又聽到……那種怪物的叫聲了！」

我一驚，其他人也都聽到了她說的話，紛紛聚集過來。衆人屏住呼吸，側耳聆聽，超市裡一片死寂。

忽然，一聲巨吼突兀地從門口傳來，叫聲淩厲刺耳、震人心魄，把我們嚇得魂不守舍。

胖女人尖叫道：「天哪，它就在門口！」

「別說話！」大叔沉聲喝止，然後對所有人道：「我們朝後退！」

不用他說，大家都在本能地朝後倒退。

又一聲巨吼，更恐怖的是，這次還伴隨一記重重的撞擊，有一個大傢伙在撞擊鐵門！我被嚇得靈魂幾乎出竅，感覺就要昏過去。

砰隆！砰隆！

撞擊聲一次比一次更響，每一下都重重地敲擊著心臟。超市裡的人們猶如被惡貓逼到了角落裡的老鼠，束手無策、驚恐萬狀。那個女店員撐不住了，翻著白眼昏過去，被大叔扶住。時尚女孩撲進男友懷裡，聲音因恐懼而變調，「那東西……知道這裡面有人！」

紅髮小混混猛地想起什麼，「手槍！那把槍呢？」

大叔說：「鎖在收銀台的抽屜裡，鑰匙在這個女店員身上。」

紅髮小混混不由分說地衝過來，從女店員的衣服口袋裡掏出鑰匙，壯著膽子走到鐵門附近的收銀台邊，哆嗦著打開抽屜，拿出手槍，然後快步退回來，把槍口正對著門口。

我們和「怪獸」就這樣相隔一道鐵門對峙著。詭異的是，那玩意兒好像知道門後面的人拿出了武器，吼叫聲和撞擊聲都停了下來。

靜待了幾分鐘，時尚女孩試探著問道：「那怪物……走了嗎？」

無人回答，大家都緊張地盯著門口。

又過了十幾分鐘，衆人確定外頭沒有任何聲響了，紛紛鬆了口氣。紅髮小混混緩緩將一直舉著的手槍放了下來

「你們那天……誰說這個怪物走遠了？」胖女人驚魂未定地說：「我看它根本就沒有離開，一直守在這附近呢！只要出去，絕對是死路一條！」

「外面有這麼恐怖的怪物，政府真的就不管了？」女店員甦醒過來，流著淚問。

「誰曉得外頭的情況有多糟糕？也許政府根本控制不住。」小白臉男生說。

紅髮小混混走到收銀台前，將手槍放進抽屜，回到女店員身邊，把鑰匙遞給她，說：「這回別把抽屜鎖上了，我看那怪物還可能再回來，我們得隨時準備拿那把槍防身。」

「天哪，我們只能一直提心吊膽地待在這裡面？」時尚女孩焦慮地說：「這種

日子什麼時候是個頭啊？」

我閉上眼睛，深吸一口氣。恐懼像有毒的氣泡一樣在身體裡膨脹，再沒有心思去考慮其他不適。心中默想著：超市裡面有殺人兇手，外面有怪物……上帝啊，我要瘋了，我要死了……

13 暗夜腳步聲

二〇〇X年九月二十六日，凌晨零點零五分

我仔細思索了一下，現在有兩種選擇：第一是時刻保持戒備，隨時警覺地注意周圍的任何變化，有一絲風吹草動就立刻做出反應；第二是放任不管，該睡就睡，該怎麼樣就怎麼樣，一切聽天由命。

兩種選擇的後果我都考慮過，選擇第一種，有可能暫時保住性命，但這樣一天到晚神經兮兮地活著，難保不會在某天變成神經病；選擇第二種，固然是沒那麼累，但又說不準在什麼時候會成爲太平間的客人。

本來打算像單身母親說的那樣，死了就當解脫算了，但眞想要這麼做，又發現自己事實上並不那麼瀟脫。

我愁眉不展，痛苦萬分，不知道究竟該如何抉擇。

望了一下時鐘，已經是凌晨了，超市裡的其他人都睡了嗎？還是有些像我一樣醒著，面臨同樣的艱難選擇？

我呆呆地出神，突然聽到廁所那邊傳出沉重的腳步聲。

有人去上廁所嗎？可是，他幹嘛走得這麼慢？一聲響完，好半天才又聽到第二聲，好像有多艱難才能跨出一步似的，到底是誰啊？

等等！

我的呼吸一下停下來了，血液似也暫時停止了流動，意識到一個問題——如果是有人去上廁所，我應該能在之前聽到他「去」廁所的腳步聲，而不是像現在這樣，只聽到他從廁所走出來的腳步聲。

誰會光從廁所裡出來？而且，這個人的腳步聲為什麼這樣奇怪，毫無變化地一步、一步、一步……緩慢而沉悶地走著，儼如行屍走肉。

行屍走肉？我渾身泛起一股涼意，渾身寒毛直立，頭髮連根豎起。天哪，我怎麼會想出這麼可怕又貼切的形容詞？

沉重而緩慢的腳步聲還在持續，我心中的恐懼已達到頂點。我不明白，其他人都沒聽到嗎？還是有誰也聽到了，卻沒像我一樣注意？

我毛骨悚然、心驚肉跳地聽著那腳步聲朝某個方向去，並在心中判斷著，走路的「人」離我有多遠，會不會忽然出現在面前？

恐怖的是，這腳步聲令我難以判斷。它忽遠忽近、時弱時強，唯一不變的就是那緩慢的節奏。沒有活力、沒有變化，也沒有生命氣息，把我脆弱的神經折磨得瀕臨崩潰。

突然，腳步聲戛然而止，就像它剛才產生時那樣，來無影，去無蹤。

我靜靜等待了二十幾分鐘，那聲音也沒有再響起，緊懸著的心總算慢慢地放了下來，整個人隨即像被抽乾了力氣似的，一下就軟了。

我感到無比的疲憊，眞的不曉得接下來該怎麼辦。是該保持警戒，還是酣然入夢？充滿矛盾的選擇又擺在了面前。

我領悟到，面臨選擇並不是最痛苦的，眞正的痛苦是看起來能有選擇，實際上根本無法可選。就像那個問母親和妻子同時落水，你選擇救誰的問題一樣。

14

第二個死者

二〇〇X年九月二十六日，早上七點五十分

半夢半醒之中，我聽到呼喊、驚叫聲。睜開眼睛，看到左前方的牆邊圍著好幾個人，直覺告訴我，又出事了。

我掀開身上的「被子」，從地上站起來，快步湊攏過去一看，腦子嗡地一聲炸開。又一個新的被害者產生了，是那個胖女人。

她的死相和鬍子大漢如出一轍：扭曲的面容、因驚恐而圓瞪的雙眼、大張的嘴。唯一不同的是，那把奪命的水果刀不是插在她的脖子上，而是正中心臟。

儘管我之前已經有了心理準備，看到又一個慘死的受害者，仍感到一陣驚悸眩暈。超市裡的人幾乎都圍了過來，好幾個人捂著嘴，恐懼之情溢於言表。

「誰最先發現她的？」大叔問。

「是……是我。」小白臉男生神情駭然，「我醒得比較早，想到這邊來拿點喝的，就看到她……被殺死了。」

大叔蹲下去摸了摸屍體的手和腳，「肢體完全僵硬，看來已經死了好幾個小時，她在夜裡就被殺死了。」

時尚女孩有些站不住，身體一陣搖晃，「她……她怎麼會被殺死呢？」語氣聽起來有點滑稽，好像之前那個大漢就是該被殺死的一樣。

「這裡出了一個殺人魔，他殺人不需要理由。」單身母親沉聲說。

「天哪，怎麼會這樣……」女店員捂著嘴，眼裡噙著淚花，「這麼說，我們誰都有可能被殺死？」

我渾身一顫，不寒而慄。有那麼一剎那，差點被她的話誤導，相信我們之中出了一個不需要理由的變態殺人魔，幸好及時冷靜下來，讓頭腦中的理性思維佔據了主導。

我能做到這一點，是因爲胖女人昨天說過的幾句話，這時浮現於腦海中：

「只要是已經發生的事情，總會留下些痕跡。我不信有人在這間封閉的超市裡殺了人，會連蛛絲馬跡都不留。我要把真相查出來，看看誰才是真正的兇手！」

我深吸一口涼氣，有點明白她爲什麼會被殺死了。

突然，心又震動了一下——對了，胖女人昨天晚上還神秘兮兮地跟我說，她已經調查出眉目來了，只要順著那個線索查下去，就會弄清楚兇手的眞面目。

她在說了這番話之後的幾個小時內，被悄無聲息地殺死。很顯然，兇手也感覺到了，她的存在是個威脅。

可是……我又有些疑惑，如果沒猜錯，胖女人的調查應該是針對紅髮小混混而來，也就是說，對紅髮小混混的威脅最大。現在，她被殺死了，難道兇手眞的是……

我的眼珠子在眼眶裡轉動了幾下，不由自主地瞥向紅髮小混混，沒想到的是，他竟然也剛好望向我。我一驚，趕緊收回目光，就聽他惡狠狠地質問道：「喂，妳用那種眼神看著我是什麼意思？」

大家都向我們兩個望過來，我緊張而難堪地辯解道：「不……我只是……無意間看了一眼，沒什麼意思。」

紅髮小混混橫眉豎目地問：「妳該不會也認爲我是殺人兇手吧？」

我抖了一下，心頭的驚駭更甚。

大叔趕緊打圓場，「人家都說了沒有那個意思，你幹嘛還不依不饒的？」

紅髮小混混點了支煙，轉過身去，冷冷地應道：「哼，反正你們就沒把我當好人。」

我不希望再在這個問題上糾纏下去，以免他心生怨恨，於是將話題岔開，問眾人道：「對了，你們昨天晚上有沒有聽到腳步聲？」

小白臉男生說：「晚上有人起來上廁所什麼的，當然會聽到腳步聲，怎麼了？」

我搖頭，「不，不是普通的腳步聲，是一種非常緩慢而且沉悶，沒有生命氣息的奇怪腳步聲。」

時尚女孩打了個冷顫，「妳別說得這麼恐怖好不好？現在的狀況已經夠嚇人的了。」

「可是，我聽到的腳步聲真是這樣的……」

面向我的單身母親、時尚女孩和小白臉男生對視了一眼，都是一臉的茫然。小白臉男生道：「我們沒有聽到什麼怪異的腳步聲。」

我十分驚詫，「怎麼可能？那聲音儘管不是太大，可是相當清楚，怎麼可能只有我一個人聽到？」

小白臉男生說：「不會是睡迷糊了吧？」

被他這麼一講，我還真有點不太確定昨晚的事情是真實或者虛幻，只記得當時確實有點半夢半醒的。唉！真是的，那時候怎麼就沒想到掐自己的大腿一把來確認一下？

正在暗自懊惱之際，我無意間瞥到旁邊的女店員，她低著頭，臉上略過一絲惶惑不安，分明是對我說的話有反應，但只是一瞬間，不自然的表情就被她掩飾過去，又恢復成楚楚可憐的模樣。

我暗暗生疑，不明白她為什麼會出現如此怪異的表現，更不明白她為何要刻意遮掩。

大叔這時說：「算了，現在先別說這些，我們還是把她抬到雜物間裡去吧。」

狀況越來越複雜了。我懷疑的目標開始飄忽不定，自己都搞不清楚此時到底對誰的懷疑更要多一些。但我知道，留給我們揭開謎底的時間不多了，雜物間裡已經有三具屍體了。

15

三聲槍響

二〇〇X年九月二十六日，晚上九點四十五分

「喂，嘉，妳要到哪裡去？」小白臉男生坐在地上，望著站起身來的女友。

時尚女孩轉過頭來說：「我有點餓了，去拿點東西來吃，你要吃嗎？」

「我不吃。」小白臉男生緊了緊身上裹著的桌布，「快點回來啊。」

時尚女孩望著他，歎了口氣，「你看看你，一整天就縮在這裡裹著桌布發呆，比我還怕得厲害，你還有點男子漢氣概嗎？」

小白臉男生辯解道：「我不是怕，是覺得有點冷，才裹著這塊布。」

「你就是因爲心裡害怕，才會覺得冷。」

「嘉，又有人被殺了，妳難道不害怕？」

「當然害怕，我還指望著你保護我呢。你不是說會守在我身邊，一直保護我的嗎？瞧瞧你現在這副樣子，我怎麼敢依賴你？」

小白臉男生漲紅著臉說：「別這樣說，別瞧不起我。我既然說了，那就一定會

做到。」

「是我想瞧不起你嗎？你想讓我刮目相看，倒是先拿出點行動來啊。整整一天都在這裡窩著……」

兩人說話的聲音漸漸低了下去，後面的對話聽不清了。其實，戀人間的小吵小鬧本來就不該讓旁人聽到，那只會讓別人笑話。可惜他們這會兒才意識到這一點。

不過，話說回來，沒了這「小倆口」的精采對白作爲調節，我倒覺得無聊起來，只有繼續對著前方發呆。

過了一會兒，單身母親走過來，坐到我的身邊，「咱們聊會兒天好嗎？」

「好啊。」我朝旁邊挪了一點兒，百無聊賴的人顯然不止我一個。

「我有一個很可愛的兒子，今年五歲。」她望著我，眼睛裡流露出滿滿的慈愛。

「我知道。」我點頭。

「不，妳不知道全部。」她的表情換上幾分憂傷，「我兒子有先天性的腳部殘疾，他……不能走路。」

我微微張開了嘴。

她顯然陷入了回憶，望著對面的牆壁出神，低沉而緩慢地說道：「他還沒出生的時候，醫生就說孩子的腳部畸形，勸我拿掉，但我捨不得。我太愛他了，我為這個未出世的小生命付出了太多太多，決定不顧周遭的勸阻，堅持把他生了下來。為此，丈夫和我離婚。他無法接受我的選擇，也無法面對兒子畸形的右腳。孩子的右腳沒有腳趾頭，而且右腿明顯比左腿要細小得多。醫生說，他這輩子都只能坐在輪椅上……」

她仰面朝天，深吸了一口氣，努力不讓眼淚淌下來，卻無法掩飾聲音的哽咽和嘶啞，「我不相信，我不相信我兒子的腳眞的無法醫治。為了治療他，我跑遍了全國的醫院，嘗試了各種治療方法，但一直收不到效果。這幾年，我花光了所有的錢，不得不把城裡的房子賣了，搬到郊區的一棟小房子裡來。不過，這些我都不在乎，只要能把兒子的腳治好，怎樣都是値得的……」

我感到一陣陣酸楚，忍不住問道：「那現在，妳兒子的腳好些了嗎？」

她昏暗的眼睛裡劃過一絲光芒，「是的，要好些了。我聽一個老醫生的建議，說要加強弱側的被動活動，並適當給予按摩，促進弱側發育。我堅持做了兩年，每天扶著他的右腳走路，並在睡前為他按摩腳部一個小時，果然有了些成效，現在他已經能扶著家裡的傢俱走上幾步了。就這樣我都高興得難以形容！但我兒子不滿足，他充滿信心地對我說：『媽媽，我還要繼續鍛鍊，我有個夢想，以後要當短跑冠軍呢！』他還叫我先別告訴別人，說這是我和他之間的小秘密……」

聽到這裡，我已是淚流滿面，心中最柔軟的部分被輕輕托起。

出乎意料，單身母親沒有哭，長長地舒出一口氣，望著我說：「對不起，絮絮叨叨地說了這麼多，聽煩了吧？」

「不。」我搖頭，「感謝妳願意跟我分享這些，包括妳兒子的小秘密。」

單身母親凝視我的雙眼，許久許久，用耳語般的聲音道：「讓我再告訴妳一個小秘密吧。」

她慢慢地貼近我的耳朵，「我想，我已經明白這一切是怎麼回事了。外面和裡面到底出了什麼事，我都知道了。」

我瞪圓了眼睛，驚愕地看著她，「什麼？妳怎麼會知道？」

她道：「都這麼久了，也該想明白了，不是嗎？」

我麻木的大腦機械地轉動著，「到底……到底是怎麼回事啊？」

她從地上站起來，「我其實也是猜的，沒有十足的把握，所以不便多說，我怕……影響到妳。」

我越聽越糊塗了，正想再追根問柢，她先神情淒然地道：「謝謝妳陪我說了這麼多話，以後，妳好自爲之吧。」說完便轉身離去，繞到了幾排貨架之後。

我瞠目結舌地愣在原地，半天沒能反應過來。她說該想明白了是什麼意思？說怕影響到我又是什麼意思？她到底悟出了什麼？既然都想明白了，爲什麼又不能告訴大家？

一連串問題在焦躁不安的想像中急速盤旋，越變越大，把我的心壓得沉甸甸的，喘不過氣來。

砰！

就在這當口，我聽到一聲槍響。槍聲似乎牽動了腦神經，瞬間也發生了某種爆炸。我隱約預知到發生了什麼事，雙眼一陣發黑，趕緊掙扎著從地上爬起來，踉踉蹌蹌地奔到槍響的地點，映入眼簾的一幕令我感到天旋地轉。幾分鐘前還在跟我說話的單身母親，此刻倒在牆邊，身後的牆面濺上了一灘血跡，子彈從她的嘴裡射向腦後。紅髮小混混跪在她身邊，手裡握著槍。

「不！」我聲嘶力竭地狂喊，淚水奪眶而出。

隨著急促的腳步聲，超市裡的另外幾個人也都跑了過來，張口結舌地望著面前的悽慘景象。

紅髮小混混像是一下子意識到了什麼，猛地甩掉手槍，倉皇地解釋道：「不，不是我幹的！我只是離得最近。我聽到槍響後，跑到這裡來，就看到她已經開槍自殺了！我走過來確認，順便撿起掉在她腳邊的槍……」

「夠了！你這個殺人兇手！」時尚女孩厲聲叫道：「事實都擺在眼前了，還有什麼好狡辯的？你這次是還沒來得及逃開吧！」一面喊，一面又衝身邊的男友和大叔道：「你們還愣著幹什麼呀？快過去制服他！」

小白臉男生像是要向女友證明什麼似的，鼓足勇氣往前跨了兩步。紅髮小混混慌亂地拾起手槍，指著他，「別過來！」

大家都不敢動了，僵在那裡。

我的大腦完全被悲痛充斥，竟然沒能做出任何反應。其實，透過幾分鐘前單身母親跟我交談時的種種跡象，特別是她說最後一句話時流露出的那種決絕，不難推斷出來她有自殺的打算。我若能忍住悲傷震驚，出聲說幾句話，證明紅髮小混混所言應該屬實，也許就能避免接下來將發生的一連串悲劇。可惜，腦中一片悲痛混亂，導致我什麼都沒做。

小白臉男生不曉得是受到了什麼蠱惑還是刺激，一反平時的膽小和懦弱，竟然試圖繼續靠近紅髮小混混。他把手向前伸，緩緩朝前方移動，嘴裡說道：「嘿，別衝動，你先把槍放下來，好嗎？」

「我說了，別過來！」紅髮小混混咆哮，搖晃著手槍，「別逼我開槍！」

「你要是開了槍，可就眞成殺人兇手了。」小白臉男生直視他。

「住口！少在那裡假惺惺了！」紅髮小混混怒吼，「你不是本來就把我當成殺人兇手嗎？你們一直都在懷疑我，不是嗎？只因爲我穿成這樣，頭髮染成這樣，就不把我當好人看！你們這些以貌取人的混蛋，根本不聽解釋，自以爲是地給我定了罪！」

「我們沒定你的罪。」小白臉男生又朝前挪動了兩步，「剛才到底發生了什麼事，咱們坐下來慢慢說，好嗎？你先把槍放下。」

「別再靠近我！」紅髮小混混已經退到了牆邊，表情變得瘋狂無比，舉著槍的手因緊張而不住顫抖，「你以爲我不曉得你們現在心裡是怎麼想的嗎？你們打算先穩住我，待我稍一鬆懈，就一擁而上，把我制服。別做夢了！我絕對不會讓你們得逞……」

砰！

又是一聲槍響。

所有人都呆住了，包括紅髮小混混在內，懷疑地望向手槍，彷彿不知道自己幹了什麼。他面前的小白臉男生也以同樣懷疑的目光緩緩望向胸前，隨即痛苦地捂住心口，雙腿一軟，跪倒在地。

時尚女孩慘叫一聲，飛撲過來，扶著男友的身體嘶喊道：「恆！你怎麼了？天哪，你別嚇我！」

「嘉……」小白臉男生的心口赫然多出一個血洞，艱難地望著滿手是血的女友，聲音虛弱而空洞，「我在妳心中……算是個男子漢嗎？」

「是……是，你當然是！」時尚女孩捧著他的臉，泣不成聲。

「是嗎……那太好了……可惜，我以後保護不了妳了……妳要……保護好自己……我愛……」最後那個「妳」字還沒說出口，他猛地嗆出一口鮮血，脖子一歪，腦袋無力地耷拉下去。

「恆……恆？」時尚女孩驚惶無助地喊了兩聲，抱著男友的身體左右搖晃，又一陣哭泣呼喊，但一切都無濟於事了。

她悲痛欲絕地放下男友的屍體，突然臉色一變，抬起頭來，兩道充滿怨毒憤懣的目光像尖刀般插向紅髮小混混，一字一頓地道：「你這個兇手！」

「不……不是我想開槍的……」紅髮小混混倉皇地解釋，「是槍走火了……」

說到這裡，他也意識到辯解在此時顯得有多蒼白。時尚女孩已經從地上站了起來，一副立刻要衝上前來拚命的樣子。他咬咬牙，大吼道：「好吧！事到如今，說啥都沒有用了！他媽的，反正也活不了了，遲早都是會死的！」

把手槍拿到面前，他掰開槍膛，看了一眼裡面的子彈，自言自語道：「最後那顆子彈，就送給你們當中的某個人吧。」說完，舉槍對準自己的太陽穴，望著無比驚愕的我們，道出最後一句話：「其實，你們沒猜錯，我確實是個他媽的混混。可我告訴你們，我從來沒有故意殺過任何人——除了我自己！」

砰！槍聲第三次響起，他在鮮血綻放的禮花中直愣愣地倒下。

這一次，我終於真正地昏了過去。

16

驚人的請求

二〇〇X年九月二十六日，晚上十一點十分

我醒過來，看見大叔坐在旁邊。

見我睜開了眼睛，他問道：「怎麼樣？沒事了吧？」

我微微點了點頭，瞥了一眼先前發生連環慘劇的地方——三具屍體都不在了。想到那個雜物間，心頭不由得一緊。

大叔歎了口氣，對我說：「我們好像眞的錯怪了那個紅頭髮的年輕人，剛才女店員跟我說，她想起今天下午的時候，看見那個母親在櫃台前徘徊了一陣子，可能就是在那時，悄悄拿走了抽屜裡的手槍，準備自殺。唉，沒想到後來一連串的誤會和混亂，竟然導致三條生命都離我們而去。」

我心中陣陣發堵，似被一些無形的東西壓住了肺腑。我不敢告訴大叔，那三條生命的遠去，跟我有或多或少的關係。如果當時能及時做出一些判斷和行動，說不定就能留住他們，可惜現在說什麼都遲了。

我不想一直處在自責和後悔中，便轉換了一個話題，「那個女孩子呢？她怎麼樣了？」

大叔歎息道：「她受到的打擊很大。男朋友死後，她就一直抱著他的屍體在牆邊哭，我們勸她把屍體放下，振作起來，完全沒有用。」他望了我一眼，頭朝斜後方揚了一下，「要不，妳也去勸勸她？」

我朝大叔示意的地方望去，果然，時尚女孩靠牆坐著，懷裡緊緊抱著男友的屍體，埋著頭黯然啜泣，看上去可憐到了極點。

我有些遲疑，「你們勸她都沒有用了，我去勸又會有用？」

「試試吧。就算沒辦法讓她放開屍體，陪她說說話總是好的。」

我想了想，說：「好吧。」

我在心中醞釀組織了一些勸慰的語言，朝時尚女孩的方向走過去。來到她身邊，卻發現準備好的那些安慰的話全都堵在嗓子裡，根本說不出來。在巨大的悲痛面前，任何勸慰都是蒼白無力的。

我想退回去，還是讓她靜靜地待一會兒算了，又想到自己畢竟答應了大叔，只有勉強蹲下來，說道：「別太傷心了，好嗎？畢竟……活著的人也不比死去的人好過。」

她整張臉埋在胳膊肘裡，抽搐啜泣，對我的話完全沒有反應。

我又道：「我記得妳男朋友說過的，要妳照顧好自己。就當是完成他最後的心願吧，別再傷心難過了，不然他在地下也不會放心的。」

她還是保持著一樣的姿勢，連頭都沒有抬。

我歎了一口氣，「好吧，也許妳想一個人靜一會兒，那我就不在這裡打擾了，但不管怎樣，希望妳能儘快振作起來。」

我站起身，準備離開，沒想到時尚女孩忽然伸出手來拉住我，抬起了頭，「我想請妳幫我一個忙，可以嗎？」

我立刻點頭應允，「當然可以，需要我做什麼？」

「請妳去把那把槍拿過來，開槍打死我。」

我大驚，向後一退，連連搖頭，「這……這怎麼行？」

「求求妳……」她哀求道：「我本來是可以自殺的，但我就是缺乏那一瞬間的勇氣。所以求妳成全，幫我結束這種無止境的折磨，徹底解脫。」

我蹲下來望著她，肅然道：「別說這種話了，也別這麼想！我知道妳失去了心愛的人，非常傷心難過，悲痛欲絕，可妳不能被這種情緒一直控制著，放棄活下去的希望。妳要堅強些，好好地活給妳男朋友看，那才是對他最好的告慰。」

「不……」她痛苦地搖頭，「我不是爲了追隨他，只是受不了這種折磨了。我知道，遲早的問題而已，一定逃不掉的……與其在擔驚受怕中被殺死，不如提早自行了斷還痛快些。」

我一怔，問道：「爲什麼要這麼說？」

她苦笑道：「那個紅頭髮的傢伙死前說的最後一句話，妳沒聽到嗎？他說他從來沒有故意殺過人。人之將死，其言也善。我想他總不至於在開槍自殺前，還要撒謊來騙我們吧？那他說的這句話，究竟意味著什麼？」

我呆了片刻，隨即渾身一涼，「妳的意思是說，眞正的殺人兇手，還在我們之間？」

「難道不是？」她反問，接著又向我哀求，「所以我才求妳，幫我解脫了吧！我受夠了，厭倦了在無止境的猜忌和恐慌中苟且偷生，遭受身心雙方面的摧殘折磨，而且不知道什麼時候，就會被那喪心病狂的兇手殺死。這樣的日子眞的生不如死，所以了……求求妳，好嗎？」

我像觸電般彈開，背對她，搖晃著腦袋說：「別再跟我提這種可怕的要求了，我不管妳是怎麼想的，但妳不能逼著我去當殺人兇手。」

她沉默了幾秒，好像是絕望了。半晌之後，低聲吶吶道：「既然你們都不肯幫忙，那我只好選擇另一種自保方式。到時候，可千萬別怪我喪失理智，做出極端的事情來。」

我緩緩地回頭看她，感覺她的話分明帶著幾分威脅和瘋狂，使我從腳底升起陣陣寒意，「妳……想幹什麼？」

她不再回答，低下頭，緊緊地抿著嘴，抱緊了她死去的男友。

我在原地佇立了一陣子，帶著莫名的恐慌轉身離開。剛走出幾步，便瞥見斜側面的一排貨架邊，那個小男孩正定定地望著我，我猜他聽到了我們剛才所有的對話，而他臉上還是那副詭異莫測的表情。

我永遠都讀不懂他的表情，就像我永遠都做不到氣定神閒地與他對視，只能加快腳步，像躲避瘟神似的避開他。

大叔見我臉色灰敗地走過來坐下，問道：「怎麼？還是一點效果都沒有？」

我黯然道：「不但沒效果，她還向我提出了十分可怕的要求。」

「什麼要求？」

「她說她受不了目前這種折磨了，竟然叫我把手槍找來，開槍打死她，好讓她解脫！」

「天哪，這太荒唐了！」大叔也大爲震驚。

「是啊，我怎麼可能做得出來這麼殘忍的事？」

大叔急促地搖著頭說：「那把手槍放在櫃台抽屜裡太危險了。」他想了一下，好像又覺得沒有其他更適合的放置之處，喃喃自語道：「看來得採取點防範措施才行……」

我心中卻在想另一件事，猶豫著要不要把我對於那個小男孩的所有猜測和懷疑全都告訴大叔，好讓他也做點防範。但話到嘴邊，還是強行嚥下了。那個如鬼魅般存在的男孩，可能正躲在某個暗處窺視或偷聽，如果讓他知道我懷疑他是殺人兇手，那我估計就是下一個受害者。

大叔察覺到我的欲言又止，問道：「妳想告訴我什麼嗎？」

「啊……」我一時窘迫，正不知該如何作答，忽然想起時尚女孩方才說的最後那句話。「對了，那女孩看我不肯『幫』她，說了一句令人很不解的話。她說既然如此，她就只好選擇另一種自保的方法了，還叫我們別怪她喪失理智，做出極端的事情來。」

「這話是什麼意思？」大叔瞪大眼睛。

「我不知道，不過，聽起來讓人很不安。」

大叔眉頭緊蹙地思索了片刻，駭然道：「她說的喪失理智的極端行爲，該不會是把我們都殺了，以求自保吧？」

我大驚失色，「不會吧？那也……太瘋狂了！」

大叔神色憂慮地說：「這可說不準。人在暗無天日的封閉空間裡待久了，心理可能會變得扭曲、不正常，許多平時想都不敢想的極端行爲，在這時也許就做得出來了。」

聽他這樣說，我嚇得面無血色，惶恐地問：「那我們……該怎麼辦？」

大叔歎息著說：「有什麼辦法呢？只有多提防著點，處處小心了。」

我想告訴他，我早就是這麼做的了，而其他人多半也跟我一樣，但就算如此，還是不斷地有人被殺死，可見根本防不勝防。但是，也如他所言，我們又能有什麼辦法呢？總不能眞的應了那女孩的要求，把她槍殺了吧？

遲疑了好一會兒，我鼓起勇氣說：「要不，我們把門砸開出去吧！現在這裡面的危險已經和外面差不多了。」

大叔將臉緩緩地轉過來，神色複雜得令人難以捉摸。

我把他的躊躇不決解釋爲信心不足，便道：「我們闖出去求救，好歹還有一條生路。待在這裡面飽受折磨，自相殘殺，到最後只是死路一條。」

大叔苦笑道：「求救？只怕是……沒有救可求了。」

我一呆，「什麼意思？」

大叔沉默了好久，終於將一口氣艱難地從胸腔中吐出來，「有一件事，我一直瞞著你們。當時是怕告訴你們後，所有人都在一瞬間變得悲哀絕望，完全喪失活下去的信念。不過，如今看起來，大勢已定，說出來也無所謂了。」

他把臉別過去，有意不看我，像是不願見到我聽他說完這段話後的表情，「記得那個MP3嗎？它電量耗盡的最後一天，我告訴你們，我沒有在新聞裡聽到任何關於這件事的報導。其實不是這樣的，眞實的情況是……那天，所有的電台信號都消失了，我根本收不到任何一個台。」

我像沒有生命的雕塑一般定住，感覺不到一絲溫度，腦子裡一片空白。無力去思考這消息對於我或者是其他人來說意味著什麼，因爲在好長一段時間內，我甚至感受不到自己的存在。

17

又一個死者

二〇〇X年九月二十七日，凌晨兩點零五分

她並沒有完全睡著。

在這種情形下，她無法不時刻保持警覺和戒備。

這樣做是對的，耳朵剛才捕捉到一種細微的聲音，離得很近，可以肯定，就在幾米的範圍之內——這使她立刻進入高度戒備狀態。

來了嗎？兇手終於找上我了嗎？

她的心臟怦怦亂跳，緊張得汗毛直立。輕輕放下男友的屍體，從自己的腳邊摸索到一把早就預備好防身用的尖刀，緩緩地站起來。

她慢慢靠近發出聲響的地方，捏著刀的手因緊張而滲出一層汗，使刀柄變得滑滑的，有點拿不穩。

這不行，她必須拿穩，抓在手裡的，是自己的生命。

咯嚓、咯嚓、咯嚓……

這是什麼怪聲音？她緊張地判斷著，就像黑暗中有隻老鼠在齧噬著什麼東西似的，但又太有規律了。是人的腳步聲嗎？似乎也不像……

現在，她和那聲音只隔著一排貨架了，她能準確地感知到，聲音就來自於貨架對面。

她嚥了口唾沫，緊緊攥住手裡的刀，將它舉高，然後鼓足勇氣，一下跳到貨架對面。

沒有人。她愣了愣，眼光望向下方，找到了聲音的來源——超市裡出售的小玩意兒，扭動背後的發條就會朝前走路的小熊玩具。它被貨架擋住了去路，卻又堅持機械地朝前走，於是碰撞貨架，產生咯嚓咯嚓聲。

她呆呆地望著那小玩意兒，心中疑惑不解。大半夜的，是誰在擺弄這個發條玩具？處在這種困境之中，誰還有心思玩這東西？

這時，玩具小熊咔的一聲停了下來，發條的回力用盡了。下一瞬，她猛地意識到什麼，迅速轉過身去，赫然看到身後站著一個人！

腦子嗡的一炸，她嚇得魂飛魄散，叫道：「啊！原來是你……」

還沒把話說完，已被那個人一把捂住了嘴，聲音堵在了口腔之中。同時，胸口插上了一把尖利的水果刀。

因驚恐而圓睜的雙眼剎那間佈滿血絲，不一會兒，她的身子慢慢癱軟下去，滑倒在一片血泊之中，倒地的姿勢，幾乎和幾米外她死去的男友一模一樣。

18

誰是兇手?

二○○X年九月二十七日，凌晨四點五十分

時尚女孩的死是唯一不讓我感到意外震驚的，我幾乎預料到了，她就是下一個受害者。

也許是因爲這幾天目睹的死亡已經太多，當我和大叔、女店員站在時尚女孩慘死的屍體旁，竟然都沒表現出過多的驚駭，反而被一種茫然和麻木的情緒取代。我們已無力爲他人感到悲哀或難過，看著冰冷僵硬的屍體，也看到了自己可悲的命運。

女店員最先把頭扭過去，嗚咽地哭起來。這次又是她最先發現屍體，但她的處理方式比上回冷靜穩重了許多，沒有再渾身顫抖、失聲尖叫，只是把我和大叔叫醒，帶我們來到現場。

時尚女孩慘死的模樣我不想細看，和前面兩個被殺死的人無異。唯一引起我重視的，是殺害她的兇器——三起兇殺案所用的兇器，都是同一種水果刀。毫無疑問，兇手是同一個人。而這個人是誰，此時已沒有必要再質疑了。

我搜索周圍，那小男孩不在我的視線範圍內，這更讓我確定了他是兇手——他沒有一次在凶案發生後前來直面屍體。

我正暗自思忖，女店員先哭喊出來，「她說得沒錯……昨天她告訴過我的，說那個小混混不是眞正的殺人兇手。眞凶還在我們中間，他還沒有停手……天哪，她說了這話就被殺死了，那再來是不是輪到我了？」

大叔試圖勸慰，她卻哭泣得更厲害，一轉身朝櫃台方向跑去。大叔大概怕她做出什麼傻事，緊跟著追了過去。我在原地呆站了大約有十分鐘，終於做出一個決定——我要告訴大叔和女店員，那小男孩就是殺人兇手，並且要和他們結成統一戰線，一齊制服那男孩，逼他說出所犯的罪行。

對，非這麼做不可了！如果我還因爲懼怕，不敢說出懷疑已久的情況，等同於繼續放縱那可惡的殺人兇手。

主意拿定，我朝櫃台走去。快要靠近那裡時，突然聽到大叔和女店員在小聲談論著什麼。我停下腳步，判斷出他們躲在最右側那排貨架邊竊竊私語，這種神神秘秘、躲躲藏藏的行爲使我生出幾分好奇，於是斂聲屏息、豎起耳朵，仔細聆聽兩人的對話。

「……其實，我早就有些懷疑了，只是一直忍著沒說。現在看來，肯定就是他（她）了。」女店員的聲音有些顫抖。

我心頭一緊，她說的是誰？

「可這些畢竟都是猜測，沒有誰親眼目睹他（她）殺人，不能百分之百肯定。」大叔道。

「如今就剩我們幾個人了，不是他（她），還會是誰？要是再不採取行動，下一個受害者就是我們了。」

「妳眞能肯定？」

我聽到女店員清晰地說出一句，「是的，我敢肯定，兇手就是那個小男孩！」

沒錯，就是他！我一陣激動，差點兒想立刻跳到這兩人面前，告訴他們我也是這麼想的。不想大叔接下來的一句話，彷彿將我重重地摔進冰窖中，全身發冷、動彈不得。

「可是，萬一是她呢？」他說。

她？這裡還有哪個她？天哪！我驚駭不已，他居然懷疑我？

「她？我覺得……不大可能……」女店員說。

「這可說不定。有些時候，表面上看起來越不可能的事，偏偏才是眞相。」

「那你說，我們該怎麼辦？」

沉默了一會兒，我聽到大叔低聲道：「沒別的選擇了，我們只有對他們倆都採取行動。這種情況下，不是你死，就是我亡了！」

深吸一口涼氣，背後泛起的寒意使我連打了數個冷顫。腦子裡像飛進了無數隻蜜蜂，嗡嗡作響。

沒聽到談話聲了，不曉得他們是不是已經商量好了，然後正朝我走來。我心慌意亂，一時間不知該往哪兒走才好，不管躲去哪裡，都會被找到的……最後，我瞥見門口的角落，那裡是光線最暗的地方，微弱的手電筒光線幾乎照不進去。沒有選擇的閒工夫，我趕緊輕手輕腳地貓著身子，躲進那個黑暗的角落，蜷縮成一團。

我不住地發抖，渾身上下一片冰涼，自打被困在這裡以來，還是第一次害怕成這個樣子。不單是出於對死亡的恐懼，淒涼、寒心、委屈、憤怒……種種負面情緒交織盤旋著侵襲過來，使我感受到前所未有的悲哀和絕望。原以爲，我把大叔當成這些人中最值得信賴和依靠的人，他多少也會同樣地看待我。沒想到，最後他竟然懷疑我是殺人兇手，還打算對我下手，以求自保！本打算來和他結成同盟，不料他早已和那女店員搭成一夥兒，並將其他人全看成是敵人，準備一齊消滅——這實在是天大的諷刺！

想到這裡，我胸中湧起一團惡氣，不自覺捏緊拳頭，身體跟著抽搐了一下。不想手肘不慎碰到鐵門，發出嘩啦的響動。

糟了！我在心中驚叫，暴露位置了！

果不其然，發出這聲響過後，不出五秒鐘，大叔和女店員就出現在了我面前。見我蜷縮在門邊，大叔裝作不知情地問：「妳怎麼躲在這個角落裡？」

我驚恐地瞪著他，緊緊地貼住牆壁，「別……別過來！」

他蹲下身，朝我探過來，「到底怎麼了？」

我的喉嚨像被什麼東西堵塞了似的，發不出聲音，只有恐懼地搖頭。他伸出一隻手來，試圖摸我的額頭，被我迅速地用手擋開。就在頭偏向右側的那一瞬間，我赫然看到他背在身後的那一隻手，握著一把明晃晃的尖刀！

我感到天旋地轉、呼吸驟停，他馬上就要下手了！萬分緊急的關頭，我的手下意識地在周圍胡亂摸索著，摸到了一根鐵鉤！最開始那個男店員用來拉鐵門的那根鐵鉤！沒有猶豫和選擇的餘地，我抄起鐵鉤，用盡全身力氣向大叔橫掃過去。

噗！時間好似暫停了，我和大叔四目相對，都直愣愣地盯著對方，只是他的雙眼滲出了鮮血，臉上也失去了生氣。鐵鉤的尖刺那一端，不偏不倚地釘進了他的右側太陽穴。

我嚇傻了，目瞪口呆地丟下鐵鉤，大叔的身體像失去了支撐的稻草人一樣斜著倒下，一動也不動。女店員上前一步，看見大叔慘死的模樣，發出撕心裂肺的慘叫，繼而望向我，又尖叫著朝櫃台跑去。我還沒來得及做出別的舉動，就見她雙手緊握手槍，衝了回來，渾身篩糠似的猛抖著，那把槍隨時都有走火的可能。

我不想重蹈小白臉男生的覆轍，拚了命地解釋道：「不！別開槍，我不是有意想殺他的！我只是……想自衛而已！」

令我始料未及的狀況發生了，女店員完全不聽解釋，將手槍對準我的身體，扣動扳機。

死定了！我緊緊閉上眼，卻沒有聽見槍響，反而聽到咔的一聲。睜開眼睛，只見女店員錯愕地望著手槍，顯然不明白這是怎麼回事。

我和她心中有同樣的疑問：槍膛裡不是還應該剩最後一顆子彈嗎？怎麼打出來會是空槍？腦中猛地劃過一道白光，我明白了，昨天晚上跟大叔說起時尚女孩打算用手槍自殺時，他說過，要採取防範措施。一定是他把最後那顆子彈給卸了下來！

女店員見手槍沒用，驚駭地將它丟掉，一邊緩慢倒退，一邊左顧右盼地朝兩邊搜索任何可以拿來攻擊我的東西。我盯視著她，心頭燃起無名火。這女人太過分了！全然不理會我的辯解，不分青紅皂白就開槍。若不是槍膛裡的子彈被卸下了，我現在豈不是已成了槍下亡魂？

我大叫一聲，再次握住鐵鉤，將插入大叔腦袋裡的那一端狠狠地抽出來，起身向女店員走去。那女人嚇瘋了，徹底失去了控制，不顧一切地抓起手邊的貨品沒命地砸。我被她丟過來的一些食物和小東西擊中，又看她抓起貨架上的一只鐵製平底鍋，實在忍無可忍了，大叫一聲，把鐵鉤朝她掄過去。

這一擊正中頭部，她慘叫一聲，軟倒下去。眼前的威脅終於解除了，我大口喘著粗氣，情緒慢慢地平復下來。呆站了大概兩、三分鐘，才徹底恢復冷靜和理智。舉起手中的鐵鉤，看著上面的斑斑血跡，再望向被它所擊殺的兩條生命，不禁心膽俱裂。倏地丟開它，雙膝一軟，跪了下來，放聲痛哭。

19

門外的世界

二〇〇X年九月二十七日，凌晨五點四十七分

事到如今，我也沒什麼好顧慮和害怕的了。我想通了，大叔說得對，現在已到了不是你死就是我活的地步。反正我也開了殺戒，不如和那個男孩，那個真正的殺人兇手拚了！

不知道從哪裡生出的勇氣，我一隻手持著鐵鉤，另一隻手拿著打開的手電筒，在超市中尋找那男孩，口中嘶喊道：「喂，小子，給我出來！我知道你幹了些什麼，你這個殺人兇手！」

沒有人回答，男孩的身影也沒出現。我手中的手電筒光柱四處亂晃，那根鐵鉤也像發了瘋似的左右上下揮舞。我疾步穿梭於各排貨架之間，將不少貨物砸翻在地。但將整個超市掀了個底朝天，一片狼藉，仍沒能找到那男孩。我氣急敗壞地喘著粗氣，不知道他是在躲避周旋，還是藏在某個黑暗的角落裡不現身，總之，怎麼也找不到他。

這是不可能的，他不可能在密室中憑空消失！我再次大聲狂喊，「膽小鬼！你躲著幹什麼？出來呀，你怕了我嗎？」

喊完，我站在原地靜待了五分鐘，手電筒光線朝四面八方掃射，依舊沒有絲毫動靜。我意識到那男孩是不會主動出來了，又點起怒火，在超市中展開第二輪搜尋。

一路尋找，走到最右側的牆角，手電筒光掃到一個幾乎被遺忘的人——那個老婦人。當光線照過去，我想，我看到了這輩子看過的最驚恐的一張臉。毫無疑問，她的恐懼和驚悸已經達到了無以復加的地步。不確定她是被之前一連串的命案嚇傻的，還是被我此刻的瘋狂舉動嚇呆。不過，這不是我關心的問題，反正她一直都是這樣，我也懶得去理會，只在她身邊待了短短幾秒鐘，就又開始尋找那男孩。

折騰了大概半個小時，我身心俱疲、聲嘶力竭，那男孩卻真像是人間蒸發了一樣，完全不見蹤影。

不行，我沒有心思和力氣再耗下去了，在精力用盡之前，還有更重要的一件事要做。我已經想通了，橫豎都是死，至少要死個明白。在生命的油燈耗盡之前，我決定揭開所有謎底。

外面到底爆發了什麼病毒？那些恐怖的巨大怪物是什麼？這片區域真的已經空

無一人了嗎？現在，門外的世界到底是何種模樣？

想知道答案並不困難，方法只有一個：砸開門，出去。

我已毫無顧慮和懼意，內心僅存一個念頭：讓我再看一眼外面的世界，就算在那之後立刻死去也在所不惜。最起碼我做的是明白鬼，已經比超市中那些不明不白死去的人要划算得多。

我不再遲疑，體內湧起一股因悲愴而產生的巨大力量。我在門邊找到鬍子大漢從雜物間裡拿出來的那些工具，一隻手拿起一根粗大的平頭鉚釘，另一隻手舉起鐵錘，大叫一聲，對準鐵門，狠狠敲去。

空曠死寂的超市爆出驚天動地的巨大響聲。我像發了瘋似的，用盡全身力氣將鐵錘一次次地狂砸向鐵門。鉚釘在門上扎開了一個洞，我順著缺口一頓狂砸，砸出一條十公分左右的小縫。再把鋼鋸塞進縫裡，狂叫用力鋸門，大概鋸了好幾百下，門上的那條縫擴展到大半個人那麼高。我看到了希望，又以鐵錘向縫隙的左右兩邊猛力敲擊數十下——天啊！一個能擠出身體的裂口總算出現了！

我難以壓抑心頭的狂喜和激動，一條腿先伸出去，然後整個身子不顧一切地往外擠。裂縫處的尖銳部分刮破了衣裳，也刮傷了我的手臂和背，最後那條腿伸出來時，身體失去平衡，滾倒在地，但我完全沒感覺到痛。

太好了！終於出來了！

現在才清晨六點剛過，四周還是黑壓壓、霧濛濛的一片——起碼我跌倒的時候是這樣認爲的。也因爲一門心思都放在如何出來上，完全沒注意到周圍有些什麼。直到喘了幾口氣，慢慢地爬起身來，才看到眼前的一切。

放眼望出去的瞬間，時間彷彿凝滯，整個世界在這一刻停止了轉動。

出來之前，我在腦海中設想過無數種如今外面世界的畫面，但此時映入眼簾的，不是其中的任何一種。

我無論如何都不敢相信，自己看見了什麼。

以我爲圓心，或者說以這座超市爲圓心，半徑五十米的範圍內，密密麻麻地包圍著十幾輛警車、救護車和一百個以上的人。他們全都嚴陣以待、神情肅然地盯著我。幾個護士模樣的女人貌似打算朝我走來，但被一個人以手勢制止。正對著我的方向，一輛警車後面有幾個警察用對講機小聲地說著什麼。另外，我還注意到，他們身後的背景，也就是那些街道、樓房、店鋪，統統和我進這家超市之前一模一樣，沒有絲毫變化與異樣。

面對此情此景，我的大腦猶如生了銹的齒輪，無法轉動。這是怎麼回事？新聞裡不是說這片地區因爆發病毒，所有人都被轉移、撤離了嗎？既然如此，這些人是守在這裡幹嘛的？他們是早就在了，還是這會兒才來的？如果他們之前就在這裡，那我們先前在超市中敲門求救，爲什麼沒有人來幫忙？

我在做夢嗎？

不，不是夢，有疼痛感——手臂和後背的傷口提醒著我。

那麼，這究竟是怎麼回事？

我呆呆地佇立著，陷入前所未有的迷惘之中。

20

眞相

二〇〇X年九月二十二日，晚上九點二十九分

他別無選擇了，心裡清楚得很，行蹤已經暴露。很快，那些「怪物」就會從四面八方圍過來，自己將成爲甕中之鱉。

不行！絕不能坐以待斃！他慌亂地左右四顧，突然在前方不遠處看到希望之光。

超市？那裡還有家超市開著門！太好了，有救了！

狂奔過去，超市的玻璃門關著，他猛地撞進去，舉起別在腰間的手槍，面對結帳的隊伍，大聲喝道：「不許動！你們全都不許動！」

局面成功地控制住，超市裡的人都嚇呆了，沒一個人敢輕舉妄動。他急促地朝後望了一眼，心中明白，在那些「怪物」追過來之前，必須採取行動。

他將槍口指向門邊的男店員，喝道：「關門！快，把鐵門拉下！」

「好的，好的……」那男店員唯唯諾諾地答應，走到門邊，拿起一根鐵鉤，勾住頂端的鐵門，嘩地一聲，鐵門拉了下來，啪嚓一下被地鎖鎖住。

與此同時，幾輛警車疾馳而來，剛好目睹鐵門關攏。

爲首的那輛車中，開車的年輕警察懊喪地一拍大腿，「唉！晚了一步！」接著問坐在旁邊的一個穿著皮夾克的中年警察，「隊長，目標逃到超市中了，還強迫店員關了門，現在怎麼辦？」

「下車再說。」刑警隊長命令道，果斷地推開車門。

後面幾輛警車上的警察也從車中走出來，聚集到隊長身邊，其中一個請示道：「隊長，要不要朝裡面喊話？」

「別忙。」隊長做了個手勢，掏出手機，「我先向局長彙報情況。」

刑警隊長拿著電話走到旁邊去與局長通話，將目前的情況簡要彙報一番之後，仔細聆聽局長的指示。幾分鐘後，神色肅然地應道：「好的，我明白了……知道！」

放下電話，他對部下道：「局長說了，這次是相當特殊的情況。我們追蹤的目標不是某個嫌疑犯，而是一個可能攜帶極強傳染性病毒的病人，之前與其接觸的一個醫生和三位護士無一例外，均受感染。也就是說，目前的被感染率是百分之百，相當危險。」

「他攜帶的是什麼病毒？」一個女警察問。

刑警隊長搖頭道：「不清楚，據說可能是一種新的惡性病毒。被這種病毒感染之後，生理上不會出現任何不適，但精神會出現病變和紊亂。具體地說，被感染者只要受到某種暗示或心理影響，便會產生相應的幻覺和臆想……」

「就是說，會出現類似精神病患者的狀況？」年輕警察問。

「差不多就是這意思。」刑警隊長說：「而且局長說，被感染的那幾個醫生和護士還會相互影響，產生相同的臆想畫面。一般的精神病患者是不會這樣的。」

「難怪……」女警察回憶道：「我說他爲什麼一直要逃跑呢，看見我們的車在後面追，就嚇得魂不附體，沒準是把我們當成怪物了吧。」

「隊長，那接下來到底該怎麼辦？」另一個警察問。

「局長做了指示，叫我們暫時按兵不動，靜觀其變。只要沒有人出來，就不要驚動裡面的人，更不能硬闖進去。」

「隊長，那個人手裡可是拿著槍啊！」年輕警察提醒道：「完全不管的話，超市裡面的人會有危險的。」

「我知道，但這是上邊下的死命令，我們必須服從。」隊長神色嚴峻。

年輕警察疑惑地望著他，想不通這是爲什麼。

隊長將臉緩緩地調過來，對他道：「你還沒明白嗎？那個攜帶病毒的人逃到了超市裡面去，裡頭的人現在多半都已經被感染了。而這種新病毒，醫學專家還沒研究出它的傳染途徑和治療方法。假設我們把超市的門打開，和裡面的任何一個人接觸，我們也會成爲感染者，繼而傳染給更多的人，最後狀況將一發不可收拾，乃至完全失控。」

停頓片刻，隊長掃視所有部下，「所以，你們都明白了嗎？我們的任務，並不是什麼都不做，而是要嚴密監守這間超市。在得到上級的進一步指示之前，嚴格杜絕任何人出來。一旦情況有變，還必須做出應對措施。簡單地說，超市裡的人已經被隔離了，聽懂了嗎？」

「是，明白了！」十幾個部下齊聲應道。

那個女警察還是不太能接受，咬了咬嘴唇，又道：「隊長，我們這麼做……豈不是棄超市中的人於不顧？要是那個持槍男子行爲失控，開槍射擊裡面的人，那怎麼辦？」

隊長思忖片刻，「我想不至於。從目前的情況判斷，那名男子持槍的目的，在於抵抗我們的追捕。現在他逃了進去，應該認爲裡面是安全的，沒有理由向超市裡的人開槍。」

女警察憂慮地歎了口氣，「看來超市裡的人只有自求多福了。」

在他們說話的時候，兩輛救護車開了過來。車上走下來幾個穿著白大褂的醫生和幾名護士。刑警隊長趕緊迎上前去，問道：「怎麼樣？醫生。你們知道怎麼對付這種病毒了嗎？」

爲首的一個男醫生搖頭道：「沒這麼快，專家還在研究當中。我們到這裡來，爲的是提前做一些應急準備，如果裡面有人出來，只能相機行事。」

刑警隊長微微點頭道：「看來你們的目的跟我們是一樣的，現在……」

「隊長！」女警察突然驚呼，「我聽到超市裡傳出開鎖的聲音，他們好像打算出來了！」

「快！」隊長臉色大變，「阻止他們！」

帶隊的醫生吩咐道：「準備好口罩、鎮定劑和點滴瓶，走！」

十幾個人蜂擁朝超市門口跑去，剛到門口，鐵門嘩啦一下拉開半個人高，最前面的兩個警察一眼就看見蹲在門口的男店員，他正背對著他們，朝裡面說著什麼。

這一瞬間，兩個警察腦中迸出同一個念頭——職業操守和道德規範都使他們做不到將這個立刻要脫離危險的人推回去！二人眼疾手快，幾乎同時伸出雙手，將蹲在門邊的男店員猛地一把拽了出來。不過是一剎那的時間，鐵門嘩地一下又垮了下去，啪地被地鎖鎖住。

男店員沒看清拖他出來的是什麼人，嚇得發出一陣陣撕心裂肺的嚎叫，拚命掙扎，雙腳踢上鐵門，發出巨大的撞擊聲。亂踢亂動之下，離他最近的一個女護士端著的一瓶藥水被掀翻，暗紅色的藥水打翻在地，順著鐵門的門縫慢慢滲透進去。

門邊的警察和醫生沒料到這男店員會掙扎得如此厲害，但人已經拖出來了，總不能再把他送進去。幾人一擁而上，分別壓制住他的雙手雙腳，男醫生再強行套了一個口罩在他臉上，另一個女護士趕緊擼起他的袖子，將一支鎮靜劑注射進去。幾分鐘之後，他終於安靜下來，閉上眼睛，像是睡去了。

擔架抬了過來，男醫生吩咐另外一個醫生和兩個護士，「你們把他抬上救護車，趕緊回醫院，途中不要跟任何人接觸，直接送進隔離病房！」

幾個醫護人員立即照辦。

經歷了剛才那番險情，警察和醫生、護士都離開了門口，紛紛抹了一把額頭上滲出的汗。靜待了十多分鐘，見那鐵門沒任何動靜，才敢鬆下一口氣。

刑警隊長這時像想起了什麼，轉過身對那兩個拖人出來的年輕警察怒斥道：「太不像話了！你們兩個是怎麼回事？叫你們阻止他們出來，你們倒好，反倒把人拖了出來。還算好，只出來了一個。但我們剛才都跟那個人有了身體接觸，要是也染上病毒怎麼辦？要是病毒擴展出去怎麼辦？啊？」

他罵得那兩個年輕警察一聲不敢吭，但心裡也曉得這任務實在讓人爲難，也怪不得他們，只有暗歎一聲，轉身回到警車裡去。

女警察走到車窗旁邊，問道：「隊長，我們要不要跟超市裡面的人打個電話，告訴他們目前的狀況，叫他們稍安勿躁？」

刑警隊長一下從座椅上直起身子，「對，妳提醒了我！叫人趕快去切斷超市外邊的電話線，順便把附近的手機信號全部屏蔽。」

女警察大惑不解，「爲什麼呀？」

「妳想想看，如果超市裡的人和外界取得聯繫，得知了現在的狀況，曉得他們已經染上了未知病毒，並且還被隔離起來，不接受任何治療，他們會心甘情願地待在裡面嗎？肯定會想盡一切辦法出來的！要是超市裡的人像逃命般地湧出來，我們該怎麼辦？又不敢貿然接觸他們……聽明白了嗎？我們必須切斷他們和外界的聯繫。

只有指望那些人被困在裡面，摸不清狀況，不敢輕易出來才行。」

「我懂了，隊長。我這就去辦。」女警察點了下頭，迅速離開。

二〇〇Ｘ年九月二十三日，早上九點十一分

在超市前駐守了一整夜的警察們，聽到超市內傳出轟隆巨響，分明有人在裡面擊打鐵門，還伴隨著謾罵和呼救聲。

年輕警察有幾分緊張地對隊長說：「看來他們沉不住氣了。」

「你給我沉住氣就行。」刑警隊長目不轉睛地盯著鐵門，「密切注意他們的一舉一動，如果有人要強行出來，必要的話，就使用那個。」

年輕警察張了張嘴，瞥了一眼警車裡放著的幾支麻醉槍。

二〇〇Ｘ年九月二十三日，晚上十一點五十五分

「老天啊，終於停下來了……」女警察傷神地掐著額頭，「再這樣敲打下去，我都要受不了了，我會神經衰弱的……」

「從下午開始敲到現在，也該累了。」年輕警察對她說：「妳也累了，去車裡睡一會兒吧。」

「你呢？不休息嗎？」

「我已經在車裡瞇過了。唉，這次的任務沒日沒夜的，大家要是不輪流休息，最後全都會垮的。」

「好吧，我去睡一會兒。」

女警察正要鑽進警車，不經意地一抬眼，望見前方的道路上，一輛破舊的貨運三輪摩托車朝這邊開過來。這輛摩托車不知是引擎出了什麼問題，還是裝載的貨物超重，發出無比刺耳、難聽的轟鳴聲。在寂靜的夜裡，這麼巨大的噪音，聽起來簡直就像野獸的嘶吼。

震耳的嘶吼聲越來越大、越來越近，女警察皺起眉頭，摀住耳朵，「老天，那是什麼爛車子？也只有在這種郊區才看得見吧！」

年輕警察瞇眼注視三輪摩托車，「它好像在朝這裡來。」

「走，我們去攔住它問一下，別再讓它靠近了。這麼驚天動地的噪音，可能會驚動超市裡的人。」

年輕警察點了下頭，和女警察快步迎上前去，攔住那輛三輪摩托車，出示了證件，問道：「大半夜的，你到這裡來幹什麼？」

駕駛三輪摩托車的是一個模樣老實巴交的中年人，他也看到了超市前包圍的數輛警車和救護車，顯然從沒見過這陣仗，瞪大眼睛，答非所問地說：「警官，這裡……發生什麼事了？」

「我們問你到這裡來幹什麼？」年輕警察加重語氣。

「我……我是負責跟這家超市配送貨物的，以往都是這個時間來送貨。」駕駛者小心翼翼地問：「怎麼？警官，有什麼問題嗎？」

女警察道：「我告訴你，這家超市因爲某種特殊原因被暫時封鎖了。你現在把車騎回去，這段時間不要再來送貨。還有，你這輛破車的廢氣排放和噪音都嚴重超標，不能再上路了。如果下次再讓我逮到，我就要開罰單了，聽到了嗎？」

「是！是！是！我知道了！」駕駛者忙不迭地點頭，趕緊將三輪摩托調頭往回騎。兩個警察只有再次忍受破爛引擎發出的巨大轟鳴，目送它遠去。

二〇〇Ｘ年九月二十四日，上午九點十一分

一個警察急急忙忙地跑過來道：「隊長，我聽到超市門口傳出電鑽的聲音，大概裡面的人想要破門而出了！」

刑警隊長從椅子上站起來，「電鑽？那超市裡面還有這東西？」

「這下可糟了，隊長。他們要是用電鑽來破壞鐵門，大概不出十分鐘就能破門而出。」年輕警察說。

隊長短暫地思考片刻，下令道：「你們幾個，去找到連接這家超市的外部電線，把電線剪斷。」

「啊？斷電？」其中一個警察遲疑地問道，「對於裡面一無所知的人來說，這樣做會不會引起恐慌？」

「沒辦法，不這樣做來阻止他們，很快外面就會發生恐慌了。」刑警隊長把手裡的香煙掰成兩段。

二〇〇X年九月二十五日，晚上十點四十一分

一輛銀白色的小轎車疾駛而來，在距離超市數十米的地方停下。幾個警察正要上去詢問來者，車上已經先走下來兩個面色焦急的中年人，像是一對夫婦。他們快步朝離得最近的幾個警察走去，急促地問道：「我女兒是不是在這家超市裡？」

一個方臉警察果斷地回答道：「不管你們的女兒是不是在裡面，現在請立即離開，警方和醫療人員以外的其他人都不允許逗留。」

「憑什麼？你們憑什麼把我的女兒關在這裡面？」穿西裝的中年男人脾氣相當火爆，厲聲責問道：「我女兒又不是犯人，你們有什麼理由把她關起來？」

刑警隊長和女警察一起走過來，隊長問道：「怎麼回事？你們是什麼人？」

「我們是裡面一個女孩的父母。」西裝男人指著超市說：「我女兒在這裡讀大學，我從前天就沒有聯繫到她了！打電話到學校去問，學校的負責人竟然告訴我，說我女兒到這家超市來買東西，被警察關在了裡面，還說她可能感染上什麼怪病。

這到底是怎麼回事?」

刑警隊長耐著性子解釋道:「學校的負責人沒有說錯。你們的女兒在三天前到這家超市來買東西,不巧一個攜帶未知病毒的男人,也在那時進了這家超市,並且強行地關上了門。也就是說,你們的女兒應該已經被病毒感染了。醫學專家目前還沒能研製出有效預防控制這種病毒的方法,所以我們暫時將超市隔離,避免病毒向外擴展和蔓延。希望你們能理解。」

聽了這番話,女孩的母親一下哭了出來,「我女兒眞的感染上了什麼未知的病毒?那你們把她封鎖在裡面,豈不是見死不救?」

女警察上前一步道:「兩位,聽我跟你們解釋三點。第一,據醫生所說,感染這種病毒的人,生理上不會出現任何不適,只是精神上會受些影響,所以你們不用太過著急和擔心。第二,剛才隊長也跟你們說了,目前專家還沒能找出治療這種疾病的方法,所以就算我們讓她出來,也無法進行醫治,反而還會將病毒傳播開來。第三,目前到這裡來過的,包括超市老闆和超市裡面那些人的親屬,已有數十人之多。他們在聽了我們的勸解後,都表示了理解和體諒。請你們也支持和配合我們的工作,好嗎?」

這番話於情於理都讓人難以反駁，但女孩的母親仍哭著央求道：「警官，我們專程從外地心急火燎地趕過來，就算見不到女兒，讓我隔著門和她說上幾句話總行吧？讓我知道她還好好的就行了。」

女警察爲難地說：「這恐怕也不行。要是讓她知道了你們就在門口，肯定會……會……」

女孩的父親狂怒地叫嚷道：「這也不行，那也不行！我就不明白，我要見自己的女兒，爲什麼非得要得到你們的批准！」

說完這話，他猛地推開面前的兩個警察，朝超市門口奔去。衆人沒料到他會如此反應，一時都愣在那裡，待刑警隊長大喝道：「快攔住！」幾個警察才回過神來，快步追上去。

可雖如此，還是慢了半拍，西裝男人衝得飛快，不一會兒就跑到了超市門口，不由分說地捏起拳頭，開始捶門。猛捶幾下之後，張開嘴就要喊女兒的名字。

幾個警察這時衝了上來，一個身材魁梧的高個子一把捂住他的嘴，抱住他往回拖。那男人像發了瘋似的，上身被拖開，下身還在用腳猛踢門。幾人費了九牛二虎之力才將他拖遠一點，可他並未消停，仍在不斷地掙扎反抗。

刑警隊長實在看不下去了，從腰間摸出電擊棒，打開開關，走上前去對準西裝男人的後頸窩就是一擊。他大叫一聲，昏了過去。

刑警隊長一臉怒容地轉過身來，對兩個警察說：「開車把他送到局裡去！如果再來搗亂，就以妨礙公務罪拘留！」

二〇〇×年九月二十七日，清晨六點十二分

刑警隊長眯著眼睛躺在車內，透過車窗玻璃，看見一輛閃著燈的救護車飛馳而來。他本能地感覺到，這輛救護車的到來，意味著某種變化和結束，於是打開車門，走到車外。

救護車在離警車很近的地方停下來，還沒煞住車，一個中年男醫生就從車上跳了下來。隊長認得出來，他就是最開始和自己說話的那個男醫生。他在這裡待了兩天便到醫院去，現在又回來了。

醫生大步走到刑警隊長面前，急促地說：「隊長，本院的專家對先前感染的幾

個病人和後來送去醫院的那個男店員進行治療和觀察之後，終於得出結論了！」

刑警隊長眼睛一亮，「是什麼？快說！」

男醫生扶了一下眼鏡框，搖頭歎息道：「唉，完全搞錯了……我們做的猜測和判斷，完全弄錯了方向。」

刑警隊長望著他，等待他繼續往下說。

男醫生低頭思索，似乎在考慮該如何表達，片刻之後，抬起頭來道：「闖進超市的那個男子，是從精神病院逃出來的病人。他之所以能夠逃出來，是因爲之前跟他接觸過的一個醫生和三位護士，居然在近乎相同的時間裡出現了不同程度的精神病症狀，從而導致看護鬆懈。隊長，你知道，儘管精神病的病因直至現今尚不明確，但顯然不是通過細菌傳染的，換言之，精神病不具備傳染性。可這樣該怎麼解釋四位醫務人員和該名病人接觸後，同時出現精神病症狀這一狀況？爲此，本院的專家想到了另一種可能性，就是目前國際上新提出的一種理念：病毒感染學說。」

男醫生略微停頓，接著說：「病毒感染學說的理論是，精神疾病其實也是由某種病毒引起的，只是這種說法目前缺乏實際依據，並不具權威性。但這次的事件讓我們禁不住猜測，難道在那個男子身上，眞的出現了具有傳染性的精神病病毒？基於這種考慮，醫院方面相當重視，爲了避免病毒蔓延，才要求你們監守在這裡，暫時隔離這間超市。但經過後續對幾位病人的觀察治療，我們發現搞錯方向了，患病的男子並非病毒攜帶者，而是非常嚴重的『感應性精神病患者』。」

刑警隊長聽得雙眼發直，木訥地問：「感應性精神病？什麼意思？」

「這不是什麼新概念了。簡單地說，感應性精神病患者類似於一個疾病傳播者，可以在某些因素的影響下，將精神疾病傳給正常人。」男醫生比劃著說：「這麼講吧，感應性精神病患者在出現某種臆想的時候，如果和正常的人接觸，往往會將自己的臆想當成眞的，向周圍的人描述和灌輸，而且神情、動作和語言極具煽動性和暗示性。接觸者如果心理素質較好，還可能不受到影響，可若在沒有半點心理準備、受到某種驚嚇，又恰好處在某種特殊環境的情況下，就有很大可能接受患者給予的心理暗示，從而出現相同的精神病症狀。以往的病例表示，年齡越小的人，越容易受到影響，嚴重的甚至會產生精神紊亂。若有多人群聚在一起，情緒緊張，再加上自我和相互暗示的集體作用，出現集體妄想症發作的情況都不奇怪……」

「等一下！」刑警隊長緊蹙著眉頭，打斷男醫生的話，「聽你這麼說，我們把這些人隔離在這家超市裡，豈不是正好提供了一個『絕好』的環境，讓他們在裡頭相互暗示、彼此影響？」

男醫生拭擦著額頭上沁出的冷汗，「是的……這是一個嚴重且可怕的失誤。我後來了解到，逃進超市裡的男子是精神病院遇到過的，最具惡性影響力的一名感應性精神病患者，所以連專業的醫務人員都遭到『感染』……事實上，如果在事發當天，我們把超市裡的人全都送進醫院，並將他們分開，大概不會出現什麼問題。可現在，裡頭的人十有八九都已經成為感應性精神病的繼發者了……還好，這種病是能醫治的，不至於有生命危險。」

「是嗎？」刑警隊長垂下頭，神情恍惚，「沒有生命危險，真的嗎……」

男醫生沒聽清楚，「隊長，你說什麼？」

刑警隊長緩緩地抬起頭來，「你帶來的這個研究結果，對於超市裡的人來說，恐怕已經太遲了。你離開了兩天，不知道這段期間發生了什麼事……」

男醫生愣愣地望著他，「發生……什麼事了？」

刑警隊長神情黯然地道：「昨天晚上十點到十一點這一個小時時間內，我們聽到超市中傳出三聲槍響。醫生，你還認為裡面的人沒有生命危險嗎？」

男醫生目瞪口呆地站在那裡，做不出半點反應。

與之同時，包括他們兩人在內的所有警察和醫護人員，一齊聽到超市中傳出瘋狂的擊打聲。震耳欲聾的鐵錘敲擊鐵門聲，彷彿直接敲進了衆人的心臟。

「還有人活著，超市裡總算還有人活著……」刑警隊長道：「活著的人終於受不了了，要破門出來了。」

男醫生愧疚地道：「裡面的人出來後，由我上去跟他們溝通。你們暫時別靠近，千萬別再嚇著他們了。」

尾聲

超市裡的「男孩」

二〇〇Ｘ年九月二十七日，凌晨六點四十四分

「你聽懂了嗎？你有沒有聽明白我的意思？不一定要說話，點頭或是搖頭就行了……」

我木然地望著這個戴眼鏡的中年男醫生。他隻身一人走到我的面前來，說了一大堆晦澀難懂的話，什麼感應性精神病患者、超市裡的人都受到影響了、引發集體妄想症……他說的這些內容，和我之前理解猜測的完全不同，我確實難以肯定自己是不是都聽懂了。

就在疑惑不解的時候，忽然聽到前方不遠處，一個穿皮夾克的警察用手機向某人報告，「一個男孩從超市裡出來了。」

男孩！我心中一驚，差點把他給忘了！猛地回過頭，眼睛四處搜索，卻沒有看到他說的「男孩」身影，而是看見另外一幕——一個男警察把超市裡的那個老婦人背了出來，口中喊著：「只剩下這一個老太太還活著，其他人都死了！」

跟那個男警察在一起的是一個年輕女警察，他們走到一輛救護車旁，女警對幾個護士說：「老太太大概是唯一一個沒有受到影響的人，她的耳朵聾了，也不會說話。我會一點手語，剛才勉強跟她交流了一下，她告訴我，超市裡的人都瘋了，不斷地自相殘殺！」

我呆呆地望著他們，腦子裡一片混亂。原來如此！那老太太原來又聾又啞，怪不得從來沒跟我們任何人說過一句話。以前怎麼就沒想到呢？可那女警察說她是唯一沒受到影響的人，這是什麼意思？

頭腦越來越亂了，完全無法理解所有的一切。這時，我又想起了那個殺人兇手，他還沒有被抓到呢！於是對面前的男醫生大喊道：「那個男孩呢？你快叫這些警察抓住出來的那個男孩呀！他是殺人兇手！」

男醫生皺著眉頭，疑惑地問：「你說什麼？一個男孩？怎麼，除了你之外，還有別的男孩在裡面？」

我徹底呆了，他到底在說什麼？

那男醫生見我又愣住了，大概覺得和我交流起來十分費勁，便道：「要不這樣吧，我們先到醫院去，好嗎？或者，告訴我你的父母是誰，他們在哪兒工作？」

我像看天外來客一樣盯著他，他繼續問道：「要不你告訴我，你在哪一間學校讀書？」

這是一種奇異而駭然的感覺——我在一個冰天雪地的冰窟裡緩緩下陷，先是雙腳凍結成冰塊，然後逐漸向上，寒氣蔓延至四肢百骸，將血液、肢體，包括思維都凍結。我變成了一座無法思考的冰雕。好一陣子過後，腦子裡彷彿有某些東西裂開了，這是一個突然閃現的念頭所致。我在這念頭的驅使下，像發了瘋一般，踉蹌著衝向距離最近的一輛警車，撲向車子左側的後視鏡，看到了鏡中映現的面孔……

那是一張十多歲男孩的臉，和我在超市中看到的男孩一模一樣！

霎時間，我什麼都明白了。天旋地轉之中，超市裡發生過的某些片段像快速播放的黑白電影一樣，於腦海中重現。

「我有個女兒，看起來和你差不多大，所以看見你，給我一種親切感。」

「目前最重要的是，我們十個人必須團結一致……」

「外面和裡面到底出了什麼事，我都知道了……謝謝你陪我說了這麼多話，以後，你好自為之吧。」

「是的，我敢肯定，兇手就是那個小男孩！」

伴隨著這些記憶一起明朗化的，是之前所有疑問的答案。

這一刻，我的思路變得十分清晰，把一切都弄懂了——出事的那天晚上，我結束了晚自習，從學校出來，捧著一本雜誌，邊看邊走回家。路過這家超市，走了進去，即便是在排隊等待結帳時，整個身心仍沉浸在精采的情節中。那篇故事寫得實在太好看了，叫《一個單身女人的異地生活》，我完全被作者的文筆帶入其中，直到那個持槍男人闖進來，威脅我們不許動，我手中的書才掉落到地上。然後，受到了極度驚嚇、腦子紊亂的我，在自身毫無意識的狀態下，變成了一個「生活在異地的單身女人」。

接下來幾天在超市中發生的事，我也都明白了——蠻橫無理的鬍子大漢不顧一切地要砸門出去，而我是反對這樣做的。胖女人發誓要調查出誰是兇手，還說她已經摸到了線索，顯然也是對我的威脅。時尚女孩更是顆不定時炸彈，竟然暴露出將以極端方式求自保的危險想法，不把她解決，怎麼能叫人心安？

很顯然，活在我的潛意識裡的那個「男孩」，不會允許這些威脅存在。「他」在我睡著的時候，悄悄爬起來，用水果刀殺死了他們！

在超市中殺死了三個人的瘋狂殺人魔，就是我自己！

我整個人癱軟在地上，醫生和警察說的話就如呼嘯而過的北風，轉瞬即逝。我一句都沒聽清他們在說些什麼，只想著一個問題：我該怎麼辦？要不要把一切如實地告訴他們，讓他們知道這瘋狂的五日六夜裡究竟發生了些什麼，並且俯首認罪？

當然，就算我不說，他們也不難透過現場調查得出結論，更何況還有一個未感染到病毒的老太太呢，她肯定會把這幾天目睹到的一切「說」出來。

屆時，我將面對怎樣的結果？

不過，至少有一點是值得安慰的——這個世界還在，我又看到太陽升起來了。

也許對我來說，這就已經足夠。

第一個故事之後

尉遲成的故事講完了，這個由一下午構思出來的故事，從晚上七點一直講到了十點，精采程度遠遠超出在場人的預料。結束後，大廳裡的衆人竟都還沉浸於其中，一時間沒人說話。

南天現在明白了，那神秘主辦人說，他「請」來的都是最優秀的懸疑小說作家，此話不假。僅僅第一個故事，就讓他感受到強烈的挑戰性。此刻，他幾乎忘記了自己所處的境況，渾身熱血沸騰，甚至在心中感謝這次事件的發生，能讓他有和懸疑高手們比試一番的機會。

作爲第一個講故事的人，尉遲成顯然非常聰明，他所講的這個叫「怪病侵襲」的故事，運用的是懸疑推理小說中最經典的「暴風雪山莊模式」。在封閉狀態下發生詭異事件的故事模式，乃是懸疑小說中最吸引人的一種模式，孕育出了無數佳作。尤其重要的是，他用了這種模式之後，後面的人就不能再講同樣類型的故事了。

這是一場將「鬥智」發揮到極致的比賽，南天心中波濤暗湧。

「故事很不錯。」荒木舟打破沉默，「那麼，我們開始評分吧。」

「怎麼評分？」萊克問。

龍馬說：「主辦人早就準備好了，裝食物的櫃子裡還放著一疊白紙和十多枝筆，意思再明顯不過。」

北斗說：「我去拿。」

他站起來朝櫃子走去，不一會兒捧著十幾枝簽字筆和一大疊白紙走回來，挨著將紙和筆發給每個人。除了尉遲成，其他十三個人分別在白紙上寫下一個數字。尉遲成呑嚥著唾沫，顯得有些緊張。

南天給尉遲成打的分數是九分。

衆人都寫好後，北斗把十三張紙收過來，問道：「誰來幫著我一起統計？」

南天和龍馬一起說：「我來吧。」

二人一起朝北斗走去，當著衆人的注視，將每張紙上的數字加在一起。因爲是無記名投票，南天不知道哪個分數是誰打的，但不難感覺出來，大家基本上都很公正，打的分數都在八分以上，只有一個人打了六分——由此看來，絕大多數人都認爲這是一個很出色的故事。

全部加完後，把總和除以十三，得出了第一個故事的分數，南天宣佈道：「這個故事最後的平均分數，是八．八分。」

尉遲成點了點頭，看來對這個分數也算滿意。

「第一個故事的得分就這麼高，後面的人可有壓力了。」北斗吐了吐舌頭。

徐文表現得有點焦慮不安，吶吶道：「明天就該我了……」說著，從椅子上站起來，眼睛望著下方，像是在跟地板說話，「我要回房間去準備了。」

徐文率先走上樓梯，進入自己的房間，把門緊緊關攏。夏侯申接著說：「好了，我們也回房去休息吧。」

大廳裡的人紛紛散去，紗嘉跟南天走在一起，悄聲說：「我覺得那個叫徐文的人怪怪的，他好像比我們所有人都要焦慮。其實，就算他的故事得不到多高的分數，也不用擔憂成這樣啊。」

南天停下腳步，「難道……徐文有什麼非得贏得這場『比賽』不可的理由？」

紗嘉露出不解的神情，「爲什麼非贏不可？」

南天攏著手說：「不一定，只是猜測。具體的原因，我打算明天找個機會問問他。」

第二天

01

第二天早上，眾人聚集於大廳中，從櫃子裡取出食物和水，吃著簡單的早餐。

南天一邊啃乾麵包，一邊打量坐在對面的徐文。

他的焦慮比昨天更甚了，眉頭一直緊鎖，眼圈發黑，面容憔悴，一看就知道沒睡好覺。拿在手裡的麵包只咬了兩口，似乎吃不下去了。向外凸出的眼睛無神地望向某處，一副心事重重的模樣。

過了片刻，徐文把沒吃完的麵包包起來，放在一旁，從椅子上站起身，朝自己的房間走去。

南天知道，一旦徐文回到房間，肯定又會將門緊緊鎖上，到時要想讓他打開就沒那麼容易了，於是站起來追上去，在樓梯的拐角處攔住他，微笑著說：「徐文先生，我想跟你談談，可以嗎？」

徐文一臉警覺，「談什麼？」

南天故作隨意地道：「沒什麼，今天晚上不是輪到你講故事嗎？我想問問你，構思好了沒有？」

出乎意料的，徐文好像對這個問題一點都不在意，「一天的時間讓我構思一個故事，足夠了，沒有什麼好擔心的。」說完，又邁步朝房間去。

南天追上他，「既然是這樣，請恕我直言，爲什麼你從昨天晚上起，就一直是一副焦慮不安、心事重重的樣子？好像在擔憂、懼怕著什麼。」

這句話好似說中了徐文的心事，他抬起頭，定定地凝視南天的眼睛，忽然打了一個冷顫。

南天愣住了，不明白他爲什麼會有這樣的反應。

徐文又神經質地望了望周圍，確定這個樓梯拐角處只有他們兩個人，猛地抓住南天的一隻手，問道：「爲什麼問我這個問題？你是不是跟我一樣，預感到會出什麼事？」

南天面露驚愕，「出事？出什麼事？」

「我也不知道具體會出什麼事……」徐文把佈滿血絲的雙眼瞪得老大，眼珠子彷彿要從眼眶中蹦出來，「可我就是有這種感覺。那瘋子把這麼多人聚集到這裡來，而且還跟我們混在一起，不可能只是天天講故事這麼簡單。他肯定會做些別的事出來，而且就是今天……相信我，我的直覺一向比別人要準。」

南天盯著他，清楚地看到那雙眼睛裡蘊含的恐懼，莫名地有些相信，這人的直覺不會是毫無來由的。

正準備再問清楚一些，徐文突然發現有人朝樓梯走來，立即甩開南天的手，大步上樓，走進房間，將門轟一聲關攏。

南天愣在原地，望著緊閉的木門發呆。

他沒有發覺，樓下大廳裡，有個人從剛才起就一直注視著他們。

中午，眾人又去大廳的櫃子裡拿東西吃。南天注意到，徐文沒有下來。

那傢伙從早上起就沒吃多少，現在還不餓嗎？

或許，恐懼感已令他食欲全無。

正想著，就聽暗火一邊咬火腿，一邊罵道：「媽的，我們現在還真像是囚犯！」

「什麼『像』，根本就是。」萊克苦笑，「不過，你該感謝我們不是被判了終身監禁。」

「十四天之後，真的能出去嗎？」暗火表示懷疑。

萊克聳了聳肩膀，嚼著餅乾說：「到時候就知道了。」

這時，旁邊傳來一個冷冷的聲音：「反正我能出去。」

幾個人一怔，同時朝那邊望去。

發話者是荒木舟。

萊克停止吃東西，呆呆地張開嘴巴。

荒木舟走到他身邊，彎下身，直盯著他，「別把這裡當成無聊的監獄，也別浪費每一分鐘。用你的眼睛和心去仔細觀察，肯定能夠發現些什麼。」

萊克愕然，「你是說……『那個人』的真實身分？」

「對。我不相信這麼多天，『那個人』會連一點破綻都沒有。只要是人，就必定會犯錯誤，不可能做到天衣無縫，記住這一點。」荒木舟直起身子，拍了拍萊克的肩膀。

「爲什麼要跟我說這些？」

「因爲憑我的觀察，你不是『那個人』。」荒木舟從鼻子裡哼了一聲，「而且我敢肯定，『那個人』遲早會露出馬腳。不用等十四天，我絕對能逮到他。」

說完這番話，他冷笑了一下，轉身離開。

暗火默默地看著兩人，專注地聆聽他們的對話。

南天也一樣，心中感到幾分詫異——荒木舟說那些話的時候，竟然完全不避諱旁邊有人，難道他對於「那個人」的身分，已經有些眉目了？

帶著猜測和疑問，眾人收拾好桌面，返回各自的房間。

02

尉遲成躺在房裡午睡，如今，他是十四個人之中最輕鬆的一個了。

輕輕的敲門聲將他驚醒。

「誰？」

沒有回答。

尉遲成覺得奇怪，下床走到門口，把門微微打開，看到了站在門口的人。

「找我幹什麼？」他納悶地問。

「我能進來說嗎？」那人輕聲道。

尉遲成猶豫了一會兒，將身子讓到一邊，「進來吧。」

那人走進來，隨即轉身鎖上房門。

「爲什麼要鎖門，就這樣說不行嗎？」尉遲成警覺起來。

「我要說的內容，我猜你不希望別人聽到。」

「到底是什麼？」尉遲成蹙起眉頭。

那人做了個手勢，示意他靠近些，然後貼近他的耳朵，輕聲說了幾句話。

「什麼？這……這怎麼可能？」尉遲成聽完，呼吸瞬間變得急促，表情驚駭不已。

「反正我告訴你了，至於你怎麼想，就是你的事了。」那人淡淡地說。

「這不可能……不可能……」尉遲成搖晃著腦袋，額頭沁出一顆顆冷汗，口中不斷地重複這句話，顯然陷入了極度的驚恐。

「別自欺欺人，你現在也意識到這個問題了。」

「我……」他極力讓自己恢復冷靜，煩躁地擺了擺手，「好了好了，我不想再談這問題了，請回吧。」

「好吧。」那人輕輕打開房門，走了出去。

尉遲成快步上前，將門關攏。

即便努力控制情緒，他的身體還是止不住地激烈顫抖。

03

晚上七點。

眾人都坐在了位子上，除了一個人。

夏侯申看看錶，「已經七點鐘了，尉遲成怎麼還不下來？」

北斗說：「我去叫他吧！」

他走上二樓，來到尉遲成的房間門口，敲了敲門，然後似乎低聲說了什麼。過了一會兒，他獨自從樓上下來，攤開雙手，「尉遲先生說他有些不舒服，不下來了。」

「什麼？不下來了？」夏侯申皺起眉頭，「難道他覺得講完了故事，接下來的事情就都與他無關了？他還要替別人的故事評分啊。」

「算了，既然尉遲先生不舒服，就讓他休息吧。反正我會做詳細的記錄，若有評分的需要，明天可以把故事的內容給他瞧瞧，順便口頭複述。」龍馬說。

夏侯申哼了一聲，擺明了對尉遲成的散漫態度十分不滿。

龍馬問：「徐文先生，這樣可以嗎？」

徐文聳了下肩膀，「我無所謂。」

荒木舟也看了看手錶，「那就開始講吧，已經是七點十分了。」

徐文點了下頭，直視龍馬，「小夥子，我能向你提個要求嗎？」

「您說。」

「待會兒我講的時候，會儘量把語速放慢一些，希望你能盡可能地把故事詳細地記錄下來。」

龍馬答應道：「這沒問題。寫得詳細一點，才方便尉遲先生事後做出公正的評分。」

「不，不是爲了這個原因。」徐文略顯遲疑，「我總覺得，講完這個故事後，也許會發生什麼事……而且，那件事……和我所講的故事有關。」

「什麼意思？」千秋皺起眉毛，沒聽明白。

「……算了，沒什麼。」徐文神情凝重地吸了口氣，定了定神，「我還是先把故事講出來吧。」

第二天晚上的故事：

鬼影疑雲

1 出院

坐在療養院的接待室裡，汪興宇發現自己很難解釋，此刻爲什麼會如此的緊張不安。

事實上，今天是他和妻子期盼已久的日子。他們曾於腦海中無數次地臆想和模擬這一刻到來時的情景，甚至出門之前，夫妻倆還對著空氣演練了一陣子，希望能靈活應對一會兒即將出現的各種可能性。可雖如此，眞正坐進接待室，仍然緊張得難以自持。

一片沉默，兩人都緊緊地閉著嘴巴，好像只要一張開嘴，怦怦跳的心臟就能立即從嗓子眼裡蹦出來。

平靜下來啊！汪興宇在心中對自己說，不然一會兒要失態的。

他嘗試著緩緩地舒出一口氣，頭轉向身邊的妻子董琳，想勸她也稍稍放鬆一些。但看著那張因緊張變得僵硬的臉，意識到所有的勸說都是徒勞，便將已到嘴邊的話硬生生地吞回去。

坐在這對中年夫婦對面的女醫生意識到，再不開口說點什麼，房間裡的空氣就會凝固成石頭砸下來了，於是儘量以輕鬆、柔和的口氣道：「別太緊張了，聶醫生既然請二位來，想必他就是有把握的，所以……不用擔心。」

汪興宇點點頭，努力擠出一絲笑容。

這時，接待室的門開了。

夫妻倆一同屏息。

走在前面的是一位四十多歲、斯文儒雅的男醫生，當先跨進門來，然後回身拍了拍跟在身後的人的肩膀，以鼓勵的口吻道：「進來吧，沒什麼好擔心的。記住我剛才講的話。」

那人遲疑兩秒，走了進來。

坐在長椅上的夫妻倆一齊站起來，目光觸到醫生身後那名年約三十歲的長髮女子，只覺有一雙無形的手緊緊地揪住了五臟六腑。

果然跟以前一樣，秀美、水靈，精雕細琢的五官巧妙地鑲嵌在巴掌大的臉蛋上，未施脂粉的面龐透出擋不住的天生麗質。藍白相間的病人服穿在身上，竟未顯樸素，反倒有種蓮花般的清靈。這是一種自然大方的美，唯一可惜的，是眼神顯得有些憂鬱。

一切的一切，都與記憶一模一樣。董琳的眼淚刷地一下掉了下來，顫抖著以手掩口，努力不讓自己哭出聲音。

男醫生用眼神示意夫妻倆別太激動，並用手勢招呼他們坐下，然後安排長髮女子坐在他們面前的一把皮椅上。他自己站在她身後，雙手輕輕按著她的肩膀，俯下身來輕聲問道：「靜雯，記得他們是誰嗎？」

長髮女子的視線掃過二人，眼中充滿迷茫，微微地皺皺眉，回過頭望著醫生。

他溫和地說：「別著急，好好想想，認得他們嗎？」

當著他鼓勵的目光，長髮女子再次把頭轉過去面對兩人，靜靜觀察他們，從略顯蒼老的臉上看出了許多種情緒：傷感、期盼、關切、擔憂……隨著視線與中年婦人碰撞在一起，腦中彷彿有一根無形的線被牽扯起來，對方表現的焦慮喚醒了腦海深處沉睡的某些記憶，那是她以前曾看過許多次的表情。

她漸漸張開了嘴，含糊的聲音在喉嚨裡滾動，「我……想起來了……」

夫妻倆瞬間變成了兩尊石膏像，一動也不動地盯著她的嘴巴，像在等待著某種宣判。空氣從他們的鼻腔繞道而過。長髮女子身後的男醫生和旁邊的女醫生也緊緊地盯住她。

嘴唇半開半闔地動了一下，她終於艱難地對著董琳喊出來：「……媽。」轉向汪興宇，又遲疑著喊了一聲：「……爸。」

汪興宇用最大力氣抓住了妻子的手。董琳一點都沒感覺到痛，內心除了興奮和喜悅，不允許其他任何感覺前來干擾，甚至連開口答應一聲都做不到。

過了好半晌，她才顫抖著伸出手去，撫摸那張秀美的臉龐，泣不成聲，「靜雯，靜雯……妳果然好了……妳能記起爸媽來了……」

能有這樣的結果，兩個醫生也感到高興，互望一眼，相視而笑。

汪興宇興奮地站起來，握住男醫生的手，感激地說：「太謝謝您了，聶醫生！靜雯她……能恢復成這樣，全都是您的功勞，眞不知道該怎麼感謝您才好！」

「這是我們該做的。」聶醫生微笑道。

「那麼……」汪興宇急切地說：「按照之前您跟我們說的，既然靜雯她已經完全好了，也認出了我們，是不是現在就可以去辦理出院手續，接她回家了？」

聶醫生望了一眼汪靜雯，眼光又移回來，直視汪興宇，「按理說是可以的，但是在那之前……汪先生，我們出去談談吧。」

出了門，聶醫生把門帶攏，站在走廊邊上壓低了聲音，「汪先生，正如你們方才看到的，靜雯目前的狀況，證明這五年來本院對她施行的一系列治療相當成功。

經過長期觀察，最近這一年內，她確實恢復到了完全正常的狀態。也就是說，靜雯的心智、情緒、行爲，基本已經與正常人無異。按照療養院的規定，既然病人已恢復正常，就可以由親屬接回家中，過普通人的生活。所以，我昨天才打電話給您，請你們今天過來一趟。剛才，靜雯很快地就認出了兩位，這正是我們之前所設想的最好的情況。作爲她的主治醫師，我由衷地替她、替你們一家子感到高興。」

汪興宇滿臉通紅，不住地點頭。

聶醫生停頓了片刻，表情轉爲嚴峻，「但是，汪先生，在你們把靜雯接回家去之前，我要說幾件重要的事，請務必牢牢地記住。」

汪興宇望著一臉嚴肅的聶醫生，從他的眼神感覺到接下來要說的事情的重要性，「好的，您請說。」

「第一，我看得出來，您和您的太太今天都十分高興。當然，靜雯能恢復成現在這個樣子，是十分值得高興的事，可是……」聶醫生略微猶豫了一下，「我不得不提醒你們，畢竟她是十分特殊的病人……五年前那件事，我相信你們是無法忘記的……」

說到這裡，他瞥了汪興宇一眼。果然，儘管已經過去這麼久了，一提到這件事，汪興宇的臉色還是立刻變得煞白，眼中露出幾分驚惶。一瞬間，醫生有些不確定該不該繼續說下去。

好一會兒過後，汪興宇才從恐懼中走出來，小心翼翼地問道：「可是……醫生，您不是說已經治好靜雯了嗎？她不是已經和正常人無異了嗎？」

「是的，目前看來是這樣。可你們要明白一點，有精神病史的人，即便是被治癒成功了，也存在復發的可能性。當然……」見汪興宇滿面駭然，醫生趕忙安慰道：「只要不讓她受到什麼刺激，並且持續服用藥物，病情復發的可能性是非常低的，用不著太擔心。」

汪興宇微微頷首，臉色稍微緩和了一些。

「這是我要對你說的第一件事。靜雯跟你們回家之前，我會給她開一些定神、安心的藥物。先開三個月的，三個月之後，你們再回到我這裡來，我會根據她那時的具體情況決定用藥量的增減。這些藥必須每天都吃，你們一定要叮囑她每晚睡前服藥，記住了嗎？」

汪興宇加大了點頭的力度，不敢掉以輕心。

「第二件事，也是非常重要的。」聶醫生定定地注視他的眼睛，「靜雯是一個十分特殊的病人，而她的病根，就是五年前發生的那一件事。爲了使她徹底擺脫那起事件造成的心理陰影，我和秦醫生商量之後，對她實施了『忘卻療法』。我們認爲，只有這種方法，能使她徹底忘掉那段恐怖的經歷，從而獲得『新生』。事實證明，我們採取的治療方法相當有效。」

「是的，聶醫生，您對靜雯採取的『忘卻療法』，以前就跟我提起過。所以您當初才要我和她母親在五年內都不要來探望她，免得讓她又想起……『那件事』……」汪興宇儘量控制著情緒，可還是忍不住打了個冷顫，聲音也跟著抖了一下，「那樣的話，對她的治療不利……」

「沒錯，就是如此。我們用了多種手段，包括催眠、心理暗示、藥物控制等方法，達到一個目的：讓她忘記五年前那件可怕的事，以及與那件事相關的人和物。我們終於做到了，跟『那件事』有關的一切，她全都記不起來了。」

「那她……爲什麼還記得我們？」汪興宇遲疑地問。

「她確實一度把你們都忘了。」聶醫生說：「可你們畢竟不是『那件事』的直接關係者，而且是很重要的親人，在我們的幫助下，她才又記了起來。」

汪興宇若有所思地點頭。

「汪先生……」聶醫生加重了語氣，「我不曉得你有沒有弄明白我說這些話的意義所在。我要跟你強調的第二件事就是：靜雯的治療重點在於『重新開始』。回家之後，你要盡一切努力避免使她想起以前的事——絕對不能跟她談起與『那件事』相關的話題，不要勾起關於那方面的回憶。萬一讓她想起了『那件事』，情況會變得十分糟糕，甚至，甚至……」

「甚至什麼？」汪興宇的語氣透出惶恐。

聶醫生思忖了一陣子，老實回答：「具體的後果我不敢妄加推斷……畢竟那樣的情況，我以前沒有遇到過。總而言之，只要確實按我說的這兩點去做，就不會出問題，明白了嗎？」

汪興宇忙不迭地回道：「您放心，我非常明白。實際上，我們也考慮到了這個問題，所以我和她母親在新區買了新房子，就是想讓她換個生活環境，一切都『重新開始』。」

「那是最好不過了。」聶醫生輕輕頷首，「最後一點，我希望你們能和我保持聯繫，讓我知道靜雯的情況，特別是，如果她出現什麼異常舉止，絕對要立刻告知我，或是馬上把她送過來，切記！」

說完這番話，他從工作服的口袋裡掏出一張名片，遞過去，「這上面有我的辦公室電話和手機號碼，請您收好。」

「好的。」汪興宇雙手接過名片，上面寫著：松山療養院，精神科副主任，聶冷。下面是各種聯繫方式。

見他收下名片，聶醫生又想起了什麼，「汪先生，你說你準備帶靜雯住進新居？新家的電話號碼是我昨天打的那個嗎？」

「哦，不是。」汪興宇一怔，隨即感歎道：「您可眞是細心，昨天您打的是老房子的電話，我們從今天起住進新家。」

「請給我新家的電話號碼，還有你的手機號碼。」

「好的，好的。」汪興宇連連應允，從衣服口袋裡摸出一張小紙條和筆，寫上兩串數字。

聶醫生接過那張紙，小心地收好。

半個小時後，出院手續辦理妥當。董琳挽著汪靜雯的手臂走出來，後者身上的病人服已經換成了一套漂亮的綠色連身裙，整個人更顯得靚麗。

兩名醫生送一家人走到療養院門口，夫妻倆再一次對他們千恩萬謝。

道別時，汪靜雯竟顯得有些依依不捨，站在與她朝夕相處五年的兩位醫生面前，心中湧起各種複雜感受。特別是聶醫生，她久久地望著他，以眼神傾訴對他的感激和依戀。

聶冷見汪靜雯遲遲不肯離開，走上前去，如兄長般慈愛地摸了一下她的頭，溫和地說：「去吧，靜雯，外面的世界在等著妳，那裡有妳的新天地。」

汪靜雯又望了聶冷幾眼，默默地轉過身，鑽進已被父親打開車門的轎車後座。汽車緩緩地駛離療養院，聶冷注視遠去的車影，心頭也升起頗多感慨。

邊上的秦醫生用手肘輕輕碰了他一下，「在想什麼呢？」

聶冷轉過頭來望著她，憂慮地歎了口氣，「我在想，讓汪靜雯回到她的親人身邊，眞的是正確的決定嗎？」

秦醫生提醒道：「聶醫生，這裡是療養院，不是監獄。病人康復之後，難道不該回去過正常人的生活？」

聶冷沉吟道：「話是沒錯，但我……總有些害怕。」

「害怕什麼？」

「我害怕……」他面露憂色，「五年前的事件會不會重演？萬一汪興宇夫婦在某些事情上沒能處理好……」

「聶醫生！」

話語被突兀地打斷，聶冷面露不解，「怎麼了？」

「千萬別提那件事……」秦醫生緊咬住下嘴唇，原本紅潤的臉色竟變得蒼白無比，「就當是為我著想吧。」

聶冷眨了眨眼，表示不解。

「我還沒結婚呢，平常就一個人住在公寓裡。」年輕的女醫生神情駭然地解釋，「別讓我想起那麼恐怖的事，我可不想做惡夢！」

2

異様感

汪靜雯望著車窗外的景色，闊別五年的種種讓她目不暇給。對她來說，這裡儼然已成了一座陌生的城市，特別是現在駛過的這一段路，眞是一點印象都沒有。直覺告訴她，自己以前的家不在這個方向。

她問坐在身邊的母親，「媽，我們這是去哪兒啊？」

董琳拍著女兒的手說：「回家呀，靜雯，回我們的新家。」

「新家？」

「是啊。」董琳笑著說：「我和妳爸爲了迎接妳回來，老早就在新區買了一間新房子，都佈置好了，就等著妳出院之後住進去。」

汪靜雯心裡淌過一陣暖流，大受感動，「謝謝爸媽！」

「一家人，還說什麼謝不謝的？」汪興宇呵呵笑著，開車拐過一個路口，「到了，這裡就是我們的新家。」

轎車開進一片漂亮的新住宅區，在最近的一幢樓房前停下來。董琳拉著女兒的手走下車，汪興宇把車開到一邊去停放。汪靜雯環顧四周，社區視野相當的開闊，滿眼都是翠綠色，看著賞心悅目，清新的空氣也使人心曠神怡。她忍不住望向母親，打從心底裡感激父母爲自己提供了如此優美的居住環境。

汪興宇停好了車，拿著鑰匙走過來，意氣風發地拍著女兒的肩膀說：「走，進家裡去看看。我們知道妳喜歡花呀草呀的，所以買的是一樓，門口附帶一片小花園。」

在長滿各種植物的小花園裡停留片刻，夫妻倆領著女兒走進家門。初次進屋的汪靜雯仔細走過新家的每一個角落，不難感受到父母親佈置時的細緻入微和良苦用心。儘管空間不算太大、傢俱不算華貴，卻處處都透出溫馨雅緻。在這裡居住，眞是挑不出任何不舒適的地方，只是……

汪靜雯的心微微顫動了一下，爲什麼剛才進門的時候，心中莫名其妙地泛起一陣寒意？

當然，那只是一剎那，轉瞬即逝。她沒有表現出來，父母自然也沒察覺到，怪異感很快就被他們熱情的介紹和屋內的溫馨氣氛驅除。

只是錯覺罷了，別胡思亂想。她對自己說。

「靜雯，來看看妳的房間。」董琳拉著女兒走進一間臥室，問道：「怎麼樣，喜歡嗎？」

屋內的佈置溫馨。「媽，我很喜歡！」汪靜雯撫摸著乾淨柔軟的大床，抬起笑臉。

「喜歡就好。」汪興宇和藹地說：「仔細瞧瞧，房間裡還缺什麼東西嗎？我們一會兒就去買。」

「不用了，爸，已經非常好了。」汪靜雯知足地說。

汪興宇笑吟吟地摸了摸女兒的腦袋。

走出房間，一家人在客廳裡喝茶聊天。休息了一陣子，汪興宇抬手看錶，站起來說：「都六點半了，走，出去吃飯。」

「還要出去吃飯？」汪靜雯望向母親。

「當然了，今天妳出院啊！這麼大的喜事，我們當然得上大飯店去，好好地慶祝一下，走吧。」董琳挽著她站起來。

在豪華、高雅的中式餐廳內，面對滿滿一桌美味的佳餚，父母不斷地給她夾菜，又舉杯相慶，令汪靜雯心中的幸福和感動達到頂點，由衷地感激上天沒有遺棄她，多年之後，還能賜予她如此美好幸福的生活。

「來，我們再乾一杯，祝靜雯幸福、開心！」汪興宇滿面通紅地舉起酒杯，這已是今晚第三次舉杯慶祝了。

汪靜雯帶著濃濃的暖意和父母碰杯，將杯中的水果啤酒一飲而盡。儘管這種酒的酒精濃度連五%都不到，幾杯下肚之後，很少喝酒的她臉上仍泛起陣陣紅暈。

又吃了幾口菜，汪靜雯把酒杯斟滿，主動舉杯道：「爸、媽，我也祝你們健康長壽、天天開心。再乾一杯吧！」

「唉，好、好……」汪興宇高興地端起酒杯，「靜雯，這杯酒爸媽乾了，妳就不用了，喝一口就行。」

「是啊！」董琳也對女兒說：「少喝點，別喝醉了。」

「沒事的，媽，我今天高興嘛！」汪靜雯衝母親笑了笑，將杯裡的酒一飲而盡。

「來來來，吃菜。」汪興宇又挾了幾筷子清蒸鱔魚到女兒碗中，「這是妳以前最愛吃的。」

「還有這個。」董琳把剝好的蝦遞過去，「好久沒吃鹽水大蝦了吧？」

汪靜雯望著慈祥的爸媽，不知怎麼的，鼻子突然一酸，眼睛裡噙出淚花來，哽咽著說：「爸、媽，我……」

「怎麼哭了，靜雯？今天應該高興啊！」董琳摸了摸女兒的頭。

片刻之後，汪靜雯突兀地說了一句：「爸、媽，我對不起你們。」

聽到這句話，汪興宇和董琳臉色大變，駭然地盯著她。好半天之後，汪興宇嚥了口唾沫，小心地試探道：「靜雯，爲什麼要這麼說？」

汪靜雯低著頭，眼淚簌簌而下，「我也不知道，心裡就是有這種感覺。」

汪興宇的聲音在顫抖，語氣中夾雜著惶恐不安，「難道妳……想起什麼以前的事了？」

汪靜雯輕輕搖頭，淚水在臉上肆意流淌，「不，以前的事情，我全都忘了。但不知道爲什麼，見到你們，心裡就有種愧疚感，覺得自己以前肯定犯過大錯，做過對不起你們的事……」

「靜雯！」汪興宇伸出手去，握緊了女兒的手，神情肅然，「聽爸爸說，別再去想以前的事了。過去的事情已經過去了，就不要再去追究。以往發生過什麼事都不重要，重要的是，我們一家人又能夠重新聚在一起，好好生活！」

「是啊，靜雯，我們特意去買了新房子，就是爲了重新開始。爸媽的良苦用心，妳能理解嗎？」董琳溫柔地撫摸女兒的頭髮。

汪靜雯抬起臉來，輕輕點了下頭，讓母親用紙巾擦去頰邊的淚。

「以後別再說什麼對不起我們的話了，知不知道？」汪興宇說。

汪靜雯再次頷首。

「好了，沒事了。來，喝湯，這裡煲的湯最棒了！」董琳趕緊盛了一碗湯端給女兒，將話題引開，「這個湯呀，是用了最新鮮的雞和魚，再加上好幾種中藥來熬的……」

在餐廳吃完了飯，一家人沿著視野開闊的濱江路漫步回家。夏秋交季的微風吹拂在汪靜雯臉上，使她備感舒適。同時，微微的酒勁也氤氳於潮濕的空氣之中，令她感到慵懶、疲乏。此刻，只想依父母所言，不再去回想任何不愉快的記憶。擁有今朝和明日，已然足夠。

回到家中，董琳感覺到了女兒的疲倦，從臥室拿出新買的內衣和睡衣，「靜雯，今天喝了酒，疲倦了，趕緊去洗個澡，早點休息吧。」

汪靜雯點點頭，接過母親遞過來的衣物，走進廁所。

洗了個舒暢愜意的熱水澡，她穿著睡衣走進臥室。床很大、很軟，躺上去十分舒服。

董琳站在房門口說：「靜雯，要我幫妳關燈嗎？」

「好的，媽媽，晚安。」

「晚安。」

董琳啪地一聲關了燈，帶上房門。

汪靜雯確實睏倦了，於是順應著黑暗的召喚，閉上眼睛。

3

幻象

本來，汪靜雯以爲自己只要闔上眼，就能很快地進入夢鄉，但她想錯了。不知道是不是因爲換了環境還沒能適應的緣故，在床上輾轉反側了好久，愣是無法安然入睡。漸漸的，她有些煩躁，在黑暗中睜開眼睛，無意識地望著房間裡那些只剩下一個個模糊輪廓的傢俱發呆。

身子突然一顫，心頭又泛起莫名的寒意。

汪靜雯瞪大雙眼，這種感覺是第二次發生了，而且兩次的情形一模一樣——突如其來地產生一股莫名其妙的驚悸，全身發冷。她知道，這感覺不正常，早先在療養院裡從來沒有過。但她找不出任何理由或原因，不明白自己到底是怎麼了。

暗自思忖了一陣，腦子裡猛地冒出一個令她駭然的念頭。

這房子裡，似乎存在著讓她懼怕的東西。

對！她終於找到了一個可以準確概括這種怪異感受的詞：懼怕。

仔細回想，的確是這樣。踏進門的那一瞬間，心下就劃過了一絲恐懼的陰影。只是當時父母親不斷地和自己說話，感覺很快就被沖淡了。但現在，在萬籟俱寂的夜裡，可怕的陰影捲土重來，伴隨深入骨髓的寒意，纏繞著她，久久不肯散去。

這到底是怎麼回事？我在怕什麼？

汪靜雯緩緩移動著目光，想從房間裡尋找答案。衣櫃、梳妝台、小方桌……一樣一樣地看過去，沒有任何不對勁的地方……

等等！視線往回移一些，盯住房門正對的一張寬大的單人沙發。

儘管身在黑夜中，只能瞧見模糊的黑色輪廓，汪靜雯還是訝異地察覺到，她對這張沙發有一種強烈的熟悉感，竟然能夠準確地想起來，這是一張黃色底帶淡綠色暗花的沙發，款式是自己最喜歡的歐式風格，上了釉的實木扶手摸起來十分舒服……

想著，內心的驚訝更甚。白天的時候肯定看到了這張沙發，但沒有特別觀察，更沒有坐上去。既然如此，現在為什麼能清楚地記得沙發的樣子，並且能回味出坐在上面的感受？

汪靜雯鑽出被窩，摸索著在床頭櫃上方找到電燈開關，啪一聲按亮了床頭燈，一束昏黃柔和的光線投出來。瞇起雙眼，待適應了亮光，定睛望去，果然，那沙發就是記憶中的樣子。她按捺不住了，下了床，蹲到沙發跟前，細細地觀察、撫摸。沒錯，上了釉的實木扶手，黃色底帶淡綠色暗花……一模一樣！

汪靜雯有些明白了。這張沙發，肯定是自己住院之前就在使用的，所以有如此深刻的印象。但同時，她也困惑起來，這是很平常的事情吧，怪異的恐懼感究竟該做何解釋？

百思不得其解，她蹲在地上，低著頭，愣愣地對著地板出神。

突然，血液凝固了，全身的寒毛連根豎起，眼珠幾乎要從眼眶中滾出來……

血！一大灘殷紅的血正從沙發底部淌出來！

汪靜雯來不及做出任何判斷，巨大的驚恐使她失去平衡，驟然向後仰，重重地摔倒在地。抬起頭，令她心膽俱裂的可怕情景映入眼簾。

沙發上坐著一個沒有頭的人，全身是血，頸部的斷口正汩汩地朝外冒著血，將布面染成一片紅！汪靜雯感到天旋地轉、動彈不得，驚恐的尖叫聲在喉嚨裡憋了好久，終於嘶喊出來。

「啊——」

十幾秒鐘之後，房門被撞開，董琳和汪興宇大步闖進來。見女兒面無人色、渾身顫抖地坐倒在地，趕緊上前扶起她。

董琳將女兒擁進懷中，焦急地問：「靜雯，怎麼了？」

汪靜雯把臉伏在母親的胸口，渾身篩糠似的猛抖著，一隻手指向背對著的沙發，「血……那上面有血！還有個人！」

汪興宇和董琳對視一眼，眼中都寫著疑惑不解。董琳輕輕撫摸女兒的背，「靜雯，妳在說什麼呀？哪裡有什麼血？哪裡有人？」

汪靜雯抬起頭來看了一眼母親，鼓足勇氣，扭頭望向身後的沙發。

恐怖的景象消失了，沙發平靜地擺放在那裡，沒有半點異常。

轉回頭來，看著滿臉迷茫的父母，她不知該說什麼好。

董琳把女兒扶到床上坐好，汪興宇端了一杯溫開水遞給她，盯著她把那杯水全都喝下去。

沉默片刻，董琳問道：「靜雯，是不是做惡夢了？」

汪靜雯搖頭，篤定地說：「不是做夢，我當時是醒著的。我打開床頭燈，走到沙發前，然後，就看到了……」

說到這裡，她像痙攣似的打了個寒顫。

「那妳……會不會是出現幻覺了？」母親又問。

汪靜雯低著頭，不置可否。

「哎呀！」汪興宇突然猛拍一下腦袋，似是驟然想起了什麼，「糟糕！我怎麼把這麼重要的事給忘了？」

董琳和汪靜雯都望向他。

「藥！聶醫生反覆叮囑過我的，說每晚睡覺之前，都要提醒靜雯吃藥。眞是的，我今晚一高興，多喝了兩杯，就把這麼重要的事給忘了！」汪興宇滿臉自責。

「那你還站在這兒幹什麼？快去拿呀！」董琳催促道：「等等，把杯子拿上，再倒點兒水。」

汪興宇三步並作兩步地走出房間，不一會兒，托著幾片白色、綠色的藥片和膠囊，端著半杯開水走進來。

董琳把藥遞給女兒，「靜雯，來，把藥吃了。」

汪靜雯順從地吞藥、喝水。見狀，父母顯然都鬆了口氣，母親又輕輕地拍撫她的背，「好了，這回沒事了，好好地睡吧。」

汪靜雯感到有些委屈，「爸、媽，我覺得……我看到那幅畫面，和忘記吃藥沒什麼關係。」

汪興宇坐到床邊，「怎麼會沒關係呢？肯定就是因爲沒吃藥，才會出現那些幻覺。」

汪靜雯正色道，「爸，你想，如果我僅僅因爲忘記吃一回藥，就產生如此嚴重的幻覺，療養院會同意你們把我接回家嗎？」

這話很有道理，夫妻倆遲疑地交換一個眼神，表情都透出幾絲困惑。

「而且過去這一年多來，我從沒有出現過什麼幻覺。」汪靜雯信誓旦旦地補充道：「聶醫生說過，我的病已經好了，並且情況穩定。至於這些藥，只是爲了更進一步地確保效果，也就是說，不是必須的。」

汪興宇一時之間不知該回什麼好，猶豫了好一陣子，吞吞吐吐地問：「那妳……妳爲什麼會生幻覺呢？」

汪靜雯頓時語塞。其實，她很想把心中的猜測和不安說出來，但又不忍心這樣做。如果告訴父母親，幻覺是他們苦心爲女兒準備的新家誘發的，甚至讓他們知道，自己對這間新房子存在著一種莫名的畏懼，肯定會傷透他倆的心。

沉吟片刻，她問：「爸，我房間裡的這個沙發……是哪兒來的？」

「哪兒來的？」汪興宇大惑不解，「當然是買的呀！」

「什麼時候買的？」

他想了想，「這房子裝修好以後沒多久就買了……大概三、四個月前吧。」

「幾個月前才買的？」汪靜雯一怔，隨即朝沙發望去——確實，無論從哪方面看都是新的。

「怎麼了？幹嘛問這個？」董琳納悶地問。

她遲疑地回答：「我總覺得，這張沙發我好像在哪兒見過，對它有一種特別深刻的印象。」

「也許是以往我們一起逛傢俱城的時候，妳看過類似的沙發。」汪興宇說：「我們是按照妳以前的喜好來選的，妳說過，最喜歡這種歐式風格的沙發，所以幾個月前才挑了它。怎麼？妳不喜歡嗎？」

「不，不是不喜歡，只是……」汪靜雯不曉得該怎麼說，無法將幻覺怪罪到一張全新的沙發上。

「好了，別想了。」董琳說：「也許是妳才換了個新環境，還沒怎麼適應，再加上晚上喝了點酒，才會出現這種情況。好好睡一覺就沒事了。」

汪靜雯勉強點了點頭，再次躺下。汪興宇和董琳默默地在床邊守了一會兒，見她闔上眼睛，沉沉睡去，這才悄然離開。

4

舊相簿

早上起來，汪靜雯發現母親已經準備好了可口的早餐：小米瘦肉粥和荷包蛋。她向父母問好，坐到餐桌前，品嚐久違了的母親的手藝。

似是三人間的一種默契，誰都沒有再提起昨天晚上的事。

董琳問：「怎麼樣？靜雯，吃得慣嗎？」

汪靜雯點頭道：「媽熬的粥眞香。」

「妳以前就愛吃小米瘦肉粥，常叫我做呢。」董琳微笑道：「一會兒中午了，我再做幾道妳愛吃的菜。」

「隨便吃就行了，不用太照顧我。」

坐在餐桌對面喝粥的汪興宇說：「靜雯，就讓妳媽好好照顧照顧妳吧。她憋了好幾年都沒機會，現在是該好好過下癮了。」

汪靜雯抿著嘴笑了笑。

吃完早飯，她幫著收拾好餐具，董琳對她說：「我去菜市場買菜，妳在家看電視、上網、看書都行，反正想幹什麼就幹什麼。」

「媽，我陪妳去。」

「改天吧，今天先陪陪妳爸。」董琳把頭朝書房揚了一下。

汪靜雯聽話地點頭。

母親走後，汪靜雯走進父親的書房。汪興宇顯得很高興，「靜雯，想不想上網或者玩遊戲？我教妳用家裡的電腦吧。」

她還維持著早先在療養院時那種單純的生活方式，望著書房右側的大書櫃說：「爸，我想看書。您這裡有些什麼書？」

「書？我這裡可多得很呢！」汪興宇從椅子上站起來，走到書櫃前，向靠過來的女兒介紹道：「第一層是些文史、傳記類的書。第二層主要是些小說，國內外的都有。第三層是各種雜誌，至於第四層……呵呵，這一層的書妳就不用看了吧！」

「爲什麼？」汪靜雯好奇地問。

「第四層基本上是建築設計類的書，專業性太強，一般人不會感興趣。」

她愣了一下，想起一個重要的問題——她連父母的職業都忘了。

「爸，你是個……建築工程師？」

汪興宇點頭，「已經退休了，都閒在家裡。」

汪靜雯努力回憶母親的職業，卻無法如願，只有老實地問道：「媽是做什麼工作的？」

「她以前在保險公司工作，還是副總經理呢。現在也退休了。」

汪靜雯木訥地點頭，看來聶醫生的「忘卻療法」太徹底，她對這些都沒有一點印象了。

汪興宇還想接著推薦幾本好看的書，客廳的電話卻在這時響起，於是道：「靜雯，妳自個兒翻書來看啊，我去接個電話。」說著轉身離開。

汪靜雯瀏覽架上整整齊齊擺放的書籍，踮起腳尖，偏偏去拿父親最不推薦的第四層架上的建築類圖書。

她雖然長得柔美文靜，骨子裡卻有些男孩子氣，特別對汽車、軍事、建築等本來該男孩子喜歡的東西感興趣。父親以為她不愛看建築類的書，可見對她不夠了解。

汪靜雯從第四層中間抽出一本厚厚的《建築細部設計圖集》，翻了幾頁，確實理論性太強，看不懂，便又將它旁邊那本《歐洲建築史》拿下來。正欲翻看，忽然留意到這兩本書的後面，藏著一本橫放的舊書。對照其他井井有序豎放的書籍，這本橫貼櫃壁的書顯然太不規範了，汪靜雯有心幫父親整理，便把它抽出來。

拿出來一看，她怔住了。這原來不是一本「書」，而是一本陳舊的相簿。

呆呆地愣了幾秒，心臟加速跳動起來。

她沒有忘記聶醫生重複過不知多少次的告誡：「靜雯，妳要記住，如果想徹底擺脫心理陰影，從恐懼的陰霾中走出來，就必須永遠地跟『過去』告別！以前的那些事情都要徹底忘記！並且，妳要控制自己不去探索、追究，不要像揭開舊傷口一樣，又去回憶和感受。唯有如此，才可望完全恢復。」

這些話，聽過肯定不下兩百遍了，她一直是這樣做的。聶醫生也說，正是由於她的配合和堅持，使病情獲得根本性的好轉，得以返回親人身邊，過正常人的生活。

可是……

捧著相簿的手微微顫抖，她好想看一眼自己過去的模樣，還有爸爸媽媽從前的樣子。手裡的這本相簿，猶如潘朵拉的魔盒，散發出強大的誘惑力。她感覺自己像著了魔一般無法自持，心臟咚咚地激烈跳動，手指輕輕地掀開封面……

就看一眼，只看一張照片就好！

「靜雯！」

一聲大喝傳入耳中，汪靜雯渾身一顫，尚未翻開的相簿險些掉到地上。驚愕地回過頭，就見汪興宇大步走來，一把將相簿奪過去，厲聲責問道：「妳從哪裡找到這東西的？」

她被嚇懵了，「……在書櫃第四層的幾本書後面找到的。」

汪興宇望了一眼書櫃頂層，又望向女兒，換上一副忐忑不安的表情，嚥了口唾沫，小心地問道：「妳……翻開看了嗎？」

汪靜雯輕輕搖頭。

汪興宇不放心，「眞的沒看？」

「我剛準備看，您就進來了。」

汪興宇盯著她看了許久，似乎判斷出她沒有說謊，微微鬆了口氣，「靜雯，醫生叫妳別看能勾起回憶的東西。」

「我知道。」汪靜雯淡淡地回答。

父女倆沉默了一陣子，汪興宇說：「想看什麼書？我推薦幾本吧！」

「算了，爸。我現在不想看書了，我想去門口的小花園瞧瞧。」汪靜雯輕聲說，顯得有些心緒不寧。

「哦，那也好，那也好。」

她轉身離開，走了兩步，又停下來，回過頭問緊緊攥著相簿的汪興宇，「爸，那本相簿裡，記錄著什麼重要的事嗎？」

「啊……什麼？」汪興宇不自在地晃動一下腦袋，「沒有重要的事，只是些普通的生活照罷了。」

「那為什麼這麼害怕被我看到？哪怕是一眼。」

「靜雯，聶醫生說過的……」

「我知道，聶醫生是跟我說過，但他說的是叫我別去回憶以前發生的『事』，並沒有說連我以前的模樣都不能看一眼。既然這本相簿裡，只有我們以往拍的普通生活照，給我看一下又有什麼關係？」

汪興宇張口結舌地望著女兒，無言以對。

汪靜雯凝視表情尷尬的父親，禁不住道出心中的懷疑，「爸，您跟我說實話了嗎？相簿裡真的只是些普通照片？」

汪興宇臉上的肌肉抽搐了幾下，索性背過身去，不做任何解釋，只是強硬地說：「反正別看就是了。」

汪靜雯呆了幾秒，默默地離開書房。

花園裡，汪靜雯輕輕撥弄著一朵芍藥，心緒起伏不定。

剛才那件小事，引發了無數的疑惑和猜測。

很明顯，父親沒說實話，那本相簿，是有意被藏在那麼隱蔽的地方。奇怪，爲什麼父親看見自己拿起那本相簿，會表現得如此驚慌，甚至可以說是有些恐懼？彷彿看見了裡面的照片，會讓人喪命似的。如果裡頭都只是些普通照片，這種反應無疑太過頭了。

可話又說回來，假設不是普通照片，又會是些什麼樣的照片？

可怕的想法忽然從心底竄起，使汪靜雯的脊樑骨泛起一股涼意，不寒而慄——難不成，相簿中的照片所記錄的，就是讓自己在五年前住進精神病院，接受了整整四年的治療才終於遺忘的「那件事」？

5 醫生的秘密

「……聶醫生！聶醫生！」

「啊？」聶冷回過頭，見出聲招呼自己的是搭檔秦嵐，隨手從辦公桌上抓了一張報紙，遮住剛才正在看的那本冊子，「小秦啊，什麼事？」

秦醫生歪頭瞄了一眼雜亂的辦公桌，笑了一下，「看什麼這麼入神呢？我喊了好幾聲你才聽到。」

「沒什麼，看一個病人的病歷。」聶冷擠出笑容，極力掩飾方才的不自然反應，「妳要跟我說什麼事？」

「哦，跟你彙報一下我們負責的幾個病人今天的情況。」秦醫生翻開治療記錄本，「十四號病房的王亮今天又拒絕吃藥，而且行爲暴躁，以水杯攻擊餵藥的護士，還好沒傷著，已經強行注射了鎮靜劑。十五號的沈穎情況明顯好轉，不會見著誰都叫媽了。十六號病房的馮軍有些藥物反應，代謝不太正常，我想跟你商量，是否該減少奧氮平和利培酮這兩種藥的用量？」

「嗯，把兩種藥的用量各減少一半。」聶冷回答。

秦醫生等了一會兒，「沒了？」

「沒了。」他淡淡地笑了笑，「還想讓我說什麼？各種情況妳都處理得很好。」

秦醫生微微頷首，隨即又歪了歪頭，「聶醫生，我發覺你這幾天有些心神不定，去病房的次數明顯減少了。」

「是嗎？大概我這兩天有點……」

「你是不是在想汪靜雯的事？」

聶冷詫異地抬起頭，「妳怎麼知道？」

「自從汪靜雯走後，你就顯得失魂落魄的，我怎麼會看不出來？」

他深吸了口氣，緩慢地吐出來，若有所思地說：「是啊，不曉得她現在情況怎麼樣了？都回家好幾天了，怎麼沒跟我們這兒打個電話？」

秦醫生笑道：「她的家人沒給我們打電話，那不正好說明一切正常？」

「他們會不會忘記提醒她按時吃藥？」

「你不是專門跟她爸強調過？應該沒問題。」秦醫生說：「實在不放心，乾脆打電話去她家問問。」

聶冷搖頭，「算了，大概就像妳說的，沒和我們聯繫，表示一切正常。」

秦醫生撇了下嘴，「那我出去了，再去病房看看。」

「好的，幫我關門。」

辦公室的門被關上，腳步聲逐漸遠去。

聶冷掀開桌上的報紙，露出起先在看的那本病歷簿，封面的患者姓名那一欄，寫著「汪靜雯」三個字。

他凝視病歷簿上的兩吋彩色照片，許久許久，接著伸出手指，輕輕地摩挲照片，就像眞的在撫摸那張秀麗的面龐。眼神無比溫柔，充滿濃濃愛意。

又過了好久，漸漸的，聶醫生的表情改變了，緩緩抬起頭來，直視前方，目光分明透出陰冷。

6

又見鬼影

汪靜雯知道，自己此刻正在夢中。

這是多年累積得出的經驗，睡覺做夢時，她總能清楚地知道此刻的種種全是夢，並且能控制自己要不要醒來。尤其在做一些荒誕不經的夢時，若她認爲夢的內容就跟那些難看的電影一樣無聊，或者不喜歡，便會努力地眨眼睛，自然地清醒過來。

現在，她就面臨著這個選擇。

這是十分荒誕卻極具眞實感的夢，一個看不見臉的、黑影一般的男人，壓在她身上，雙手愛撫著她的身體，雙唇遊移於她的臉頰。感受是如此的強烈鮮明，汪靜雯覺得自己似乎能感覺到對方厚重的呼吸和鼻息，並且被這種虛幻的感觸壓得沉甸甸的，幾乎喘不過氣來。但是很奇怪，她不想反抗，也不排斥，反而有種熟悉感，就似在履行一種理所當然的義務。

我該努力把眼睛睜開嗎？她在心中困惑地想著，還是繼續享受虛無的快感？

內心越矛盾，越需要清醒地去思考這個問題。最後，她自然而然地從睡夢中醒了過來。

清醒的瞬間，竟然感受到深深的落寞。夢中的感觸還縈繞於腦海，令她產生幾分意猶未盡的思念，忍不住在黑暗中輕輕歎息。要是此刻，眞能有個人伸出雙手擁抱她、撫慰她，或許也不會拒絕吧……

神思惘然之際，向右側臥的汪靜雯把手臂向後挪了挪，想拉高被子。突然，手碰到一樣東西。

那是一隻手臂，從後面輕柔地挽在她腰間。

汪靜雯感到頭皮一緊，腦子裡嗡的一聲炸開。方才的恍惚消失得一乾二淨，她清醒地意識到——現在，可不是在夢中了！

全身一陣陣抽搐發冷，她不由自主地扭過頭，駭然看到，自己身後，居然躺著一個黑色人影！

「唔……」汪靜雯以雙手捂嘴，把尖叫堵在口中。瞪著驚懼的雙眼，死死盯著那個模糊的人影，只覺得天旋地轉。好一陣子之後，她猛然想起什麼，起身撲到床邊，用力按亮電燈。再回頭時，床上空空如也，黑色人影就跟上次出現在沙發上的幻覺一樣，消失無蹤。

汪靜雯在床上呆滯地坐了好幾分鐘，撫慰急速跳動的心臟，同時惶恐地自問：我這是怎麼了？又出現幻覺了？我不是已經好了嗎？為什麼還會有這種精神病人的症狀？我……我到底是怎麼了？

竭力想冷靜下來，卻怎麼也做不到。這時慶幸的只有一件事，就是剛才沒有失聲尖叫出來。否則父母聞聲趕來，看到的又會是她發神經的模樣。

猛然間，心頭湧出一團火。該死的！我不是瘋子！我不是五年前被送進精神病院的那個人了！

她在心中怒吼、咆哮，眼眶裡卻淌下脆弱的淚水。兀自哭泣了一陣，慢慢地下了床，打算去廁所洗一把臉，讓自己徹底地清醒冷靜。

推開房門，摸黑穿過漆黑的客廳，下意識瞄了一眼父母的房間，房門是緊閉的。

進了廁所，捧起清水沖了下臉，總算感覺好多了，情緒也漸漸地平靜下來。她望著鏡中映出的女孩，用聶醫生教的自我暗示法對自己說：汪靜雯，妳是一個正常人，妳正過著普通且安寧的生活。

是啊！閉上眼睛，回味回家以來這五天的生活。不管怎麼說，每天能和父母親一起吃飯、聊天、逛街，不正是在療養院中期盼已久、夢寐以求的嗎？

絕對不能允許那些莫名其妙的怪異感覺，破壞這份平靜。

汪靜雯睜開眼，望著鏡中仍然濕漉漉的臉，想用手拭乾臉上的水珠，眼角餘光卻瞥見鏡中的一個影像——在她身後，潔白的陶瓷浴缸的邊緣，似乎有一團黑紅色的東西。

可以肯定，起初站在鏡子前，沒有看到那東西。

她緊緊地盯著那團黑紅色，驚駭地發現那團東西正緩緩向上升。隨著它越升越高，汪靜雯的雙眼也越睜越大，全身寒毛連根豎起，因爲她清楚地瞧見，那原來是一顆鮮血淋漓的頭顱！更令她毛骨悚然的是，那顆腦袋上的血紅色雙眼，正定定地直視她。

再也控制不住了，她無法接受連續發生兩起這種事，驚駭萬分地抱住頭，發出撕心裂肺的慘叫：「啊——」

汪興宇和董琳睡得正熟，突然被尖厲的慘叫聲驚醒。兩人趕緊翻身下床，循著聲音的方向衝進廁所。

蜷縮於牆角的汪靜雯仍在高聲尖叫，他們一齊圍上去，將女兒緊緊抱住。董琳的聲音甚至比她更加慌亂，「靜雯！妳……妳又怎麼了？」

汪靜雯被父母緊緊擁在懷中，好久好久，尖叫聲才漸漸轉弱，變成無力的呻吟和急促的呼吸。

董琳對丈夫說：「把靜雯抱到客廳裡去吧！」

汪靜雯喝光父親倒的一大杯溫開水，臉色仍沒緩過來，還是煞白一片。母親撫摸著她的胸口和後背，一臉焦慮。儘管如此，兩人都沒有再追問方才發生了什麼事。

過了好一會兒，汪靜雯惶恐不安地望著他們，聲音顫抖，「爸、媽，你們相信我……我不是瘋子！我剛才不是在發神經病！我是眞的看到……」說到這裡，恐怖的畫面又浮現於眼前，猛地一陣抽搐，說不下去了。

「我們知道，我們知道！靜雯，妳不用解釋……」

汪靜雯望著母親，明顯感到她在安慰自己，「不，你們不知道。你們根本不知道我究竟碰上了什麼事，認爲我只是舊病復發罷了。」

夫妻倆擔憂地互望一眼，不知該說什麼好。

沉默片刻，汪興宇問：「那妳認爲，自己究竟是怎麼了？」

汪靜雯掀動了一下嘴角，總算將隱忍已久的想法說了出來：「我覺得……這房子有問題。」

7 懷疑

「房子？」汪興宇和董琳都是一驚，「房子會有什麼問題？」

汪靜雯此時顧不上那麼多了，既然已說出了口，索性將內心所有的猜測和感受都傾吐出來。

「我從踏進這房子的那一刻起，就有一種莫名其妙的懼怕感。本來以爲是錯覺，等習慣了環境就好，可是這五天的時間裡，同樣的感覺一直纏繞在身邊，時隱時現、時強時弱。我認爲這不是錯覺，它之所以產生，肯定有什麼特殊的原因。」

「這幾天發生的怪事，恰好證實了我的推斷。我在第一天晚上就看到可怕的幻覺，當時你們認爲是忘了吃藥造成的。但後來幾天我都按時吃了藥，今天晚上的情況卻變本加厲，幻覺居然在短時間內出現了兩次！」汪靜雯恐懼地搖著頭，「我無法再自欺欺人了，肯定有哪裡不對！」

聽完這一大番話，汪興宇和董琳驚詫得瞠目結舌。

汪興宇不解地問：「靜雯，既然妳說從踏進這房子開始，就有怪異的感覺，爲什麼一直不告訴我們？」

「我怕你們難過……這畢竟是你們專門爲我準備的新居……」

「那有什麼關係？我們在乎的，是妳的感受啊！如果妳在這裡住得不開心，那我們的精心準備又有什麼意義？」

「我並不是不開心。爸、媽，和你們住在一起，我非常愉快，只是……」

「爲什麼妳就認定了，幻覺跟房子有關係？」汪興宇又問。

「我想不出別的理由了。」汪靜雯說：「我住進這裡短短幾天，接二連三地出現各種幻覺。若不是環境造成的，我眞不曉得還會是什麼原因。爸，我在療養院的最後一年裡，這樣的情況可是一次都沒有過，要不然的話，醫生是不會同意我回家的。」

「可是……」董琳爲難地說：「我和妳爸都沒覺得有什麼不妥啊。」

汪靜雯張了張嘴，隨即垂下頭來，「你們還是不相信我說的，認爲我又發病了，對嗎？」

「靜雯，我們眞的沒這麼認爲，我們相信妳完全康復了。」汪興宇坐到她身邊，挽著她的肩膀，「我剛才思考了一下妳說的話，還做了點分析，妳看會不會是這樣？幾天前剛進門時產生的那種莫名其妙的懼怕感，是妳對於新環境感到陌生引發的錯覺，這種錯覺會造成一種心理暗示，讓妳以爲房子裡有讓人害怕的東西存在，於是時不時地出現幻覺。」

汪靜雯咬著下唇，仔細思索父親的話，過了片刻，仰起臉來，「可是，爸，有一點剛好相反。我進這個家門的時候，產生的不是陌生感，而是隱隱約約覺得對這個家裡的某些東西有種熟悉感，就好像早先曾經在哪裡見過一樣，只是一時想不起來了。」

「那怎麼可能？」董琳搖頭，「這房子，包括這裡的每一件傢俱，都是在妳住進來之前新買的。妳也能看出來吧？屋子裡的每一部分，不管是桌子、櫃子、床，還是窗簾、被單、廚具，甚至包括掃把、抹布這樣的小東西，也全都是新的呀！以前那個家裡的東西都沒有帶過來。」

這一點，母親確實沒有說錯。其實，這五天來，汪靜雯早就細心觀察過了，家中的每一樣東西都是嶄新的，沒什麼使用過的痕跡——想到這裡，她覺得有點無話可說了。

悶了好一會兒，她像做出什麼決定似的道：「爸、媽，我想明天跟聶醫生打個電話。」

聞言，兩人一下變了臉色，怔怔地呆住了，表情有點爲難。

她不解地問：「怎麼？你們不願意？」

汪興宇緩緩地說：「靜雯，妳有沒有想過，讓聶醫生知道這些情況之後，他可能會又要妳回到……那裡去。」

汪靜雯愣了一下，也意識到這個問題，變得遲疑起來。

「靜雯，也許妳爸說得有道理，妳只是才到一個新環境來，還有些不大適應。大概過一段時間就會好。別再胡思亂想，那樣只會自己嚇自己。」董琳緊緊握著她的手，「靜雯，爸媽不想再一次失去妳，妳也不想再次離開我們，對嗎？」

她緊緊咬住嘴唇，沉重地點頭。

8 老同學

第二天一大早，待汪靜雯洗漱完畢，汪興宇提議一起出去吃早餐，然後去新開幕的一家百貨公司逛逛。她明白，父母有意讓自己出去散散心，轉換一下心情，於是欣然應允。

一家人先去茶餐廳吃了一頓港式早點，接著步行至市中區，抵達一家名為「鼎威商城」的百貨公司。既然是新開幕，自然有眾多優惠和表演活動，正門口的小廣場還搭起了臨時舞台，邀請了幾名當紅的歌星前來表演，現場人頭鑽動、熙來攘往，好不熱鬧。

當著這樣歡樂的氣氛，任何人都會暫時忘記內心的不愉快，汪靜雯也不例外。她在清靜的療養院待了整整五年，對於這種場面，心中充滿了新鮮和愉悅。汪興宇和董琳暗暗觀察，見她臉上不自覺地露出笑容，更是認定來對了地方，喜孜孜地拉起她去百貨公司二樓的女裝部挑衣服。

「靜雯，看看這件穿起來怎麼樣？」董琳左挑右選，挑中一件米黃色的針織衫，「套上試試。」

汪靜雯脫下外套，把針織衫套在身上試了一下，董琳立刻眉開眼笑，「我就知道這件適合妳，穿上多漂亮啊，又有氣質。」

陪在兩人身邊的櫃姐不失時機地說：「這位小姐皮膚白，身材又好，穿上我們這個牌子的衣服，簡直就像模特兒。太太，您的眼光也好，一下就選中這麼適合的一件。」

董琳聽了這話，更是笑逐顏開，「這件衣服多少錢？」

「原價一千兩百八十元，目前是開幕期間，全品牌八八折優惠，算下來就是……」櫃姐找來一台計算器，按了幾下，「一千一百二十六元。」

汪靜雯咋舌，「這麼貴？算了吧，媽。」

「沒關係，只要妳穿上漂亮就值了。」董琳答得毫不猶豫。

櫃姐笑眯眯地彎了彎腰，朝某個方向一指，「那麼，請您去那邊的收銀台結帳。」

「我去付。」汪興宇接過衣服，摸出皮夾，朝收銀台走去。

人還沒走遠，董琳突然想起什麼，「唉呀，忘了可以刷卡了。靜雯，妳在這兒等著啊，我去刷卡。」

「嗯！」汪靜雯點頭。

櫃姐又招呼道：「小姐，您要不要再看看別的款式？」

「好的，我自己看吧。」

一件一件地翻著款式各異的漂亮衣服，汪靜雯心中洋溢出對美的熱切追求，不由得再一次感歎平凡生活的美好。回想在療養院的時候，一年到頭穿的都是那一件藍白相間的病人服，沒有任何個性和美感可言……

一邊翻著，一邊想事情，一時不小心，她的手碰到了另一個也在挑選衣服的客人的手。

「啊！對不起對不起……」她趕緊將手縮回來，低聲道歉。

出乎意料，被碰了一下的年輕女子瞪大了眼睛，直愣愣地注視了她幾秒，開口問道：「妳是……靜雯？」

汪靜雯一怔，沒想到這個人居然認識自己，「妳是……」

「怎麼？妳記不得我了？我是許倩雲呀！」

她尷尬地說：「對不起，我眞的有點……想不起來了。」

「不會吧！這什麼記性呀？」許倩雲大感驚詫，「才過多少年，妳就把高中時的鄰座給忘了？」

汪靜雯不知道該說什麼好，不能告訴人家她沒了記憶。

「唉，算了算了，我看妳是貴人多忘事。」許倩雲見她還是沒反應，只得擺了擺手，「現在在哪兒上班呀？」

「我……沒有上班。」

「沒上班？那肯定是嫁了個有錢老公。」許倩雲笑道。

「不是……我……沒有結婚。」汪靜雯發現自己越聊越窘迫。

許倩雲見她這副困窘的樣子，一下子也不知該說什麼好。頓了幾秒，又問道：「妳住在哪裡啊？」

汪靜雯挺希望能有個朋友來探望自己，便詳細地說道：「我跟爸媽一起住在新區的『景都花園』第一區，一〇二號，一樓。」

許倩雲的表情驀地變了，面色煞白，眼露驚愕，嘴巴微微張開，似乎想說什麼，但沒說出來。

汪靜雯不明白她爲什麼會出現這種反應，正想問個究竟，卻聽董琳在後頭喊了一聲，「好了，靜雯，走吧。」

汪興宇走過來，發現女兒跟面前這個年輕女子似乎認識，便問道：「靜雯，這是誰呀？」

「哦，我高中時的同學。倩雲，這是我爸媽。」汪靜雯迅速為雙方做介紹，可許倩雲並沒按照常理向她的父母問好，反而用一種說不出來的古怪眼神打量他們。

汪興宇拍了一下女兒的肩膀，「我們該回去了。」

汪靜雯跟許倩雲對視了幾秒，心中升起一股異樣感受，又不知道該怎麼問，只有木然地說：「倩雲，我要回去了，再見……」

許倩雲呆呆地佇立在那裡，見汪靜雯轉身離開，猛地醒過神來，拉了一下她的手，並迅速從包包裡摸出一枝筆和一張便條紙，在紙上寫下一串數字，把它遞過去。同時靠近她的臉，凝視著她，低聲道：「靜雯，這是我的手機號碼。記住，找時間打給我。」

「……好的。」毫無疑問，許倩雲那對彷彿在說話的眼睛，正努力傳遞著某種訊息，可惜她不能理解。

汪興宇又在她肩上拍了一下，「走吧，靜雯。」

汪靜雯把寫著手機號碼的便條紙放進外套內袋，隨著父母離開。走了幾步，回過頭去，許倩雲依然站在原地凝望她。

9

房子的隱情

中午在西餐廳用餐，回到家，汪靜雯感到有些疲倦，便走進臥室休息。

逛了一上午，確實是累了，但她躺在床上，怎麼也睡不著，不停地想著許倩雲的事，心中滿是疑雲。

想不明白，兩人談話時，許倩雲爲何突然露出那種怪異的神情？那究竟意味著什麼？另外，臨別時，她很明顯想要告訴自己某件事，只是無法在當時那種情況下說出來……

她想告訴我什麼呢？汪靜雯暗自思忖，不覺眉頭緊鎖。想著想著，想起許倩雲最後說的那句話，以及那張寫了手機號碼的便條紙，倏地從床上坐起來——真是的，我何必在這裡苦苦思索？人家不是特意留了電話嗎？只要打個電話問清楚就行了！

汪靜雯記得自己把那張寫了電話號碼的便條紙放進了外套內袋，左顧右盼都沒找著外套，似乎是進門時隨手放在了客廳沙發上。於是迅速跳下床，走進客廳。

沒有，沙發上沒有外套。

記錯了嗎？她凝神想了想，不，沒錯，剛才的確是放在這兒的。才幾分鐘的事，不可能記錯。

這時，汪靜雯聽到廁所裡傳出一陣陣洗衣機運轉的低沉轟鳴。匆忙走過去，就見母親站在洗衣機旁。

「媽，妳怎麼忽然洗起了衣服？」

董琳說：「今天陽光好，正好把床單、被套都換下來洗一洗。」

「妳瞧見我上午穿的那件外套了嗎？是不是也在這裡面？」汪靜雯望著洗衣槽內急速旋轉的水流和衣物，焦急地問。

「是啊，那件外套都穿兩天了，中午又沾上了點油漬，我就順便一起洗了。怎麼啦？」

「哎呀！那裡面有我同學留的電話號碼呀！」

汪靜雯跺了下腳，注視洗衣槽，趁著旋轉停下來的空檔，一把掀開機蓋，扯出濕漉漉的外套，摸索著在內袋裡尋找那張紙。哪想手指頭轉了又轉，愣是啥也沒摸著。

她更著急了，問道：「媽，妳洗衣服前掏過外套口袋嗎？有沒有發現一張寫著電話的便條紙？」

董琳愣愣地回道：「外套兩側的口袋我是掏了，但是……我沒想到內袋。」

汪靜雯把內袋的整個裡層扯出來，終於絕望了，徹底洩了氣。

董琳望了一眼快速攪動的洗衣槽，有幾分愧疚地說：「那張紙也許被攪出來洗爛了吧……靜雯，對不起啊，媽眞的不知道妳放了東西。」

汪靜雯輕輕搖了搖頭，把濕衣服丟回去，沉默地走回房間，關上門。

思維如同那些濕衣服，也在急速地轉動。

這絕對不是巧合或意外。

理由太牽強了——因爲今天陽光好，所以大中午洗衣服？這幾天明明一直都是大晴天。就算眞要洗，爲什麼不能等到睡飽了午覺再洗，非得要剛一回家就迫不及待地洗？

另外還有一個關鍵：外套內袋是帶拉鍊的。她能肯定，自己把便條紙放進去之後，拉上了拉鍊。若眞如母親所言，忘了掏內袋，那麼洗了以後，裡面會有一個揉在一起的濕紙團，不會是空空如也。

汪靜雯深吸一口氣，覺得身邊充滿無形的壓迫感。所有的跡象都在告訴她，母親這樣做，只能出於一個原因，就是要及時毀掉那張寫著電話號碼的便條紙，斷絕她和許倩雲的聯繫。

這麼說來，他們知道許倩雲打算告訴她什麼。

汪靜雯緊緊地皺起眉頭，會是什麼呢？許倩雲到底想要告訴我什麼，竟然能引起父母如此緊張的反應，要立刻找藉口毀掉那張紙。

想到自己失去了與許倩雲再聯繫的機會，在這偌大的城市中，不知何年何月才可能再次相遇，甚至永遠不會再碰面，汪靜雯感到一陣乏力和絕望。但片刻之後，她就冷靜下來，想到這件事也許是有突破口的，起碼，手中還握有一條重要線索。

那是一句話。

正是因爲聽了那句話，許倩雲才露出怪異的神情。由此推想，她要說的，和那句話脫不了關係。

「我跟爸媽一起住在新區的『景都花園』第一區，一〇二號，一樓。」

啊！住的地方，這房子！

汪靜雯不由自主地捂住嘴，瞪大眼睛，後背泛起涼意，早先出現過的恐怖幻覺，此刻又於眼前浮現。

她驚恐地意識到，房子眞的有問題！也許許倩雲知道內情，她想告訴自己的，正是與這房子有關的事！

腦子飛速轉動，她接著又想到，難道父母也知道這房子的隱情，只是一直瞞著她？可是，他們爲什麼要這樣做？

汪靜雯陷入深深的迷惘，心中第一次產生對雙親的不信任。

看來，要想解開這些秘密，只能靠自己暗中調查了。她思忖著，我該來採取一些行動……

10

疑竇叢生

跟多數時候一樣，吃完早飯，董琳一個人去附近的菜市場買菜。汪靜雯見汪興宇聚精會神地看著一齣他喜歡的電視節目，覺得機會來了，便假裝隨意地說：「爸，我想去門口的小花園待一下。」

汪興宇點頭道：「嗯，去吧。」

她走出門，將門帶攏，沒在花園裡做片刻停留，快步朝社區大門的警衛室去。

「這裡眞不錯啊！」

正整理著新送來的報刊雜誌的社區警衛抬起頭，有點不敢相信站在門口的美女是在跟自己說話。張著嘴愣了好一會兒，確定周圍確實沒別人，他才帶著討好的笑容問：「妳……指的是什麼？」

「這個社區啊！」汪靜雯的睫毛挑出一道優美的曲線，「環境優雅，設施齊全，樓層間的佈局也設計得相當好。而且還有像您這麼負責的警衛，守護著居民的安全，這社區能不讓人喜歡嗎？」

中年警衛受寵若驚，「妳眞是……太過獎了。」

「我能進來坐一會兒嗎？」她莞爾一笑。

「啊？當然當然，請……」中年警衛慌亂地收拾著狹窄的警衛室，騰出一張椅子，「請坐。」

汪靜雯優雅地坐上籐椅，雙腿自然交疊，「我住在第一區一〇二號的一樓，您有印象嗎？」

「嗯，有的，有的。」警衛忙不迭地點頭。

汪靜雯略顯羞澀地笑了笑，「我本來是不想來麻煩您的，可是沒辦法，受人之託啊！」

「沒關係，請說，有什麼事？」

「是這樣的……」她開始編故事，「我有一個朋友，她上星期來我們家玩，對這個社區讚不絕口，說也想搬來這裡住。所以讓我幫她打聽一下，看這裡還有沒有沒賣出去的空屋。」

「哦，是這樣啊……」警衛有些為難地說：「恐怕沒辦法，這地方的房子很搶手，還沒完工就賣光了。現在更不用說，妳瞧瞧，還有哪家哪戶是空著的呀？」

「沒關係，我朋友說了，二手的也行。」汪靜雯將身子朝前探，「您有沒有聽說哪家想賣房子？」

警衛想了一會兒，搖頭道：「最近沒聽說誰想賣房子。」

汪靜雯略微一頓，「難道這社區裡住的都是原始住戶？以前從來沒人賣過這裡的房子？」

「那倒不是。以前有好幾家把房子賣出去過，我估計是專門靠賣房子賺錢的投資客，要不就是有什麼特殊原因，不然這麼好的房子，誰捨得賣？」

終於到最關鍵的地方了，汪靜雯努力按捺心中的激動，故作隨意地問：「那我住的房子，以前有沒有轉過手？」

「你們家？妳是說一區一〇二號一樓？」

「是啊！」

警衛呵呵地笑了，「這妳自己還不清楚嗎？」

「我還眞不怎麼清楚。」汪靜雯聳了聳肩，「房子是我爸媽買的，說不定他們買的是二手屋，卻跟我說是全新的。」

「那妳可眞是冤枉妳爸媽了。」警衛搖頭，「那房子交到妳爸媽手中的時候，連一點裝潢都沒有，裡裡外外都是他們找人一點一點做出來的。我敢跟妳保證，妳家百分之百是原始住戶。」

「哦，是嗎？」汪靜雯思索片刻，「對了，您這裡有沒有建設公司的電話？我那個朋友既然在這兒買不了，我就只有幫她問問別的社區了。」

「有，有。」警衛從身後的桌子抽屜裡拿出一張名片，遞給她，「可以打電話問問這位唐經理。」

汪靜雯接過名片，衝他甜甜地笑了笑，「謝謝您！」從籐椅上站起身，「那我就不打擾了。」

「哎，沒關係。」警衛戀戀不捨地說：「以後有空再來坐啊！」

汪靜雯快步趕回家，盤算著大概在警衛室待了十分鐘。還好，房門仍然關著，看來父親還在看電視，沒有注意她去了哪裡。

她在小花園裡輕輕摘下一朵梔子花，拿著它推門進屋。果然，汪興宇還在專心地看電視。

汪靜雯坐到父親身邊，把梔子花支到他鼻下，「爸，我們院子裡開的花可真香啊，你聞聞。」

他深深地嗅了一口，「嗯，真香。」

「那送給你了。」汪靜雯俏皮地說。

汪興宇把花接過來，拈在手中，笑道：「謝謝。」

「我去房間裡看書。」

「去吧。」

汪靜雯起身走進臥室，汪興宇默默地注視她的背影，眼神意味深長。

晚上，汪靜雯躺在床上，回想早上的事。

她相信自己的表演相當自然，那警衛完全不會意識到她在打探什麼。既然沒戒心，也就沒有理由撒謊。這麼說來，他講的是眞的，這間房子之前沒有別人住過，自己原先的猜測是錯誤的。

太奇怪了，問題究竟出在什麼地方？

難道幻覺的出現，眞的跟房子沒關係？不，這不可能！她很快就否定了這個想法。因爲如果不是房子的問題，就只能得出一個可怕的結論：自己的精神又一度出了問題。

想到這裡，汪靜雯感到幾分迷茫。她陡然發現，這幾天自己幾乎天天做惡夢，而且都是些殘酷血腥的內容。久病成醫的她明白，這絕對不是好兆頭。但她百思不得其解，在療養院時不是恢復得很好了嗎？聶醫生開的藥也天天都在吃，爲什麼還會出現反常情況？

到底是什麼原因，導致了現在的不正常？

各種焦躁不安的想像在腦海中盤旋變化，令她感到陣陣頭疼，於是用手揉搓額頭，閉上眼睛，試著休息一下。

快來！

她倏地睜大眼睛，警覺地望向四周——誰在說話？

快過來！

汪靜雯全身的汗毛都直立起來，沒聽錯，聲音是從下方傳來的。

到下面來，我在這裡等妳。

身體不受控制了，她像著了魔一樣，機械地俯下身去，趴在床邊，緩緩地把頭探到床下，要看看下面究竟有什麼。

漆黑一片，她轉動著眼珠小心地搜尋，突然看到一樣東西，一顆已經腐爛的頭顱，混濁的眼球卻像仍有生命一般，向她看來。

強烈的恐懼飛速膨脹，擠壓肺部，她連叫喊都發不出來。

這當口，更恐怖的事情發生了。床底下的黑暗中，猛地伸出一雙潰爛的手，一把抓住她的肩膀，把她拖下了床。腐爛的頭顱逼近她，臉上掉落的爛肉差一點點就要落上她的面頰。

想動、想掙扎、想逃跑，卻連一絲力氣都使不上來。當著巨大的驚恐，腦中驟然閃過一個念頭，自己現在只能做一件事——拚命地眨眼、眨眼……

終於，汪靜雯喘著粗氣醒了過來。

天哪，我……我到底是怎麼了？她忍不住掉下眼淚。不過是倚在床邊瞇了會兒眼，居然會做這麼可怕的惡夢！我的日子該怎麼繼續下去？

汪靜雯低聲啜泣，黯然神傷，一種前所未有的孤獨感包圍著她，令她心寒意冷。現在還能怎麼辦？沒辦法再向父母訴苦了，他們根本不會理解，也幫不上什麼忙。況且她和他們之間，如今已經有了一層隔膜，彼此顯然都有所隱瞞，也帶著猜疑。

還有誰能幫我？

汪靜雯想起了聶醫生，但再一轉念，剛剛燃起的心便迅速冷卻。

自己回到家這十多天的時間，聶醫生居然連一通電話都沒有打來過問一下情況。或許他認爲，出了院的病人就跟他沒有關係了吧？既然如此，又怎能指望得到他的幫助和關心？

汪靜雯沉思許久，覺得還是只能靠自己。摸索著找出那張建設公司經理的名片，盯著看了許久，思索著下一步應該怎麼辦。

突然，她打了個激靈，一下想起剛才在惡夢中聽到的一句話：到下面來，我在這裡等妳。

隨之閃現的念頭，令她毛骨悚然。

既然不是房子的關係，那問題……會不會出在地下？

11

令人震驚的消息

吃午飯的時候，汪興宇發現女兒有些心神不寧，於是問道：「靜雯，妳今天怎麼了？」

一聲不吭吃著飯的汪靜雯把眼光移到他臉上，「哦……沒什麼。」

「我看妳一直呆呆地盯著那碗飯，又不說話，是不是有什麼心事？」

「沒有。」她搖頭。

「昨晚睡得好嗎？」董琳問。

「還好。」

汪興宇見她問一句答一句，也不好再多問什麼，「有什麼事或者什麼要求，只管跟我們說，別悶在心裡。」

「嗯，我知道。」汪靜雯輕輕點頭，繼續吃飯。

汪興宇和董琳對視一眼，不再說話。

吃完午飯，董琳和汪興宇按照慣例回房去睡午覺。汪靜雯一個人坐在客廳裡，眼睛死死地盯著擺放在玻璃圓桌上的電話。

她想了一上午，絕對不能用這玩意兒。

這電話離主臥室太近了，不管用再小的聲音說話，肯定都會把父母吵醒。她要問的內容，又是不能讓他們知道的。可是，她沒有手機。這該怎麼辦呢？如果溜出去，找個公共電話，動作會不會太大？

想來想去，還是手機最合適。

汪靜雯悄悄走到主臥室門口，見門虛掩著，留了一小條縫，兩人估計都睡熟了。她用輕微的動作緩慢地推開房門，探頭一看，父親的手機就放在離門很近的一張桌子上。

她瞥了一眼床上的父母，確定他們睡著了，躡手躡腳地走近桌子，抓起手機，迅速離開。

汪靜雯快步走進廁所，把門關攏，從口袋裡掏出那張名片，撥通上面的號碼。

「喂，你好。」沉穩的男中音傳來。

「您好，請問是東盛建設的唐經理嗎？」汪靜雯面向廁所牆壁，儘量壓低聲音。

「是的，請問您有什麼事？」

「是這樣的，我是新區景都花園的屋主，想向您諮詢幾個問題。」

「請講。」

「可否告訴我，景都花園建成之前，這裡是塊什麼樣的地方？」對方略微沉吟，「小姐，這問題有什麼意義嗎？」

「對我來說有很大的意義，請您一定要告訴我。」汪靜雯急切地說。

「景都花園那一帶都是新開發區，建成之前全是非常普通的緩坡與農地。請問您還有其他問題嗎？」

汪靜雯張著嘴想了片刻，問道：「建設的初期，也就是挖山掘地的時候，可曾動過一些……土壤？」

對方一下變得敏感起來，硬梆梆地說：「問這個幹什麼？我相信，當時談好的補償金，全都已經支付了。」

「不，唐經理，您別誤會……」汪靜雯趕緊解釋，「我不是來要求賠償的，我只是想問清楚，當時建造新區的時候，是不是確實動過某些土壤？只要知道這個就行了，絕不會向您要一分錢。」

「對不起，無可奉告。」電話被掛斷。

該死！該死！汪靜雯緊緊捏住手機，氣得只想往牆上砸。片刻之後，深深地吐出一口氣來，心中思忖著，從唐經理的態度和他說的那些話來看，是真有此事。可惜她得到的訊息太少了，僅僅知道這一點，又有什麼用？

汪靜雯在廁所中竭力思索，一時半會兒又想不出下一步該怎麼辦。哪想剛打開廁所門，正要往外走，手中的手機忽然嗡嗡地震動起來，把她嚇了一大跳。看了一眼螢幕，一個陌生號碼打了過來。

汪靜雯撫著胸，心說謝天謝地，還好父親設的是震動，要不然手機鈴聲響起來就糟糕了。

手機震動不休，看來打電話的這個人有些不依不饒。汪靜雯愣愣地握著手機，既不敢接，也不敢掛斷，只有任由它發出陣陣嗡鳴。

大概半分鐘之後，震動停止了，那人似乎放棄了。汪靜雯鬆了口氣，抬腿要走出廁所，手機偏又震動起來。

真是見鬼了，還是那個號碼！

她煩躁地瞪著那個陌生的號碼，注意到最後四位數都是「6」，腦中忽地閃過一道光，怔在當場。

汪靜雯猛然想起，以前和聶醫生聊天時，他曾說過自己的手機號碼很好記，最後四位數都是「6」。

這是聶醫生打來的？

汪靜雯心中一顫，手指不由自主地移到「接聽」鍵上。

「喂？」她對著話筒輕呼一聲。

「汪先……嗯……靜雯？」聽筒中傳出聶醫生熟悉的聲音。

「是的，聶醫生，我是汪靜雯。」

「靜雯，眞的是妳？」聶醫生的語氣透出欣喜，「眞沒想到會是妳接電話！」

「聶醫生，你要找我爸爸嗎？」

電話那頭沉默了片刻，聶醫生的口氣轉爲嚴峻，「靜雯，妳可知道，從妳出院之後，我已經往妳家打了幾十通電話！」

汪靜雯深吸一口氣，「幾十通？我怎麼……完全不知道？」

「因爲沒打通，妳父親留給我的聯絡電話都不對，全是空號。」

汪靜雯呆住了，「那你現在又怎麼打通了？」

「我託一個朋友去妳父親以前工作的地方打聽，好不容易才問到正確的手機號碼。靜雯，我不曉得妳父親的用意何在，但我敢肯定一點，他絕對是故意的。我比較過正確的電話號碼和他留給我的號碼，連一個數字都對不上，他存心不讓我和你們聯絡。」

汪靜雯徹底懵了，腦子一片混亂。

「靜雯，靜雯，妳在聽嗎？」

她回過神來，「是的，我在聽。」接著頓了一下，「聶醫生，你是今天才打通這手機的？」

「不，我昨天就打通了，和妳爸爸談了幾分鐘。但他很不願意和我談話，沒說一會兒就聲稱有事，把電話掛了。我問起他留的電話號碼爲什麼不對，他只說記錯了——可是，我剛才說了，那種情況不可能是記錯。」

此刻，汪靜雯的頭腦就像方才震動的手機一樣嗡嗡作響，「聶醫生，你還和我爸談了些什麼？」

「靜雯，妳出院的時候，我曾反覆叮囑妳父親，一定要和我保持密切聯繫，隨時告知妳的近況。可這十多天來，他連一通電話都沒打過。我昨天詢問，他說這是因爲妳一切都很好，沒有半點不正常，所以沒必要跟我聯繫。」

汪靜雯的喉嚨像被什麼東西堵住了，「他……他跟你說我一切都好？」

聶醫生從她近乎哽咽的口氣中聽出了端倪，「怎麼？靜雯，難道事實上不是這樣？」

汪靜雯的胃緊緊縮起來，不曉得該怎麼回答。

「靜雯，聽我說。」聶醫生的口氣相當嚴厲，「現在的種種跡象告訴我，情況有些不對勁，特別是昨天妳父親接電話時支支吾吾的語氣，還有躲躲閃閃的態度。所以我今天才再打過來，想要對情況做更進一步的確認。既然電話是妳接的，那正好，我要妳把出院以來的所有情況告訴我，不能有任何隱瞞，否則只會對妳不利，明白嗎？」

聶醫生的語氣沒有絲毫商量的餘地。汪靜雯略一猶豫，決定如實道出這十多天來經歷的所有怪事。她迅速整理思緒，把聲音壓到最低，「聶醫生，事實上，從我回家那一天起……」

一隻大手從背後伸過來，一把將手機奪了過去。汪靜雯的身體哆嗦一下，驚愕地回過頭，見汪興宇站在廁所門口，臉色鐵青。

冷冷地瞥了一眼手機螢幕顯示的號碼，他默不作聲地掛斷電話，瞪著女兒，「靜雯，為什麼擅自拿我的手機？」

汪靜雯眼神閃爍，沉默不語。汪興宇深吸一口氣，面色略微緩和了些，「我的意思是，如果妳想用我的手機，可以直接告訴我。」

見女兒還是不回話，他歎了口氣，轉身離開。

「爸……」汪靜雯突然開口，雙眼直勾勾地注視他，「你爲什麼不讓聶醫生和我們聯絡？」

汪興宇回過身，「我說過的，如果讓他了解到某些情況，肯定會要妳回療養院去，又要讓我們一家子分開。」

「可你有沒有想過，如果我的情況不好，一直瞞著醫生，是正確的選擇嗎？爸，你難道不害怕諱疾忌醫的結果？」

汪興宇愣了片刻，神色轉爲憂傷，「靜雯，我們只是……太愛妳了……不想再次失去妳。」

汪靜雯無言以對，舌頭和上顎好像黏在了一起。

汪興宇又歎了口氣，走出廁所。

關攏主臥室的門，汪興宇坐定床沿，雙眉深鎖。

「眞是她拿了？」董琳問。

他點頭，把手機扔到床上，「而且還跟那個姓聶的醫生通了電話。」

董琳一下緊張起來，「她是不是開始懷疑了？」

「我看她早就察覺到不對，而且已經不信任我們了。昨天上午她偷偷瞞著我出去了一小會兒，大概就是去打聽什麼。今天中午又悄悄拿我的手機跟那個醫生通電話，肯定是產生了懷疑，並且在採取某種措施。」

「那該怎麼辦？」董琳惶恐地問。

「別慌。」汪興宇冷靜地說：「她頂多是感到疑惑，還弄不明白這一切究竟是怎麼回事。我們裝作沒事就好，按原計劃進行。」

董琳擔心地道：「我怕這樣堅持不了多久。」

「本來也不用再堅持多久。」汪興宇凝望前方，神情陰沉，「再過三天，就到『那一天』了。」

12

紀念日

週末。

汪靜雯又一次從惡夢中醒來，呆呆坐在床上，神情惶惑，目光渙散。

事實上，每天如期而至的惡夢已經不再令她害怕了。她竟然適應了這種猶如家常便飯的精神折磨，並且練就了只要狠狠一眨眼就能立刻從夢中醒來的本事。但正是如此，令她感到深深的可悲和淒涼——期盼已久的「正常人」生活怎會變成這樣？還不如待在療養院裡。以前的日子雖說單調乏味、缺乏自由，內心起碼是靜謐且充滿安全感的。

汪靜雯仰面歎出一口長氣。她知道，惶惑不安的源頭，還有每天與日俱增的矛盾感。

每當她對目前的生活產生質疑或厭惡，想及父母親溫情的笑靨和細緻入微的照顧，無所適從之餘，也確實發自內心地感到感激。特別是最近兩天，兩人為了豐富她的生活，可謂煞費苦心。母親每餐變著不同的方法做出一道道佳餚，父親又從書店買回不少她喜歡看的書。凡此種種，令她既感動又心酸。因為這代表著，她還得繼續忍受惡夢與幻象的折磨。

話說回來，最近這幾天，有一點引起了汪靜雯的注意——她發現，每次的可怕幻覺和恐怖夢境，都會出現同一個男人。那個男人要嘛沒有頭，要嘛缺少四肢，或者整個就是一團黑影，分辨不出輪廓和模樣。但直覺告訴她，這些全都是同一個人。由始至終，就是這個猶如幽靈的虛幻男人在糾纏、折磨她。她不明白原因，只感到深深的恐懼和無助。

今天的天色一直陰沉沉的，望向窗外，灰暗的天空籠罩一切，所有景物都失去了生氣，猶如她此刻的心緒。看看牆上的掛鐘，已是下午六點了。在房間裡待了五個多小時，該出去透透氣了。

汪靜雯打開房門，跨出房間，抬頭望向前方，一下愣住了。

汪興宇和董琳穿戴整齊地坐在沙發上，木然地望著虛空中的某處，眼神空洞。客廳裡既沒開燈，也沒開電視，氣氛沉悶詭異得讓人喘不過氣來。

汪靜雯茫然地問：「爸、媽，你們在幹什麼？」

汪興宇緩慢地轉過頭，表情陰沉，「我們在過紀念日。」

汪靜雯的大腦麻木地轉動，「紀念什麼？這是什麼日子？」

「知道今天是幾月幾號嗎？」董琳也看向她，語氣僵硬，一字一頓地道：「今天是九月十二日。」

「九月十二日……」汪靜雯囁嚅著，腦中一片迷茫。父母親把頭扭回去，似乎不想再做進一步的提醒，這樣的態度清楚表明了，這應該是一個不容遺忘的重要日子。

九月十二日、九月十二日……她在心中反覆念叨著，這個日子有什麼特殊意義嗎？

突然，驚恐感猛烈襲來，使她渾身顫抖。胃中也出現一陣痙攣，有種嘔吐的衝動。她捂住嘴，竭力不讓自己吐出來，大步衝出客廳，拉開房門，衝到了屋外去。

在門口的花園裡，汪靜雯深深吸了幾口氣，試圖讓情緒平靜，但心臟仍狂跳不止，不受控制。剛才的一瞬間，心中默念九月十二日的同時，腦子裡驟然閃過了一段記憶。那大概只有零點幾秒，不足以讓她弄清楚這到底是怎麼回事，卻足夠令她心驚膽寒，渾身顫慄。

聶醫生說過的話，又一次浮現於混亂的腦海……

「靜雯，妳要記住，如果想徹底擺脫心理陰影，從恐懼的陰霾中走出來，就必須永遠地跟『過去』告別！以前的那些事情都要徹底忘記！並且，妳要控制自己不去探索、追究，不要像揭開舊傷口一樣，又去回憶和感受。」

聶醫生，我是這樣做的，我發誓！可是，老天啊……

我好像想起來了！

汪靜雯驚慌失措，渾身顫抖，回頭望著緊閉的門，忽然湧起一股憤怒的力量。

她要當面問清楚，這一切到底是怎麼回事！

汪靜雯猛力推開門，父母親已經不在客廳的沙發上了。每個房間的門都關著，不知道他們究竟在哪裡。房子黑壓壓的一片，透出一股肅殺的氣氛。

汪靜雯站在門口，看著眼前的場景，剎那間，時間彷彿停滯了，一切都凝固成了一幅畫。

這一幕，是曾經發生過的。

我進了門，家中一片漆黑，沒有人。然後，我走向自己的房間……

對，我走到了房間門口，我是這樣做的……

汪靜雯的目光緩緩移過去，盯著自己的房間，雙腿竟變得不聽使喚，像著了魔一樣，慢慢地走到房門口。

這是一扇仿古風格的鎖眼門，透過鎖眼，能望見房間的一部分。

儼然化作了被施了魔咒的木偶，身體不再受大腦控制，汪靜雯只知道，她當時就是這樣做的。對，就像現在這樣，慢慢地蹲下身，把眼睛貼到鎖孔的位置。

視線穿過鎖孔，看到了房內的情景。

下一瞬，全身的血液往腦門奔湧，隨同而來的，是所有被遺忘的感受與回憶。她抱著頭，面色慘白地囁嚅道：「想起來了……我全都想起來了……」

天旋地轉，她脫力地癱軟下去，隨即驚恐地發覺地板上、牆壁上，全都是血，周遭已被染成腥紅色！自己的身上、手上，也是血跡斑斑！腦中的最後一根弦終於崩裂，她撕心裂肺地慘叫幾聲，昏厥過去。

失去意識之前，隱約看到父母親出現在面前，低頭俯視她，一臉冷漠……

不知過了多久，汪靜雯醒了過來，發現自己倒臥在客廳的沙發上，汪興宇和董琳坐在對面，冷若冰霜地瞪視她。記憶已經完全恢復，她不由自主地蜷縮起身子，躲向沙發角落，緊張地看著他們。

董琳冷笑一聲，「怕得這麼厲害幹什麼？我們又不會吃了妳。」

汪興宇漠然地說：「看這樣子，妳什麼都想起來了。既然如此，我們的目的也就達到了。」

汪靜雯抽搐兩下，淚如泉湧，「你們……這麼多年過去了，你們始終沒有原諒我，甚至想到用這種方式來報復我……」

「原諒妳？」董琳的聲音無比尖銳，如金屬從玻璃上劃過，「妳居然敢奢求我們的原諒！妳以爲妳以前做過的事是什麼？失手打碎茶杯嗎？」

汪靜雯全身哆嗦，低下了頭，不敢正視他們。

汪興宇從身後抽出一本相簿，丟到她面前的茶几上，「妳不是想看這本相簿嗎？看吧。」

「不……不……」她恐懼地搖頭，縮成一團。

「妳必須看！」汪興宇憤怒地咆哮，「休想忘掉！我要妳睜大眼睛看清楚，看看妳爲我們帶來了多大的痛苦！」

他狂怒地翻開相簿，將它舉到汪靜雯面前，幾乎貼上她的鼻子。

她避無可避，目光觸及相簿裡的照片，只覺一陣劇烈的灼痛於五臟六腑中翻攪，兩行淚水洶湧直下。

五年了，她終於又再次看到了那個人……

13

八年前

八年前，南方的某所理工大學，有一個名叫郭靜雯的女學生。二十一歲的她生得美麗動人，像一朵剛剛盛開，還帶著晶瑩露珠的花朵。

按理說，像她這麼漂亮的女孩子，沒有理由不在大學這種戀愛聖地留下幾段充滿羅曼蒂克的回憶。但出於某些原因，她將心封鎖起來，對身邊眾多的愛慕者，始終冷若冰霜、拒之不理，把動人的情話拋在腦後、肉麻的情書付之一炬。猶如高傲的聖女，不接受任何男生的追求。久而久之，她得到一個「冰雪玫瑰」的綽號。

當同寢的室友和她們的男朋友成雙入對地出入於花前月下的場所，郭靜雯總是一個人泡在圖書館中，讓書籍陪伴自己。

那是一個週末的晚上，寢室自然早就空了。郭靜雯再次隻身來到空曠的圖書館，這裡的人也是寥寥無幾。按室友的話說，週末夜晚出現在圖書館的，只有那些沒人要的恐龍和青蛙——當然，郭靜雯是個例外。

她在一張空無一人的大桌子前坐下，翻看起一本最新的汽車雜誌。和一般的女生不同，她不止喜歡衣服、首飾和化妝品，還對汽車、建築等男性化的東西感興趣。

她翻動書頁，欣賞新型車款的照片，研讀對於汽車性能的介紹，沒注意到身後有一個人默默地站了好久。

那個人好像終於忍不住了，坐到郭靜雯旁邊，有幾分詫異地問道：「女生也喜歡看這種書？」

郭靜雯側臉望向他，一個英俊、帥氣的大男生，說話的聲音很好聽，面龐還帶著幾分稚氣。她心中也不免有些詫異，因為按理說，這種類型的男生現在應該正摟著某個姑娘的腰，而不是捧著幾本書。

她的目光在那男生臉上稍稍停留了一會兒，淡淡笑了笑，又回到書上。

「知道嗎？我也是個超級汽車迷。」帥氣男生說：「我們倆有共同的愛好，也許可以聊聊。」

這種搭訕再常見不過，郭靜雯很清楚該如何擺脫，「不好意思，這裡是圖書館，不適合聊天。」

遭到冷淡的拒絕，男生並不死心，「嗯，這倒是……不過，也許我們可以出去聊聊？」

「對不起，我還要看書。」她連頭都不抬一下，語氣更冷漠了。

「那好吧。」帥氣男生乾脆地聳了聳肩，從椅子上站起來。走開之前，他大方地說：「我們互相認識一下總不是壞事吧？我叫汪洋。」說完，禮貌地凝視面前的女孩。

郭靜雯不能太失禮，只有回道：「我叫郭靜雯。」

汪洋點點頭，「我記住了。」然後帶著幾本書離開。

目送汪洋離去，郭靜雯竟感覺有些失落。她對這個既帥氣又有禮貌，而且行事乾脆不拖泥帶水的男生有幾分好感。但是，她暗暗地告誡自己，必須讓這種感覺趕快消失。

本來，郭靜雯以為這是一次偶然的邂逅。沒想到自這次以後，她竟然經常在偌大的校園內碰到汪洋。兩人每次碰面，他都會大大方方地跟她打招呼、問好。隨著次數的增多，有時還會聊一會兒汽車，或者別的話題。汪洋開朗活潑、幽默風趣，郭靜雯每次和他碰面都十分愉快。不知不覺間，充滿陽光的笑臉融化了「冰雪玫瑰」心靈深處的積雪。

郭靜雯每回「碰巧」和汪洋相遇，總是感歎緣分的奇妙。她全然不知，從第一次開始，他們的每一次「偶遇」，都是對方精心安排策劃的。

汪洋和她雖不是同一個系，但對她心儀已久，也從別人口中了解到追求「冰雪玫瑰」的難度之大。於是，他設計了一個漫長的追求計劃：先假裝一次次地和她偶遇，混熟關係，再和她成爲談得來的好朋友，然後再求進一步發展。結果證明，這套戰術十分有效。兩人認識三個多月之後，汪洋提出單獨約會的要求。郭靜雯自然明白這意味著什麼，但這一次，她沒有拒絕。

第一次約會，汪洋安排得豐富多彩、細緻入微。在一大束玫瑰的簇擁之下，兩人於高檔西餐廳享用了浪漫的燭光晚餐。郭靜雯聽著他用心準備的軼聞笑語，悅耳的笑聲幾乎沒有停過。接下來，汪洋不管郭靜雯的婉拒，拉著她進了百貨公司，買了幾樣禮物給她。十點鐘，他們返回校園，在黑暗的操場上散步。一個恰當的機會，汪洋認爲時機成熟了，他的唇慢慢靠近郭靜雯的唇。

「不……」雙唇接觸的瞬間，郭靜雯像觸電般抖了一下，輕輕推開他。

汪洋不理會她的拒絕，抱住她，嘴唇緊緊地貼過去。

郭靜雯被他吻住，突然像是意識到了什麼，猛地一發力，重重地把他推開，拔腿就跑。

汪洋不明白她爲何出現如此大的反應，略一愣神，趕緊衝了上去，拉住她的手，

「靜雯，怎麼了？」

「放開我，我要回去了！」郭靜雯竭力掙扎。

「對不起，靜雯，剛才是我太魯莽了，我不該強吻妳的。別生氣，好嗎？」

郭靜雯將頭扭向一邊，「我們以後別再見面了！」

「什麼？」汪洋猶如五雷轟頂，「就因爲這樣，妳連機會都不再給我了？」

郭靜雯眼中流出兩行淚，奮力甩開汪洋的手，又朝前跑。汪洋再次追過去，緊抱著她，大聲道：「靜雯，我愛妳！我看得出來，妳也是愛我的，否則今天就不會出來。既然如此，又爲什麼要拒絕我？妳能告訴我嗎？爲什麼不能接受我？」

郭靜雯還想掙扎，但被汪洋緊緊地箍住，完全使不出力來，只能在他懷中低聲啜泣。汪洋感覺事出有因，輕聲問道：「靜雯，妳是不是有什麼難言之隱，或者是苦衷？能告訴我嗎？」

郭靜雯哭了好一陣子，緩緩抬起臉來，淚眼婆娑地說：「對，我是有著很難說出口的苦衷，因爲這個原因，我不允許自己愛上任何人。」

「是什麼？靜雯，告訴我，也許我能幫得上妳。」汪洋誠摯地說。

沉默了好一會兒，郭靜雯神情哀戚地道：「你不知道，我是個孤兒。」

汪洋望著她，眼中全是不解，「什麼？就因爲這個？妳是孤兒，所以不能愛上我？」

「我還沒有說完，重要的不是這個……」

「那到底是什麼？」

郭靜雯露出痛苦的表情，「我不想說了。汪洋，還是別再問了，我不想讓你知道之後嫌棄我。」

「不，靜雯，我向妳保證，不管妳接下來要說什麼，我都絕不會嫌棄！我是眞心愛妳的！不管有什麼難以啓齒的苦衷或困難，讓我們一起面對。」

郭靜雯被汪洋眞摯的話語打動了，猶豫再三，終於鼓起勇氣，艱難地說出口：

「我……曾有過精神病史。」

儘管已有心理準備，汪洋還是被深深地震驚了，無法相信如此美麗動人、溫婉文靜的女孩會有精神病史。他呆呆地凝視郭靜雯，眼中全是難以置信。

郭靜雯哭著道：「在我讀中學的時候，醫生檢查出我患有間歇性的精神分裂症，若是遇到某些刺激，行爲可能會失控……只是，情況不是十分嚴重。經過一段時間的治療，病情基本上得到了控制。可是醫生也說，精神病是不能完全根治的，倘若碰到特殊狀況，又有可能復發……」

「所以，妳將自己封閉起來，剝奪了自己愛別人的權利？」汪洋接著她的話往下說，「妳怕萬一哪天發病，會影響到身邊的人？」

「難道不會嗎？」郭靜雯淚流滿面，讓人看著心生憐憫，「我不希望深愛的人未來有一天發現，他的女朋友或妻子原來是個精神病患，那對他來說，會是多大的傷害和打擊啊！」

「別說了，別再說了！」汪洋將她緊緊擁在懷中，「傻姑娘，妳眞是太善良了，寧可委屈自己，也不願讓別人受到絲毫傷害。現在，給我聽好了：我愛妳！不管妳以前、現在或是以後會出現什麼樣的狀況，我都願意陪伴妳、照顧妳，也會盡最大的努力來保護妳不受傷害，絕對不會讓妳再發病。」

聽完這番深情表白，郭靜雯被突如其來的幸福感衝擊得全身酥麻無力。她不再掙扎，伸出雙臂緊緊地摟住汪洋，手指深深抓進他的背，嘴唇變得柔和順從……

14

恐怖的「那一天」

郭靜雯和汪洋正式交往已經有半年了。

這六個月裡，郭靜雯每天都被幸福的愉悅感和充實感包圍著。多年以來，第一次體會到愛情的美妙滋味。

像所有第一次戀愛的女孩那樣，她全身心地投入，無任何保留。尤其身爲孤兒，對她來說，汪洋已成爲生命的全部，她愛他愛得如癡如狂、難以自拔。汪洋也實現著他當初的諾言，對她溫柔體貼、愛護有加。在旁人看來，他倆眞是十分般配。

兩人升入大四後的某一天，汪洋對郭靜雯說，週末想帶她去見自己的父母。

「現在？太早了吧？大學都還沒畢業呢。」她紅著臉說。

「就是要先見見我父母呀。我都想好了，畢業的第二天，我們就結婚！」汪洋興奮地宣佈。

「誰說要跟你結婚了？」郭靜雯嗔怪道，心裡卻比蜜還要甜。

「要不是校規不允許，我現在就想和妳結婚。」汪洋用手指在她的鼻子上輕輕刮了一下，「怎麼樣？就這麼定了哦！」

「你爸媽……會接受我嗎？」郭靜雯不無擔心。

「沒問題的，我爸媽看見妳，肯定會誇我眼光好，給他們找了這麼美的一個兒媳婦。」

郭靜雯抿著嘴笑了笑，又想了一會兒，答應道：「好吧。」

接下來的幾天，郭靜雯都在忐忑不安中度過。直到週末坐在汪家的客廳裡，她發現，自己擔心的局面果然發生了，汪洋的父母顯然不怎麼喜歡她，只是礙於兒子的面子，才勉強和她說上幾句話。

儘管汪洋拚了命地在中間調和氣氛，郭靜雯也盡可能地表現得端莊得體，兩位長輩還是板著一張臉，態度不冷不熱。

郭靜雯有些無所適從，吃完了午飯，她實在忍不了如此尷尬的氣氛，只得告辭離開。

汪洋把她送回學校，立刻返回家，責問父母爲何這般態度。

汪興宇答道：「按說這女孩本身條件是不錯的，可惜是個孤兒，這讓我們不大滿意。」

「孤兒怎麼了？」汪洋不服，「孤兒就不該結婚嗎？孤兒就該受到歧視和不公平的對待？」

「洋兒，你想過沒有？她和你結了婚之後，我們連個親家都沒有。而且她孤零零一個人，毫無背景。你再想想我上次跟你提起過的余局長的千金，人家那一家可是……」

「別說了！」汪洋粗暴地打斷董琳的話，「你們只在乎這些，想到過我的感受嗎？我對余局長的千金一點感覺都沒有，要我怎麼和她結婚？」

「感覺是可以慢慢培養的嘛，只要你和她多接觸幾次……」

「爸、媽，你們都別再勸我了。」汪洋毅然道：「我的心意已定。我只愛靜雯一個，別的女孩我都不會接受。如果你們實在不同意，那畢業之後，我就和她到外地去結婚定居，離得遠遠的，讓你們眼不見心不煩。」

汪興宇和董琳對視一眼，他倆都明白兒子的脾氣，他說出來的話，可是肯定做得到的，而這又是他們不願見到的局面。

猶豫再三之後，董琳說：「這樣吧，既然你堅持要和她結婚，我們也就不再勸阻了。不過，我要她答應一個條件……」

校園的人工湖畔，汪洋和郭靜雯在一棵柳樹下談話。

「什麼？你媽要我嫁到你們家之後跟著你姓？這是爲什麼？」郭靜雯不解地問。

「我也不知道。」汪洋難堪地說：「我媽說國外很多地方都是這樣的，所以想讓妳也這樣。」

「但我們不是在國外，現在也不是男尊女卑的古代了。」郭靜雯直盯著汪洋的眼睛。

「我也覺得完全沒必要，但我媽說她只有這一個要求，只要妳答應，他們就同意我們結婚。」

郭靜雯垂著頭，低聲說：「你爸媽瞧不起我這個孤兒，這麼做，分明就是想讓我知難而退。另外……他們顯然也想用這種方式暗示我，嫁進你們家，必須明白自己的卑微身分。」

聽她分析，汪洋瞬間明白了父母的用意，一下子火了，「算了，不用管了！我不去徵求他們的同意了！畢了業之後，我們就到外地去結婚，免得再被刁難！」

郭靜雯感動地望著他，抬手撫摸他的臉頰，柔聲道：「不，汪洋，我不希望你因爲我跟你的父母鬧翻，那樣我也會不好受的。你去告訴你的爸媽……我，答應就是了。」

「可是，靜雯，這樣太委屈妳了……」

「沒關係，只要能跟你在一起，我什麼都不在乎。」郭靜雯深情地說：「別說是讓我改一個姓，就算是讓我少一隻手、缺一條腿，或者整個生命都給你，我也願意，只要你能愛我一輩子。」

「靜雯……」汪洋感動不已，將她擁進懷中，「我向妳保證，我會永遠愛妳。」

一年之後，汪洋和郭靜雯畢業了。郭靜雯進入一家汽車銷售公司上班，汪洋進了一家大型的貿易公司。汪洋實現了他的承諾，畢業僅僅兩個月，他們就舉行了一場規模不大，但是格外浪漫溫馨的婚禮。

在婚禮儀式上，郭靜雯甜甜地稱汪興宇和董琳「爸、媽」，也從那天起，她的名字變成了汪靜雯。

婚後，這對小夫妻與父母同住。汪靜雯勤快懂事，嘴巴又甜，滿口「爸、媽」地叫個不停，汪興宇和董琳漸漸接受了這個乖巧漂亮的兒媳婦，對她的態度大為改觀。汪洋對新婚妻子更是關懷體貼、疼愛有加，兩個人的生活過得比蜜還要甜。那段日子，是汪靜雯一生中最快樂的時光。

半年之後，汪洋因爲在公司表現突出，被提升爲部門經理，工作日益繁忙，應酬增加了許多，常常不在家吃飯，或者很晚才回來。每當這種時候，汪靜雯總是心神不寧、坐立難安，會一晚上連打十多通電話去催促提醒，有時甚至專程驅車去找汪洋。在她心中，汪洋便是她的一切，若他不在自己身邊，世界對她來說就沒有意義。她希望每一分鐘都和汪洋黏在一起。

一開始，汪洋覺得妻子的所有行爲都是愛的表現，他享受著這種被人時常掛念詢問的濃濃愛意。可時間長了，他開始感到汪靜雯的某些舉動有些煩人。比如說，她已經發展到了要求汪洋在外面時，每隔十分鐘就要跟她打一通電話的程度。如果沒能做到，她就會生氣，會說對她的愛減少了。

汪洋被她折騰得心力交瘁、疲憊不堪，逐漸地感到厭倦，但他沒有表現出來，表面上仍然是溫柔體貼、百依百順。

有一次，汪靜雯的公司要派她和幾個人去外地出差幾天，她自然十分不願意，但也不好拒絕。最後還是汪洋連哄帶勸地安慰了好半天，她才不甘不願地同意。

到了外地，汪靜雯每晚都要跟汪洋打一個多小時的電話。第三天晚上，她在通話結束前說：「親愛的，我後天才回來呢。我都快受不了了，我好想你。」

「沒事兒，一兩天的時間，眨眼就過了。」汪洋安慰她，「妳要這樣想——等妳回來，咱們小別勝新婚，那才親熱呢。」

汪靜雯紅著臉說：「那好吧。你早點兒睡，晚安，我愛你。」

「晚安，我也愛妳。」

掛了電話，汪靜雯捂著嘴笑了。其實，他們今天就已經提前完成任務，明天便能回家。之所以欺騙汪洋，是想明天突然出現，給他一個驚喜。

那一夜，她躺在床上，設想著第二天和汪洋重逢時可能出現的種種浪漫的戲劇性場面，大半夜都沒有睡著。雖然兩人才分開三天，但她感覺已過了好幾個世紀。

九月十二日下午五點，飛機抵達汪靜雯熟悉的城市。她沒有做任何停留，出了機場，立刻搭車回家。大概六點鐘，她來到了家門口。她知道，公公婆婆兩人都不在家，汪洋昨天說，他們要去參加一個朋友的生日宴會。

汪靜雯輕輕地旋轉鑰匙，打開家門。客廳裡黑漆漆的一片，沒有開燈。

汪洋還沒有回來嗎？她在心中暗忖。已經六點了，他應該下班了，難道今天又有飯局或應酬？

就在遲疑的時候，她聽到自己和汪洋的臥室裡，傳出一陣曖昧的呻吟和喘息。

神經一下子綳緊了，她緩緩接近臥室，裡面傳出的喘息聲越發清晰。走到門口，門關著，但這是一扇仿古風格的鎖眼門，汪靜雯蹲下來，把眼睛貼到鎖孔的位置，朝裡面望。

下一秒，她的瞳孔擴張到最大限度，眼珠子幾乎要從眼眶中蹦出來。

房門正對著的沙發上，汪洋和一個陌生女人赤身裸體地纏繞在一起，他們投入、癡狂，無所忌憚，全然沒發現家裡多出個人來。

汪靜雯只感到全身的血液都湧到了頭頂上，眼前出現一層紅幕，整個世界在眼前搖晃打轉，天翻地覆，接著轟然倒塌。好像有一口血嗆了上來，堵在喉嚨口，令她幾乎窒息。

她癱坐在地上，好一會兒之後，默默地站了起來，走到廚房，從刀架上抽出一把尖利的水果刀。

砰一聲巨響，臥室門被撞開。汪洋和那個女人還沒反應過來，汪靜雯已經舉著刀衝到了他們面前，一刀刺向汪洋的胸口，他慘叫一聲，滾下沙發。那個裸女嚇得魂不附體，驚聲尖叫，恐懼得連逃命都忘了。汪靜雯又一刀刺進她的脖子，她的驚叫立時停止，鮮血像泉湧一般噴出，將沙發染成血紅一片。

汪靜雯抽出刀，轉頭去看倒在地上的汪洋。突然，她釋然了，呵呵地笑起來，因為地上倒著的不是汪洋，而是一個滿身鮮紅的、赤裸的魔鬼，長得奇形怪狀，面目醜陋，此刻正向她伸出手，像在求她饒命。

哦！原來是這個魔鬼變成了汪洋的模樣，此時被自己刺了一刀，於是露出了原型。原來如此，我還差點以為是深愛的丈夫背叛了我呢。都怪我，汪洋，是我錯怪你了。你怎麼會呢？你說過會愛我一輩子的，我也會愛你一輩子。

她露出甜蜜的笑容，好似一切都雲開霧散了，接著瞥見那苟延殘喘的魔鬼，表情立刻轉為兇惡——這個魔鬼還沒有死，還想來害我和汪洋。不行，我不能讓它得逞！

汪靜雯大叫一聲撲過去，對著「魔鬼」的身體連刺數十刀，直到它一動不動、血肉模糊，這才住手。

糟糕，怎麼辦呢？她現在有點慌了。地上全都是血，還有怪物的屍體，汪洋一會兒回來會嚇著的。我得趕快把魔鬼的屍體處理掉，把它切成一塊一塊地丟掉，這樣就不會嚇著汪洋了。快，動作要快！把這些處理好，就又可以和汪洋快樂地在一起了。

她用盡全力把「魔鬼」的屍體拖進廁所，又從廚房找來一把菜刀。先砍下魔鬼的頭，丟入浴缸，接著砍下它的手和腳。正當她努力分解著魔鬼的身體，聽到身後傳來啪的一聲，回過頭去，就見一個皮包落到了地上。再抬頭看，看見了公公婆婆。他們站在廁所門口，像風中的稻草人一樣搖晃著，緊接著是咚的一聲悶響，婆婆倒在了地上。而公公雙手摀著臉跪了下來，痛苦地大聲嘶叫：「啊——」

這一聲撕心裂肺的慘叫驚醒了汪靜雯，轉過頭去一看，鮮血淋漓的地板上，哪裡有什麼魔鬼的屍體？那分明是汪洋的殘肢。再往浴缸裡看，汪洋的人頭正仰面瞪著她。

那一瞬間，汪靜雯只覺得眼前一黑，便什麼也不知道了。

15

錯亂的復仇

汪靜雯緊緊閉著雙眼，渾身顫抖，痛苦且恐怖的回憶令她的身心再次受到摧殘和煎熬。她早已淚流滿面，泣不成聲。

汪興宇舉著汪洋的照片厲聲說道：「妳都想起來了吧？給我把眼睛睜開，好好看看我的兒子。看看妳把多麼陽光燦爛、聰明活潑的一個人，從我們身邊殘忍地奪走！」

汪靜雯痛苦地抱著頭，「是他……是他背著我和別的女人……」

「是，我兒子和別的女人亂搞，是對不起妳。妳要罵他、怪他、懲罰他，我們都無話可說，可是……」董琳暴怒，尖聲咆哮道：「妳這個瘋子！妳竟然殺了他，還把他殘忍地分了屍！」

「啊——啊！別說了，求妳，別說了！」令人作嘔的畫面再次浮現，汪靜雯心膽俱裂、毛骨悚然，用哀求的口吻哭訴道：「是，我當時是瘋了！我喪失了理智，也失去了控制，我自己都不知道自己幹了些什麼！我……我不是眞的想殺他……」

董琳佈滿血絲的眼中燃著一團火，直射到汪靜雯身上，彷彿要把她燒得一乾二淨，一邊說話一邊神經質地點著頭，「對，就是這套說辭救了妳的命。妳當時也是這麼說的。」

汪靜雯微微晃了下腦袋，沒聽懂這句話是什麼意思。

董琳說：「五年前，妳被抓進警察局，聲稱自己在案發當時神智不清。警方調出妳的資料，檔案上果然記錄著精神病史。他們把妳送進醫院進行鑑定，鑑定結果顯示，妳在作案時間歇性精神病突發，受病理性思維支配，對行爲喪失辨認及控制能力，屬於無刑事責任能力人。所以，妳沒有罪，只需要接受強制治療。」

說到這裡，董琳那雙原本不怎麼大的眼睛幾乎要瞪裂，「逃脫法律的制裁，這對妳來說當然是天大的好事，可是對我們來說呢？這意味著什麼？意味著我們只能眼睜睜地看著殺死兒子的兇手逍遙法外，不受任何懲罰！特別是當我們了解到，妳在療養院接受幾年的治療後，情況竟然大爲好轉，不但完全忘掉了當初發生的那些事，而且即將出院，過上普通人的正常生活……」

她的表情變得無比瘋狂，尖叫道：「做夢！永遠都別想！只要我和老頭子還活著，就不會允許妳過一天安生日子！我們要用盡一切手段，把妳拉回地獄！」

此刻，汪靜雯已經完全明白了，她顫抖著說：「所以，你們把我從精神病院接到這裡來，表面上對我好，實際上是想把我再次逼瘋。」

董琳冷笑一聲，從椅子上站起來，環顧四周，「知道嗎？我們買的這間新房子，無論是大小、佈局，都跟以前那房子幾乎一模一樣。至於這些傢俱，沒錯，全是新的，是專門找人仿照以前的傢俱做出來的，擺放的位置也跟原來完全相同。我們所做的這一切，都是爲了讓妳剛來的時候不起疑心，從而慢慢陷入回憶的陷阱。現在明白爲什麼剛一進門時會有種熟悉和懼怕的感覺了吧？明白妳爲什麼常常產生幻覺，或者惡夢連連了吧？」

她頓了一下，換上一種譏諷的口吻，「還有，妳以爲我們每天晚上給妳吃的，眞的是那個聶醫生開的藥？妳吃的只不過是最普通的維生素。」

一陣一陣的涼意從汪靜雯心底散發出來，使她不斷地打著冷顫。她現在確實什麼都弄懂了，包括碰到高中同學許倩雲時，她爲什麼聽到自己跟父母住在一起，會露出那副驚愕的表情。許倩雲當然知道，這個老同學是個父母雙亡的孤兒，又哪裡來的「爸媽」？只可惜，自己想錯了方向，做了那些無用的調查……如今才明白過來，已經晚了。

汪靜雯望著面前這兩個不知該稱爲親人還是仇人的人，絕望而無力地問：「那現在……你們打算把我怎麼樣？」

汪興宇冷漠地說：「我們處心積慮做了這麼多事，就是爲了『幫助』妳恢復記憶，讓妳受到精神折磨。如今目的達到了，沒必要再留下來。而妳，也不值得我們再做什麼了。」他站起身，望著妻子，「走吧。」

「你們要到哪裡去？」汪靜雯惶恐地問。

「當然是離開這裡，回原來的家去。」董琳斜視她，「怎麼？妳難道還想和我們住在一起？」

「至於這個地方，對我們來說已經沒有意義了，妳願意在這裡住多久就住多久吧。」汪興宇說。

「不，不……」汪靜雯恐懼地搖頭，她明白，自己不能再待在這個可怕的地方了，特別還是孤身一人。但除此之外，沒有別的任何去處，她身上甚至連一分錢都沒有。

當著極度的驚悸和絕望，她自己都不明白爲什麼會說出這樣一句話來：「爸、媽，求求你們，別離開我！」

「住口！」董琳厲聲喝斥，「妳居然還有臉叫我們『爸、媽』，妳還幻想我們會回心轉意，留在這裡陪妳，是不是？」

「別理她。」汪興宇拉了妻子一下，兩人走進房間，砰一聲關上門。

汪靜雯獨自蜷縮在客廳的沙發上，不停發抖。

大概半個小時之後，汪興宇和董琳收拾好衣物一類的東西，提著兩只大皮箱從房間裡走出來。汪靜雯還是縮在沙發上，好像沒有動過。

他們冷漠地瞥了她一眼，董琳不無諷刺地說：「希望妳在這裡生活愉快，順便說一句，電話打不通了。」

汪靜雯像驚弓之鳥般抱成一團，沒做任何回應。汪興宇和董琳出門之後，不一會兒，她聽到汽車引擎發動的聲音，知道他們已毫不留情地揚長而去。

汽車行駛在濱江路上，坐在副駕座的董琳眉頭舒展，呼吸暢快，心中有一種報仇成功後的快感。看向正開著車的丈夫，卻發現他表情凝重，若有所思，似乎不像自己那般愉快。

「老汪，你在想什麼？計劃成功了，難道你不高興？」

汪興宇眉頭微蹙，輕輕歎出一口氣，「我也不知道怎麼回事。按道理說是該高興的，可心裡總有些不安。」

「你在擔心什麼？」

汪興宇輕輕搖頭，沉吟許久才說：「我只是覺得，和她生活在一起的這段日子，儘管我知道，我所表現的溫情和關懷都是僞裝的，但有時……當她喊我『爸』的時候，我眞有那麼一種錯覺，好像我們一家人依然幸福地生活在一起……現在，雖然成功地報復了她，我卻感到空落落的，而且……還有種罪惡感……」

「別說了！」董琳把臉扭到一旁，滿臉怒容，「你現在憐憫起她來了？你忘了這個瘋子是怎樣殺死我們的兒子了嗎？只不過讓她受到良心和精神的折磨，便產生了罪惡感，那她做過那麼令人髮指的事，就不該有罪惡感？我們這麼做，到底有什麼錯？」

汪興宇不說話了，默默地開著車。

忽然，口袋裡的手機震動起來。他一手握著方向盤，一手拿出手機，瞥了一眼螢幕上的號碼，皺著眉罵了一句：「該死的，眞是陰魂不散！」

董琳湊過去，「怎麼了？是誰打的？」

「那個姓聶的醫生！幾天前他不知從哪兒弄到了我的這個手機號碼，然後不停地給我打電話。我猜他察覺到不對了，可能意識到了我們想做什麼。這兩天我都沒接電話，他還是不停地打來騷擾！」

董琳不屑一顧地說：「怕什麼？接啊。反正計劃已經成功了，他無法再從中作梗。再說了，就算他知道了實情，又怎麼樣？我們的所作所爲頂多算是不道德，可沒有觸犯任何法律，沒有對汪靜雯造成任何直接的傷害。」

汪興宇覺得妻子分析得有道理，心裡有了點底，摁了一下接聽鍵，將手機舉到耳邊，口氣僵硬地喂了一聲。

果不其然，電話剛一接通，聶冷便毫不客氣地說：「汪先生，經過對種種跡象的證實和分析，我想我已經了解了你們的眞實想法。我完全有理由相信，你們當初把汪靜雯接走，是出於報復心態。至於具體的目的，不用多說，咱們心知肚明。我眞不該相信你們的那番鬼話，什麼『她畢竟是我們的兒媳婦，我們沒有別的子女，往後會把她當作親生女兒對待』……」

汪興宇聽得不耐煩，事到如今也用不著再佯裝下去了，於是毫不客氣地打斷聶冷的話，「那你想怎麼樣？」

「我只想做我該做的事。我是醫生，不希望看到自己治療多年的病人毀在你們手裡，我要讓她回來繼續接受治療。」

汪興宇哼了一聲，「我看已經晚了。」

「你們……」電話裡的聶冷大吃一驚，「難道已經讓她想起那件事了？」

汪興宇故作輕描淡寫地說：「是她自己想起來的，可不是我們逼她想的。」

聶冷倒吸一口涼氣，「你們眞的……那她現在的情況怎麼樣？我已經查到你們的住址了，我馬上過來。」

「我看沒那個必要，她的情況沒你想得那麼糟糕。」汪興宇厭煩地說：「再說，我們不在家，你還是改天再登門拜訪吧。」

「什麼？你們不在家？」聶冷越發震驚，「你的意思是，你們讓有可能發病的汪靜雯一個人待在家中？」

「那又怎麼了？她又不是三歲小孩，非得要人時時刻刻陪在身邊嗎？」

電話那頭有好幾秒沒傳出聲音，就在汪興宇想結束通話時，聶冷焦急地問：「你們離開的時候，她有沒有說一句，『爸、媽，求求你們，別離開我』？」

汪興宇一怔，愣愣地回道：「你怎麼曉得她說了這句話？」

「她眞的說了這句話？」聶冷的語氣透出前所未有的緊張，大叫道：「糟了，你是不是正在開車？快檢查煞車靈不靈！」

汪興宇不由自主地照辦，右腳踩到煞車上，心裡一下涼了——汽車完全沒有減速。也在這時他才發現，車速越來越快了。

腦子裡嗡的一聲，徹底亂了，手機從手中滑到腳邊。他慌亂地想降低車速，卻絲毫不起作用，「糟糕，車子被動了手腳，減不了速！停不下來！」

董琳大驚失色，腦子也炸開了，意識到情況非常不妙。突然聯想到汪靜雯以前曾是汽車銷售公司的技術人員，算是汽車方面的行家，不由尖叫道：「肯定是剛才我們在房間裡收拾東西的時候，她對車子動了手腳！該死的！」

時速已經突破一百公里了，汪興宇從沒開過這麼快的車，心臟怦怦狂跳著，手忙腳亂。看著身邊的車輛和景物如利箭般穿梭而過，只覺死亡的陰影證兜頭籠罩過來。這當口，一輛裝滿貨物的大貨車迎面駛來，汪興宇大叫一聲，方向盤猛向左甩，車子如脫韁的野馬般衝出濱江路防護欄，射入滾滾江水，激起巨大的水花……

16

殘酷的眞相

「喂？喂……喂！」

聶冷舉著電話聽筒焦急地呼喊，但那頭只傳來稀哩嘩啦的聲音，緊接著就是一片盲音。他知道自己推測的狀況眞的發生了，不禁猛力一捶桌子，「該死，果然出事了！」

陪在旁邊的秦醫生急迫地問：「出什麼事了？汪興宇夫婦眞的把汪靜雯又逼瘋了？」

聶冷急促地點了下頭，「更糟糕的是，汪興宇夫婦可能已經遇害了！」

秦醫生驚恐地捂著嘴，「汪靜雯難道又像當年殺死她丈夫那樣，把她的公公婆婆……」

「不！」聶冷焦躁地擺手，「汪興宇夫婦用盡手段使汪靜雯記起以前的事，隨後開車離開，打算棄她而去。但他們不知道，汪靜雯還有另外一手！她肯定趁他們沒注意的時候，偷偷對車子動了手腳。該死的！和我猜的一模一樣，我就知道又會發生這種事！」

秦醫生除了驚愕，同時也感到疑惑不解，「聶醫生，你怎麼猜得到汪靜雯會這麼做？」

聶冷長歎一口氣道：「小秦，妳來療養院只有短短幾年，不知道以前發生的一些事。十多年前，一個只有十四歲的女孩被查出患有間歇性精神病，送到這裡來進行治療，她的主治醫師就是我。女孩的病情並不十分嚴重，也沒有攻擊性行爲，只是有些精神混亂，口中不斷地重複一句話：『爸、媽，求求你們，別離開我。』」

「爲了找出病根，我查了她的身世和經歷，發現在她被送到精神病院前不久，她的父母都在一場車禍中身亡。我感覺事有蹊蹺，便向知情人士打探，從他們口中了解到，這個女孩的父母得知女兒患有精神疾病，十分失望厭惡，決定棄她而去。那晚，他們駕駛的汽車因爲速度過快，與另一輛車相撞，這對夫妻當場斃命……小秦，聽到這裡，妳應該明白了吧？」

「那個女孩就是汪靜雯！」秦醫生神情駭然，「這麼說，她的親生父母也是被她謀害的？」

「一切都是我的猜測，我沒有任何證據能證明汪靜雯對她父母的車動了手腳，再加上那時她處在發病期間，就算是她做的，也不具備刑事責任能力，這件事就這樣不了了之。而汪靜雯——哦，她當時還叫郭靜雯，在療養院治療了幾個月之後，就完全康復了，又像正常人一樣回到社會之中。直到五年前，她因爲『那件事』再度發病，又被送進療養院來。而我，仍然是她的主治醫師。」

秦醫生什麼都明白了，「汪靜雯的公公婆婆把她逼得精神混亂，再次發病。得知他們決定棄她而去，她的思緒一下子回到了十多年前被父母拋棄的那一天，於是故技重施，又釀成一場慘劇。」

聶冷倏地從椅子上站起來，「我們不能再在這裡分析、討論了，汪靜雯此刻還一個人在家中，誰也不能保證她又會做出什麼事來，我得馬上趕到她家去！」

聶冷匆匆地離開辦公室，開著車，風馳電掣地趕往汪靜雯家。

門鎖著，他重重地捶了好久的門，又大聲呼喊，裡面沒有任何回應。他心急如焚，趕緊撥打一一〇，警察趕來後，他將情況說明，警察強行打開門，他第一個衝進去。

客廳的沙發上，汪靜雯像小貓一樣蜷縮成一團，頭髮凌亂，不停地晃著腦袋，全身如篩糠似的猛抖著，一雙驚懼的眼睛瞪著闖進門的這些人，神智不清地念叨著：

「求求你們，不要傷害我……不要，不要傷害我……」

一個警察想走過去，被聶冷用手勢制止。他緩緩地上前，蹲在她面前，柔聲說：

「靜雯，是我，我是聶醫生。」

汪靜雯緊張地注視他，一臉懷疑，像是已經把他完全忘記了。

聶冷心中一陣疼痛，勉強抑制住情緒，又道：「靜雯，我是聶醫生。我知道，妳是認得我的，對嗎？別害怕，我是來救妳的。妳現在安全了，沒有任何人能傷害妳了……」

過了好久，汪靜雯終於有了反應，慢慢直起身子，凝望著他，突然一下撲過去，放聲大哭。

聶冷的心猛烈抽搐，閉上眼睛，在心中默默念道——

靜雯，妳終於又回到我身邊了。

淚水流了下來，甚至有些悔恨，但他不敢說出來，不敢對任何人說，只有在心裡一遍一遍地道：靜雯，別怪我，別怪我。我知道，這一切都是我的錯。妳公公婆婆說要把妳接回去的時候，我就已經猜到他們想幹什麼了，但我還是把妳交給了他們。因爲妳不發病，我就沒有機會再見到妳。現在好了，妳終於又回到了我身邊，起碼很長的一段時間，我們又能夠每天在一起了。

汪靜雯穿著素淨的病人服，靜靜地坐在窗前。

聶醫生拿著一些藥片，端著一杯溫開水，走到她身邊，輕聲說：「來，靜雯，把藥吃了。」

她聽話地把藥乖乖地吞下去，聶醫生微笑道：「嗯，就是要這樣積極地配合治療，才能迅速康復。」

汪靜雯淡淡一笑，「當然要積極配合了，我可沒有忘記你對我說過的話。你說，外面的世界在等著我，那裡有我的新天地。」

第二個故事之後

01

徐文的故事講完了，最後那緊張刺激的高潮和出人意料的結局，令眾人對這個其貌不揚、畏畏縮縮的中年男人刮目相看。而且有一點他做得很好，這個故事的整體結構和劇情設置，沒有任何一點和尉遲成的故事有雷同之處。

紗嘉以讚歎的口吻說：「眞沒想到，您身爲男作家，竟然能構思出一個對女性心理刻劃如此細膩的故事。」

徐文頷首道：「過獎了。」

「確實是個好故事。」夏侯申說：「那麼，我們開始評分吧。」

北斗正準備去拿紙和筆，忽然想起還有一個人沒來，指著尉遲成的房間問道：「尉遲先生怎麼辦？」

說完這話，在場人才想起這回事來。

夏侯申看了下手錶說：「已經十點半了，他怎麼在房間裡待了這麼久？」

「也許睡了吧。」白鯨說。

「要叫他下樓嗎？」北斗詢問。

「還是叫一聲比較好，要不然，說不定他會覺得我們完全不尊重他的意見。」龍馬說。

「那我去喊他。」北斗從椅子上站起來。

龍馬說：「我跟你一起去。」

北斗點了下頭，兩人一起朝二樓走去。

來到尉遲成的房間門口，北斗敲了敲門，喊道：「尉遲先生！」

沒有回應。

北斗又用力地敲了幾下，還是沒反應，於是扭頭望著旁邊的龍馬。

「我試試。」龍馬幾乎是捶門了，大聲喊道：「尉遲先生，請開門！」

捶了好久的門，裡面還是沒傳出一絲聲音。

北斗感覺不對了，不安地說：「他不會是出什麼事了吧？」

這時，大廳裡的人都站了起來，夏侯申問道：「怎麼回事？」

龍馬說：「我們使勁兒捶門，又大聲喊他，可裡面連一點反應都沒有。」

夏侯申眉頭一皺，道：「我上去看看。」

其他人都跟著他一起走上二樓。

夏侯申用他紫色的大拳頭用力擂門，高聲咆哮道：「尉遲成！你在裡面嗎？開門！」如此持續了一、兩分鐘，他回過頭，惶然地望著身後的人，「他可能真的出什麼事了！」

幾人都露出驚惶的表情。南天注意到，徐文的呼吸變得急促，身體不自覺地顫抖起來。

「怎麼辦？我們撞門吧！」北斗提議。

「好，我倆一起把門撞開！」夏侯申點頭。

兩個男人朝後退了幾步，夏侯申口中喊著號令：「一、二……」數到「三」的同時，他倆一起用力朝木門撞去。

轟的一聲，門被撞開，夏侯申和北斗收不住勢，踉蹌著朝前撲。還沒站穩，就聽到身後傳來千秋撕心裂肺的尖叫。兩人抬起頭定睛一看，嚇得倒吸了一口涼氣。

正對著房門的布沙發上，尉遲成坐在上面，頭朝一邊耷拉著，胸口插著一把水果刀。他渾身是血，將沙發和地板染紅了一大片。此刻，血已經凝固了，他顯然已斷氣多時。

目睹這一場景的人都嚇得目瞪口呆，紗嘉驚叫著撲向南天，將臉扭向別處。南天也震驚得腦子裡一片空白。

衆人當中，最冷靜的是克里斯，他走到尉遲成的屍體前，仔細觀察了一陣子，又捏了捏屍體的手臂和大腿，說道：「看這樣子，他起碼死去五、六個小時了。」

「你怎麼知道？」萊克問。

克里斯說：「他全身都僵硬了，屍斑融合成大片，嘴唇開始皺縮——所有的跡象都表明他死了六個小時以上。」

龍馬走上前來察看片刻，說道：「克里斯的判斷沒錯，尉遲成確實死了好幾個小時了。」

千秋打了個冷顫，問道：「你們……怎麼這麼了解？」

「作爲一個推理懸疑作家，對死亡時間的推斷是一種常識。」龍馬回答。

「等等，你們說他已經死了五、六個小時，可是……這怎麼可能？」紗嘉驚恐地捂住了嘴。

「怎麼了？」她身邊的歌特問。

「我記得，七點過一點的時候，北斗到尉遲先生的房間門口去叫他，他那時不是還說有點不舒服，不想下來嗎？」

「對啊！」夏侯申說道：「講故事的時候是七點過幾分，而現在是十點四十分，才過去三個多鐘頭。既然七點十分的時候，尉遲成跟北斗說過話，證明他那時還是活著的，就算後來被殺，怎麼可能已經死亡五、六個小時了？」

萊克望著克里斯，「你們會不會判斷錯了？」

「不，他們沒有錯。」荒木舟不知什麼時候也站到了沙發前面，望著屍體說：「如果死亡時間只有三個多小時，不可能出現這麼大面積的屍斑。」

夏侯申望向北斗，「你當時聽清楚了嗎？你眞的聽到他跟你說了話？」

北斗額頭沁汗，神情駭然，「我的確聽到了啊！他好像是說他有點疲倦還是有點不舒服，記不清了……但我敢肯定，他跟我說過話！」

白鯨凝視北斗，「當時只有你一個人去叫他，他是不是對你說過話，只有你才知道。」

此言一出，所有人都將懷疑的眼神投向北斗。

他完全慌神了，急迫地辯解道：「別這麼看我，我眞的聽到了……而且我幹嘛要說謊？這不是有意讓你們懷疑我嗎？」

「也許，你低估了我們，以爲我們判斷不出屍體的死亡時間。」暗火說。

「聽故事的時候，我一直和你們在一起，怎麼可能到二樓去殺人？」

「早在今天下午，你就把他殺了吧？」白鯨逼近他。

「難道，你就是『主辦者』？」歌特盯視北斗。

「不，不是！我跟他一點關係都沒有，我幹嘛要殺他？」北斗搖晃著腦袋，緩緩退到牆邊。

這時，龍馬突兀地問道：「北斗，你是不是看過我那本《逃出惡靈島》？」

北斗不知道他爲什麼會在這個時候問這種問題，呆了半晌，答道：「是啊。」

「那你告訴我，那本書講的是一個什麼樣的故事？故事的結局是怎麼樣的？還有，書中的男女主角與兇手，分別叫什麼名字？」

萊克問龍馬，「你問他這些幹嘛？」

龍馬做了一個「別打岔」的手勢，盯著北斗不放，「你回答得出來嗎？」

北斗定了定神，用五分鐘的時間將幾個問題流暢地答出來。

聽完回答，龍馬吐出口氣，說道：「他不可能是兇手。」

「爲什麼？」萊克和千秋一起問。

龍馬說：「我寫的《逃出惡靈島》這本書中，有詳細辨別死亡時間這樣的情節。假如北斗是『主辦者』，又看過這本書，不可能會認爲我連怎樣判斷屍體的死亡時間都不懂。他不會犯下這種低級錯誤。」

「對，對！龍馬說得很對，假如我是那個精心策劃這次事件的主辦者，才不會這麼蠢呢，這麼容易就被你們逮到！」北斗趕緊附和。

「可是，如果你說的是實話，現在的狀況該如何解釋？」白鯨不依不饒，「你在三個多小時前聽到尉遲成跟你說話，他的屍體卻表明他已經死亡五、六個小時了，難道是屍體在跟你說話？」

這話說出來，引發的恐怖聯想令在場的好幾個人都打了個冷顫。

「而且還有個重要的問題……」南天說：「如果尉遲先生在三個多小時前還活著，那麼是誰殺死了他？我記得徐文先生講故事的時候，我們十三個人，誰都沒有離開過座位，沒有誰有機會去殺人。」

「難道……在這棟大房子裡，還藏著另一個人？」紗嘉面色蒼白。

「如果是這樣，這場『遊戲』也未免太無聊了。我想，這不是那個主辦者想要的。」克里斯說。

暗火望著屍體說：「對了，殺死尉遲成的這把刀，是打哪兒來的？」

「顯然是被藏在一個秘密的地方，那地方只有主辦者才知道。」歌特說。

南天沉默了許久，說道：「我覺得，大家忽略了一個問題：尉遲成爲什麼會被殺死？」

衆人都望向他。

他神情嚴肅地說：「按之前的分析，那神秘主辦者的唯一目的如果是殺人，完全可以在我們昏迷的時候下手，不必大費周章地等到現在。如今尉遲成被殺，我覺得是有某種理由的，否則實在說不通。」

「那你認爲理由是什麼？爲什麼……」

千秋的話還沒說完，突然，房子頂端的四個音箱，傳出一道令所有人震驚的恐怖聲音。

「各位，我猜你們已經發現了尉遲成的屍體，並感到奇怪，對嗎？你們不明白他爲什麼會被殺死？那我就揭曉謎底吧！當然，是我令他出局的。爲什麼要這樣做？因爲他違犯了我定下的遊戲規則。」

克里斯微微張開嘴，喃喃自語道：「我明白了。」

音箱裡的聲音繼續著，「我一開始就把規則說得很清楚，相信各位沒忘吧？我告訴你們，『後面的故事絕不能和前面的故事有任何構思上的相似，或者劇情上的雷同』，我還告訴你們，最後遊戲的勝者，能將他聽到的十四個故事和他經歷的這件事本身寫成一部書。換言之，你們的經歷，實際上就是我的故事的內容，而這個故事早就開始上演了。」

「尉遲成的故事很棒，連我都爲之折服，但他顯然忽略了這個問題。他認爲自己是第一個講述者，可以使用一切題材，卻忘了自己是我這個故事中的一個角色。他使用的『暴風雪山莊模式』確實經典，偏偏犯下了致命的錯誤——在我的故事裡，你們就正好處於封閉的『暴風雪山莊模式』之中！所以，很遺憾，爲了告誡後面的諸位，我只能按規則行事。希望各位不要再犯這樣的錯誤，晚安。」

02

聲音消失了，站在走廊和房間裡的十三個人凝固在原地，瞠目結舌，毛骨悚然。

過了好一陣子，夏侯申重重地吐出一口氣，歎道：「該死，我們早該想到這一點的！」

「現在後悔已經晚了，特別是……」白鯨望了一眼屍體，「對於尉遲成來說。」

「喂，你們有沒有發現一個問題？」萊克惶恐地說：「這傢伙……我是說，這個主辦者，他了解我們的一舉一動，他甚至聽了尉遲成的故事！」

「他本來就在我們當中，你忘了嗎？」暗火提醒道。

「可是，他是怎麼錄音的？假設他第一次跟我們說話，是播放早就錄好的內容，那這一次該怎麼解釋？他剛才說的那番話，只有在昨天的故事講完之後，才錄得了啊！」

「對啊，這裡又沒有錄音設備，他在哪裡錄的音？」暗火說。

「我覺得，這棟房子裡眞的存在另一個人。」紗嘉害怕地縮緊身體。

「不，既然能莫名其妙地冒出一把水果刀來，那錄音器材也不難解釋。」南天說：「我猜，這棟房子大概有密室。」

這時，站在他身邊的徐文突然像篩糠一樣猛抖起來，失控地大喊道：「我就知道要出事！我昨天就預感到了，果然出事了！」

他一把抓住南天的手臂，整個人不停地顫抖，「下一個就是我了，那個人不會放過我的，我知道！」

南天不明白他爲什麼會懼怕成這樣，安慰道：「徐文先生，別擔心，你今天晚上講的故事並沒有和前面的故事雷同，主辦者沒有理由殺你。」

「不，不……」徐文搖晃著腦袋，「你看看那具屍體……」

南天愣了，和其他人一起望向尉遲成的屍體，又望向徐文。

「他的死法，跟我講的故事裡的角色……幾乎一樣！」

這句話猶如一輛迎面開來的卡車，猛力撞向南天，令他呆若木雞。

對了，剛才徐文講的那個叫「鬼影疑雲」的故事裡，汪洋被水果刀刺入胸口時，人就在沙發上！

這一次，連一向冷靜的荒木舟都震驚得張大了嘴，「如果尉遲成眞是在五、六個小時之前就被殺死，這段『劇情』顯然發生在徐文所講的故事之前……」

徐文臉上已經沒有一絲血色了，聲音中混合著無窮無盡的驚悸和恐懼，「那個『主辦者』會不會認爲……這也是一種情節上的雷同？如果他眞這麼認爲，那我……那我……」

這時，荒木舟突然厲聲問道：「爲什麼你講的故事情節，會跟尉遲成的死法幾乎相同？」

「我不知道！」徐文恐懼地抱住腦袋，尖聲道：「那是我臨時想出來的故事，除了我之外，沒有任何人知道內容！我不曉得爲什麼會這麼巧，他的死法竟然會跟我設定的情節如此相似！這眞是……太可怕了！」

說完這段話，他大叫一聲，腦子裡那根一直緊繃著的神經終於斷掉了，當著巨大恐懼感的壓迫，白眼一翻，昏了過去。

「徐文先生！」南天一步上前，一把將徐文扶住，同時打了個冷顫，似乎那份恐懼傳染到了他身上，令他遍體生寒。

夏侯申走過來，將徐文的一隻胳膊搭在自己肩上，「先把他扶到房間裡去吧！」

南天點了下頭，兩人一起架著昏死的徐文，朝他的房間走去。餘下的人都不想再待在這個有一具可怕屍體的屋子裡，紛紛跟著退出來。北斗用床上的被子蓋住尉遲成的屍體。待所有人離開，龍馬將房門反鎖帶攏。

夏侯申和南天把徐文抬到他房間的床上，兩人一起吐了口氣。夏侯申正要離開，南天問道：「我們就這樣讓他躺在房間裡，合適嗎？」

夏侯申說：「他只是受了點驚嚇，沒什麼大礙。等他躺一會兒，應該就會醒過來。」

「我不是擔心他昏迷不醒……」南天遲疑著說：「我是怕不安全。」

「你害怕他成為下一個受害者？」站在門口的白鯨道。

南天點頭，眉頭緊蹙，「不管是巧合還是怎麼回事，他講的故事和我們遇到的情況出現了『雷同』，遇害的可能性相當高。」

「那怎麼辦？總不能一直守著他吧！」萊克說。

夏侯申思忖著說：「把他一個人留在房間裡確實很危險，就算違反了那該死的

『遊戲規則』，我們也不能任由兇手下手。這樣好不好？今晚大家輪流守在這裡。」

歌特皺著眉頭說：「不是我不同意這個提議，只是……如果守在這裡的那個人，恰好就是兇手呢？」

「真要是那樣，凶手也不敢下手，否則身分就暴露了。」夏侯申說。

就在他們猶豫不決的時候，一個冷冷的聲音說道：「容我提醒你們一件事，別輕易地把某人定位為『受害者』，說不定看起來最無辜的人，恰好就是隱藏得最深的人。」

幾人回頭望向說話的荒木舟，千秋詫異地問：「你認為……徐文有可能在演戲？他若真是主辦者，怎麼會讓形勢發展到對自己不利？」

「我沒說他是主辦者，我只是提醒你們，不要輕易地根據表象做判斷，從而放鬆對某人的警惕。那樣等於是幫了真凶的忙。」荒木舟頓了頓，「尉遲成遇害這件事尚有許多疑點，在弄清楚之前，誰是羊，誰是虎，都是不確定的。」

荒木舟說這番話的時候，靠在床頭的南天無意間瞥了躺在身邊的徐文一眼，發現他的眼皮微微抬了一下。

怎麼回事？難道他已經醒過來了，卻在假裝昏睡？或者，這只是昏迷中無意識的舉動？

南天愕然地盯視床上的徐文，沒再發現什麼不妥，一時難以判斷。

千秋問道：「那我們到底該怎麼辦？」

「其實很好辦。」荒木舟說：「遊戲還是要繼續下去的。我們現在先下樓去，替徐文的故事評分，之後再上來把他叫醒。然後嘛，就只能提醒他小心謹慎，好自爲之了。」

在場人都沒有異議，按照他說的去做。

評分，統計，計算平均分，徐文講的故事最後得到了八．七分。

大家又去到他的房間，把他叫醒，告知結果。徐文沒有對此做出半點反應，只是蜷縮在床上，用被子緊緊裹著身體，瑟瑟發抖。很顯然，他對自身性命的擔憂，遠勝於對分數的關心。

十一點半，折騰了一整夜，經歷了第一起死亡事件的衆人感到惶惶不安、身心俱疲，分別返回房間休息。

第三天

在這裡的第三天，是相對最平淡的一天。

也許是大家都還被尉遲成的死亡陰影籠罩著，一整天，餘下的十三個作家幾乎沒怎麼攀談交流，除了下樓拿東西吃，多數時候都待在各自的房間裡。所幸沒有什麼壞事發生，公認危險係數最高的徐文也平安無事。不過，吃晚餐的時候，他當眾宣佈了一個決定。

「不是我不尊重後面的作家，只是我心中的恐懼驚駭夠多了，已經讓我夜不能寐，實在是沒心情再聽什麼恐怖故事。很抱歉，以後晚上的講故事活動，我就不參加了。」

說完這番話，他不等旁人做出反應，逕自拿起食物回了房間。

大廳裡的十二個人望著他的背影，無言以對。好一陣子後，南天說：「算了，由他吧。他心裡的恐懼確實比我們更甚。」

「我覺得他現在完全就像驚弓之鳥。」龍馬歎息道：「上午我想去找他說說話，緩解一下他的心理壓力。誰知道他只是聽到敲門的聲音就嚇得叫起來，也不聽我說明來意，一個勁兒地要我走，我只有離開。」

「他這樣，早晚會把自己嚇出病來。」紗嘉擔憂地說。

「其實，在尉遲成死之前，他就表現出了遠甚於其他人的惶恐和焦慮，還跟我說預感到昨天晚上會出事，沒想到眞的出事了。」南天感歎道。

「他早就預感到了有人會死？那他怎麼不告訴我們！」千秋不滿地望著徐文的房門，「他不會是又預感到了什麼，所以一個人躲起來吧？」

「人眞的有預知危險的能力嗎？」紗嘉面露訝異，「我還以爲這種事只會出現在我們創作的小說裡。」

她身邊的夏侯申有些不以爲然，「這就算怪事嗎？那聽了我一會兒要講的故事，你們恐怕會覺得更不可思議。」

克里斯感興趣地問：「聽起來，您要講一個眞實的故事？」

夏侯申頷首道：「的確如此。我要講的這個故事，是根據我一個朋友的親身經歷改編的。這件事，可以說是我所聽到過的，在現實生活中發生的，最恐怖詭異的一件事。」

「是嗎？那您趕快講吧。」北斗被激起了興趣。

夏侯申看了一下手錶，「現在才六點三十五分，還沒到七點。」

「沒關係，提前一點開始也可以啊。」北斗說。

夏侯申搖頭道：「算了，我還是嚴格按照那遊戲規則來吧。」說著轉過身，拿起一顆蘋果，咬了一口。

急性子的北斗無可奈何，只能乾著急。

接近七點，眾人再次圍坐在那一圈皮椅上，這次只剩下十二個人。

夏侯申相當沉得住氣，他一直看著手錶，見時針與分針準確地指向七點正，他開口道：「我開始講了，這個故事的名字叫『謎夢』……」

第三天晚上的故事：

謎夢

序篇

首先，我要說三件事：

一、請你一定要相信，我這麼做是迫不得已的。

二、請勿在深夜閱讀這個故事。如果你不聽勸告，堅持這樣做了，對於後果，我概不負責。

三、這不是一個普通的故事，知道了它，意味著你將陷入某種危險。

也許你聽得雲裡霧裡，完全不明白我在說些什麼。那麼好吧，我再說得透徹一點：現在就把書合攏，去看電視、去上網，或者出去逛街吃飯，都是無比正確的選擇。

明白了嗎？別看這個故事——這是我最後的忠告。

1

被惡夢纏身的學生

事情得從那天下課後說起。

我是一個高中心理學老師。你知道，就是那種每週只會出現在你的教室一次，上一節不痛不癢的心理學課的那種老師。我所在的高中跟全國所有的高中一樣，只重視應考學科。至於心理學這種不列入考試範圍的科目，永遠不會受到學校的重視。我的身分顯然處於一個非常尷尬的狀態，但還好，不是所有的學生都這麼認爲。

那天我結束了上午第四節課，回到辦公室，坐下來休息一小會兒，喝了幾口茶，便準備下班回家。不想就在起身離開的時候，看到高一十二班的藍田宇出現在辦公室門口。

他是那種在班上沒沒無聞的老實學生，幾乎沒有任何特徵，我能記起他，純粹是因爲他有個特別的姓。此刻，他保持著一貫的靦腆和內向，神色焦慮地站在那兒。我意識到，他遇到了某種困擾，想找我談談。

替學生做心理諮詢，正是我的另一項職責。這是相當平常的事，每天都差不多要接待一兩個這樣的學生。但我無論如何也想不到，這次看似平常的會面，竟會引發出一連串無法解釋的詭異事件。

我重新坐到籐椅上，帶著職業心理諮詢師的標準笑容招呼他，「進來吧，藍田宇。」

他遲疑地望了我幾眼，緩慢地走進來，站在我面前，低著頭。

他首先需要的是放鬆，我很清楚。

「別像犯了什麼錯一樣地站著。」我的語氣和藹親切，從旁邊拖了把椅子過來，「來，坐下來說，你找我有什麼事？」

藍田宇依言落座，面上始終是那種焦慮不安的表情，眼神甚至傳達出了恐懼，和一般青春期少年遇到困擾時的表現有些不同。

我在心中揣測著他遇到了什麼事，沒有催他說話。

好一陣子之後，他才開口道：「于老師，我是住校生，這幾天晚上……遇到了很不可思議的事。我不知道該怎麼理解，想找您談談。」

我點點頭，「說吧。」

「已經三天了……連續三天晚上，都發生了這樣的狀況……」他嚥了口唾沫，身體不自覺地打了個顫，像在回憶某種可怕的經歷。

我的好奇被勾起，盯著他問：「到底發生什麼了？」

藍田宇的臉白得沒有半分血色，「是這樣的，大前天晚上，不對，凌晨，我從一個恐怖的惡夢中驚醒，被嚇得心臟狂跳、冷汗直冒。于老師，我從來沒做過那麼恐怖的惡夢……我醒來之後，嚇得渾身發抖……」

我明白了，安慰他道：「這不奇怪，你們的學習壓力很大，人的大腦皮層如果長期處於緊張狀態，有時會做出十分可怕的惡夢……」

「不，于老師，我還沒說完。」藍田宇焦慮地打斷我，「問題的關鍵，不是惡夢本身。」

我微微張了下嘴，「那是什麼？」

「我有個習慣，睡覺的時候，會把手機放在枕頭邊。不管是半夜起來上廁所，還是爲了什麼別的原因醒過來，都會習慣性地看一下手機上顯示的時間。那天晚上被惡夢驚醒，我也像往常那樣看了手機，醒來的時間是凌晨四點十六分。」

我愣了半晌，問道：「怎麼了？四點十六分這個時間，對你來說，有什麼特殊意義嗎？」

「不，沒有……我當時只是隨便看了一眼，並沒有多想什麼。可是……」藍田宇又打了個寒顫，「接下來兩天晚上發生的事，簡直是匪夷所思——同樣的狀況居然連續出現了！」

我晃了下腦袋，沒聽明白，「什麼狀況在連續出現？」

藍田宇惶恐地說：「前天晚上，我又做了同樣的惡夢，並且再次被驚醒。我看了下時間，又是四點十六分。昨天晚上仍然如此，我從那個惡夢中醒來，全身都被冷汗濕透了，拿起手機，看到時間……」

「又是四點十六分？」我問。

「是的。」

「也就是說，你接連三天晚上都被同樣的一個惡夢驚醒，而且醒來的時間都是四點十六分？」

藍田宇用力點頭，焦急地提出一連串問題，「于老師，怎麼會有這種事情？我長這麼大，從來沒遇到過這樣的怪事！我到底是哪裡出問題了？這種現象在心理學上有什麼解釋嗎？」

我凝望著他，在心中迅速地做著判斷。其實已經大致得出結論了，但爲求愼重，還需要再問幾個問題，「能否描述一下夢境的內容？」

出乎我的意料，藍田宇搖著頭說：「我記不起來了。每次從夢中驚醒，都記不得夢的內容，只知道非常可怕。」

我抓出他的話裡存在的邏輯問題，「既然你連夢境的內容都想不起來，又怎麼知道一連三天做的都是同一個夢？」

「那是因爲……這三天晚上我驚醒後的感覺，都是一模一樣的。雖說記不起夢中具體發生了什麼，又有一些模模糊糊的印象……總之，我敢保證是同一個夢。」藍田宇知道我在質疑他，顯得有些窘迫，「我也說不清楚，也許……就是直覺吧。」

「好吧。」我不想再糾纏這個問題了，又問道：「這件事情，你除了跟我講之外，還跟哪些人講過？」

「就只跟睡在我上鋪的吳浩軒說過，他不以爲然，覺得只是巧合，叫我別放在心上。可是我不這麼認爲，這件事情肯定不尋常，特別是當我第三次，也就是昨天晚上從夢中驚醒，心裡有一種很不好的預感，就像……就像將要發生什麼事一樣。」藍田宇睜大眼睛看著我，惶恐地問：「您說呢，于老師？我遇到的怪事到底該怎樣解釋？這究竟意味著什麼，您知道嗎？」

是的，我知道，我在心中默默想著。但是，就如所有有經驗的心理諮詢師，我不會直接將患者的心理疾病告訴他本人，那樣也許會引起反感和牴觸心理。必須找出一個合適的方式，運用心理分析療法，去治療藍田宇的臆想症和強迫性神經症。

2

凌晨四點十六分

藍田宇離開我的辦公室之前，向我連聲道謝。但我知道，這個學生並未眞正理解自身的問題所在。

這是很正常的，即使餓著肚子跟他談了半個多小時的話，我也不可能通過僅僅這麼一次的談話，就治療好他的心理疾病。尤其當我暗示著，他碰到的這種狀況，其實只是大腦中的一些強迫性神經和幻想在作怪，我明顯從他的眼睛裡讀到失望和牴觸。

這個學生顯然不相信我的開導，但他很有禮貌，沒有直接表示出不信任，而是默默聽完了分析和建議，向我道謝，表示他會試著放鬆心情、減輕學習壓力。

當然，這些不是眞心話，他根本就不接受我的解釋。

目送藍田宇離開，我暗暗歎了口氣。看來，要想將他的心理疾病徹底治好，必須有一個比較長期的治療過程。

這天下午沒有課，我去健身房鍛鍊了一個多小時，又去書店逛了逛，買了幾本新書，之後就待在公寓裡讀書、上網。作爲一個二十多歲的單身漢，在空餘時間想做什麼就做什麼，最是愜意不過。

第二天早上，我一踏進校門，就意識到出了不好的事。

行政大樓前停著一輛警車，學生們聚集在操場上、走廊中，神色驚惶，議論紛紛。我從他們身邊經過，卻沒聽清他們在談論什麼。懷著滿腹狐疑進入辦公室，校長恰好在跟老師們說話，最後一句是：「總之，這件事情不可聲張，以免對學校形象造成負面影響。」

我趕緊湊過去問：「校長，出什麼事了？」

校長回過頭望了我一眼，歎了口氣，有些不情願地說：「我們學校的一個住校生，今天凌晨時，在寢室裡意外死亡。」

「啊！」我大為震驚，「是誰？」

「高一十二班的藍田宇。」校長皺著眉說：「好了，別再打聽這件事了，我剛才都說了，這件事情……」

「等等！」我像遭到電擊般抖了一下，「您說誰死了？藍田宇？高一十二班的藍田宇？」

校長和辦公室的老師們都愣了，顯然感覺到我的反應有些大。校長納悶地問：「是啊，怎麼了？你跟這個學生有什麼特殊關係嗎？」

我張了張嘴，想告訴他們昨天中午藍田宇來找我諮詢的事，但沒說出來——我無法只用三言兩語解釋明白那件怪事。況且現在，有更值得關心的問題。

「校長，他是怎麼死的？」

「好像是死於過度驚嚇導致的心肌梗塞，具體情況我也不怎麼清楚。」

我愣了愣，想起昨天藍田宇說的那件怪事，腦子裡猛地產生一個詭異的念頭，「校長，您說藍田宇是今天凌晨死的，可知道具體的死亡時間？」

「聽那個叫康瑋的法醫說，死亡時間是在凌晨四點到四點半之間。」說到這裡，校長愈發狐疑，「于老師，這個藍田宇到底跟你是什麼關係啊？你問這麼詳細幹什麼？」

我完全沒理會他的問題，一聽到「康瑋」這個名字，忍不住叫了出來，「啊，法醫是康瑋？謝謝你，校長！」

康瑋是我的高中同學，一直和我保持著聯繫，本來以爲他的職業和我不挨邊兒，沒想到現在有了方便的時候。

我衝出辦公室，拿出手機，撥通康瑋的號碼，不一會兒就聽到熟悉的低沉嗓音，

「喂，是于陽嗎？」

「是我。」我開門見山，「跟你打聽個事，康瑋，今天你是不是來我們學校驗了一具屍體？一個學生，叫藍田宇。」

「嗯，是的。怎麼了，你跟他是什麼關係？」

「就是師生關係。」我不想詳細解釋，急迫地想要知道某些問題的答案。「我想問問，他的具體死亡時間。」

「凌晨四點到四點半之間。」跟校長說得完全一樣。

「能再精確一點嗎？」

他笑了一下，「現今的法醫技術可做不到精確至哪一分哪一秒，能把死亡時間推定在半個小時以內，已經算是很精確了。」

我有些失望，沒有回話。

康瑋像是感覺到了我的情緒，沉默了一會兒，又道：「不過，我聽睡在死者上鋪的一個同學說了些情況。他是最先發現出了事的人，說當時看了一下床邊的電子鐘，知道確實的死亡時間。但你曉得，我們法醫不能以這個作為憑據來推斷，頂多當作參考。」

「沒關係，告訴我吧！那學生是什麼時候死的？」

「那個同學說，當時電子錶上顯示的時間，是四點十六分。」

康瑋說著，聲音平和、語氣平淡，意識不到這句話能帶給我多大的衝擊和震撼。

四點十六分——我聽著這幾個字，腦子裡嗡一聲炸開。毫無疑問，這句話證實了心中最可怕的猜想，一種詭異莫名的恐怖感在一瞬間遍佈全身，使我呆若木雞，動彈不得。

「喂，于陽……于陽？你怎麼了？」

康瑋的聲音將我從恐懼的想像中拉扯回來，我定了定神，問道：「那學生是死於過度驚嚇導致的心肌梗塞，對嗎？」

「是的。」

「那你知不知道，他是受到了怎樣的驚嚇？」

「這我就不清楚了，聽睡在他上鋪的同學說，睡夢中忽然聽到床下發出一聲驚叫，以爲下鋪的做惡夢了，就俯身叫他，結果沒有回應。下床來一看，發現死者瞪著雙眼、大張著嘴，表情扭曲恐怖，已經沒氣了。不用說，那個睡上鋪的嚇了個半死，趕緊把寢室裡的另外兩個人叫醒，然後他們就通知了舍監。」

「你的意思是，藍田宇有可能是被惡夢嚇死的？」我的額頭不知不覺滲透出一層細密的汗珠。

「我不確定，有這個可能。」

「會有這種事情嗎？我的意思是，人會被惡夢嚇死？」

康瑋頓了片刻才說：「這種事情我還真的聽說過，但極其罕有。不過，我說了，這只是一種可能，我不能確定他是不是在夢中被嚇死的。」

我的大腦急速轉動，卻像被塞進了一團亂麻，毫無頭緒。這時，又聽到康瑋說：「對了，于陽，我想勸你一句：要是可能的話，最好換個工作，我覺得你們學校那塊地的風水不怎麼好。」

我聽得一頭霧水，「什麼？」

康瑋說：「我們習慣把在同一個地方發生的案件的檔案整理在一起。我今天放藍田宇的檔案，發現了一個很久以前的檔案袋，才知道原來你們學校那個地方，十一年前也出過事。」

「啊？那個時候我還在讀書呢。怎麼，難道十一年前也發生過學生意外死亡之類的事件？」我難以置信。

「不，不是一回事。是有學生失蹤……」康瑋說：「你忘了嗎？以前那個地方還不是現在這所高中，是一所破舊的小學。因爲實在太舊了，校方就針對幾棟校舍進行了整建。學校當時既在上課，又在施工，有些混亂，結果管理出了疏漏，一個一年級的小男生上完了體育課，居然就像人間蒸發一樣消失了。學校裡的人把校園搜了個底朝天，愣是找不著，警衛又堅持說絕對沒看到學生偷跑出去——你說，這不是怪事嗎？」

聽到這裡，我有些明白了，「就是因爲出了這種事，後來那所小學遷走了，改建成了高中？」

「是啊，哪想如今居然出了更嚴重也更不可思議的事，住校生莫名其妙地在睡夢中死了！所以我才說，也許是這塊地方的風水不好，換去換來都要出事……」

康瑋還在繼續說著，但他後面說的內容，我幾乎一個字都沒聽進去，只反覆想著一個問題……

藍田宇眞的是「莫名其妙」地在睡夢中死亡的嗎？還是有什麼意想不到的原因？

接連三天晚上都被同樣的惡夢驚醒，而且醒來的時間都是四點十六分。

我默默回憶藍田宇說過的話，渾身汗毛直豎。

3

另一個學生

藍田宇死亡的陰影籠罩了我整整兩天，這兩天裡，我就像是患了強迫症一樣，不斷地思索著這件詭異的事。直到後來一遍遍地告訴自己，事情都過去了，不值得再去深究，生活才稍微回到正軌上來。

學校也是一樣，校方對這件事情控制得很好，沒有讓消息鋪天蓋地地渲染出去，一切漸漸歸於平靜。

幾天後，星期六的下午，我上完課了課（我所在的這間高中星期六也要上課），正計劃著該怎麼安排週末，高一十二班的班導師劉老師找了過來。

「小于，有件事想麻煩你。」年過五旬的劉老師爲難地說。

「請說，什麼事？」

「是這樣的，我們班上的一個學生，叫吳浩軒，這幾天都沒來上學，我想麻煩你去他家裡跟他談談，讓他回來上課。」

我正想問那學生爲什麼不來學校，忽然覺得吳浩軒這個名字十分耳熟，好像前不久曾聽誰說起過。稍加思索，猛地一震，想了起來——高一十二班，正是藍田宇所在的班級，那天他來找我時，提過這個名字。

「這個吳浩軒是不是跟藍田宇住同一個寢室，而且就睡在藍田宇的上鋪？」我急切地問。

「是的，原來你知道啊！」劉老師的表情透出焦急，「藍田宇在寢室裡意外死亡，就是吳浩軒最先發現的。他被嚇壞了，出事之後，立刻請假回了家，不肯再來上課。我往他家裡打了好幾次電話，他爸媽說他一直把自己關在房間裡，一步都不出來，顯然受了很大的刺激。小于，我看吳浩軒肯定是因爲那件事產生了嚴重的心理陰影，所以才來麻煩你這個心理學專家，請你去開導他，讓他回來上課，一直這樣下去可不行啊！」

「他會不會是害怕回來之後，還要住那間死過人的寢室，所以不願意？」

劉老師瞪著眼睛說：「你以爲那間寢室發生了這麼可怕的事，現在還有學生敢住在裡面？校方早就安排那幾個住校生搬去別的寢室了。可就算這樣，吳浩軒依然不敢回來，所以我覺得跟這個沒關係。」

「好的，我明白了，明天我就上吳家走一趟。」我點頭道：「您把他家的地址和電話告訴我吧，我先跟他的家長聯繫。」

「好的，謝謝你了。這是他家的地址和電話，我已經抄到這張紙上了……」

劉老師走後，我沒有立刻打吳浩軒家裡的電話，而是短暫地思考了片刻。

那天中午藍田宇來找我時，我曾問過他，他在四點十六分被同一個惡夢嚇醒這件事，除了我之外，還跟誰說起過？他說，他還告訴了一個人，那個人正是吳浩軒。

現在，吳浩軒竟然連學都不敢來上，真的只是因爲受到了驚嚇？還是有更深一層的原因？爲什麼他的懼怕感遠遠甚於同寢室的另外兩人？

要想得到這些問題的答案，除了和吳浩軒當面談話之外，別無他法。

4

凌晨四點十七分

「啊，是于老師，快請進，快請進！」

吳浩軒的母親熱情地把我迎進家中。我剛坐到沙發上，吳浩軒的父親便將一杯熱茶雙手端到我面前。兩人恭敬且充滿期盼的態度使我明白地意識到，他們兒子的狀況已是十分糟糕。

我省去無謂的寒暄，直接問道：「吳浩軒呢？還是在他的房間裡？」

「唉，可不是嗎？」他母親焦慮地說：「這孩子自從三天前經歷了那件事，就像中了邪似的，學也不去上，整天就縮在房間裡發呆。這樣下去怎麼得了啊？我和他爸眞是愁死了。」

「你們沒找他談談嗎？」

吳浩軒的父親歎息道：「談了，可他要不就不搭腔，要不就說些根本聽不懂的、莫名其妙的話。我們眞的很擔心，怕他受到的刺激太大，精神出問題。」

「于老師，您是心理學專家，您肯親自到我們家來跟浩軒做心理輔導，眞是太感激了，這正是求之不得的事啊！」

「是啊，于老師，現在就只有靠您來開導這個孩子了。」

我向這對面容焦慮、一籌莫展的夫婦點了下頭，「我會盡全力開導他的，請帶我到他的房間去。」

「好的，于老師，您這邊請。」

我跟隨吳浩軒的父母走到一扇緊閉的房門前，他們敲門的同時，我在心中苦笑了一下，沒想到原本計劃的美妙週末會是這樣度過。本來，下午打電話的時候，盤算的是約星期天做家訪，但這對夫婦心急如焚的語調和迫不及待的懇求，讓我不得不答應晚上就來。

房門打開了，我看到吳浩軒，面容憔悴、精神萎靡，和印象中的陽光少年相去甚遠。

「浩軒，快招呼老師。」

還算好，他沒被嚇傻到連學校的老師都認不出來，聽到母親這樣說，呆呆地喊了一聲，「于老師好。」

我點了下頭，轉過身對吳浩軒的父母說：「你們去忙吧，我進房間跟他單獨談談。」

「好的，好的。」兩人連聲應允，一齊離開。

「可不可以邀請我進你的房間坐坐？」我露出微笑，用充滿親和力的口氣詢問。

吳浩軒沒有說話，默默地點了下頭，走到床邊坐下。我坐在他對面的一張椅子上。沉默了大概半分鐘，決定先用傳統的心理疏導法開導他。

「知道嗎？我們每個人都會經歷或目睹一些可怕的事，這並不奇怪。比如說我吧，在我讀大學的時候，曾親眼目睹一場極其殘酷的車禍。我敢向你保證，我當時看到的畫面，比你那天晚上看到的可怕一百倍。我那時也嚇傻了，可我知道，不能讓那件事情一直停留在腦海裡，所以立刻約了朋友出去散心，之後又看了一場喜劇電影。很快，我就忘掉了不愉快的事。浩軒，你爲什麼不試著這樣做呢？我聽說最近有部電影不錯，名字叫……」

「好了，于老師，別再說了。」吳浩軒打斷我的話，神情焦躁不安，「我很感激你對我的關心，可是你幫不了我的，你根本就不知道我……」

他說不下去了，眼中流露出一種似曾相識的恐懼感。那模樣，就跟三天前的藍田宇一模一樣。

我意識到事情不尋常了，而這正是我想要了解的，於是把身子往前探了探，說道：「沒錯，我確實不了解你恐懼的眞正原因，這正是我來你家的主要目的。浩軒，我到這裡來，爲的是傾聽你的煩惱和困擾，爲什麼不把一切都告訴我？」

吳浩軒神經質地搖著頭說：「不，你不會相信的。就算我說了，你也只會認爲我得了妄想症，或者是受到驚嚇，導致了神經不正常。就跟我爸媽一樣，他們根本不相信我說的話，只覺得我受了刺激，滿嘴胡言亂語。我知道，你們都會這樣想。」

我誠懇地凝視他，「不，我不會。我會認眞聽你說的話，而且相信你說的都是實話。」

吳浩軒臉色蒼白，身體似乎在微微顫抖，那是心中的恐懼所致。但他仍然固執地搖著頭，「于老師，我知道你是在引導我說話，以便看我的心理問題出在哪裡。你根本就不可能相信……會有那種事情……」

「那如果我告訴你，藍田宇死前跟你說過的事，他也跟我說過，你還會認爲我不相信你說的話嗎？」我終於拋出撒手鐧。

聽到這句話，吳浩軒猛地抬起頭，幾乎從床上跳起來，瞪圓了眼睛問：「于老師，你說的……是眞的？藍田宇也跟你說過他做惡夢的事？」

「是的。」我平靜地回答，「他還告訴我，這件事只跟你和我兩個人提過。」

吳浩軒激動起來，渾身顫慄不止，「于老師，那你知道這是怎麼回事嗎？藍田宇爲什麼會突然死亡？」

我搖了搖頭，「很遺憾，我並不清楚藍田宇爲什麼會在睡夢中死亡。」

「是嗎？」吳浩軒瞬間洩了氣，「這樣說來，你也幫不了我……」

我正色道：「不要老是這樣主觀臆斷，好嗎？你什麼都不告訴我，怎麼就知道我幫不了你？」

吳浩軒又望向我，我曉得他動搖了，語氣便溫和了許多，「說吧，你到底怎麼了？爲什麼經歷了藍田宇的事後，你會懼怕成這樣？」

「那是因爲……」他的嘴唇微微掀動，神情駭然，「從藍田宇死的那一天晚上開始，我也做起了惡夢。」

我暗暗地倒吸一口涼氣，努力維持面上的平靜，「你覺得，你做的惡夢跟藍田宇做的那個惡夢有關係？」

吳浩軒面無血色地說：「不止是有關係，我認爲，我和藍田宇做的，根本就是同一個惡夢。」

我凝視他，「憑什麼這麼認爲？藍田宇向你說過他做的惡夢內容？」

吳浩軒搖頭道：「不，他說他記不得夢的具體內容。」

「那你告訴我，你做的惡夢是怎樣的？」

吳浩軒的回答居然跟當初藍田宇的回答完全一樣，「我也記不起來了，被嚇醒之後，我總是一點都想不起來夢境的內容。」

「這怎麼可能？」我難以置信，「你既然是被嚇醒的，怎麼會連一點印象都沒有？而且才做過的惡夢，會忘得這麼快嗎？」

吳浩軒困惑地說：「這我就不曉得了，這不是我能控制的事。」

我無言以對，思忖片刻之後，又問：「既然你和藍田宇都記不得夢境的內容，那你根據什麼，認爲你們做的是同一個惡夢？」

聽到我這樣問，吳浩軒的呼吸在一瞬間變得急促，神情更加驚駭，「那是因爲……我發覺我和他有一個共同點，我們……都會在同一個時刻被惡夢驚醒。」

我再也無法佯裝平靜了，失控地叫了出來，「你是說，你也會在四點十六分的時候被驚醒？」

吳浩軒眉頭緊蹙，「唯一的一點不同，在於我醒過來的時間不是四點十六分，是四點十七分。」

我的後背一陣發麻，一股涼意冒了起來，渾身不寒而慄。

這件事情的怪異程度完全超越了理解範疇，尤其難受的是，我無法將震驚和恐懼淋漓盡致地表現出來，因爲我得爲面前這個學生著想。倘若讓他感受到我的恐懼，他的精神也許會徹底崩潰。

我強裝鎮定地問：「怎麼？你也有每次醒過來就看時間的習慣？」

「不，我是從知道了藍田宇遇到的怪事之後，才開始下意識地這樣做。」

「你這樣多久了？我是說，連續做了幾次那個惡夢？」

吳浩軒強迫自己將恐懼混合在唾沫裡，一起吞嚥下去，「就是從藍田宇死的那天開始的，連續兩天了。前天和昨天晚上，我都在四點十七分被惡夢嚇醒。」

我還想說什麼，他已經驚恐地喊起來，「于老師，這到底是怎麼回事啊？我今天晚上還會做那個惡夢嗎？然後……第四天晚上，我會不會也像藍田宇那樣，莫名其妙地死掉？」

我愣愣地望著他，對他提出的問題，一個字都回答不出來，也說不出諸如「這只是巧合，不要在意」之類虛假的安慰。但身爲心理學老師，我總不能表現得一籌莫展，只好對他說：「別想太多了，也許今天晚上你就不會再做那個惡夢了。」

他立刻反問：「今天晚上要是又做了呢？那意味著什麼？」

頓了一下，我說：「如果今天晚上又做了這個惡夢，那你明天一早就打電話通知我，具體的情況明天再研究。記得把事情往好的方面想，說不定只是多慮了，也許一會兒看看電影，或者是在睡前聽幾首比較舒緩優美的音樂，今天晚上就不會做惡夢了。」

大概吳浩軒心中也存在著一絲僥倖，他低下頭，囁嚅道：「好吧。」

我把手機號碼留給他，離開房間，向他的父母告辭。兩人問起自己的兒子到底出了什麼問題，我只能含糊其辭地說了一通，沒有告知眞正的原因。一方面是覺得他們不會相信如此詭異的事，另一方面也是不想嚇著他們。不管怎麼樣，等今天晚上過了再說吧。

5

預感

回到公寓，我感到身心俱疲，一大半是心理上的壓抑和惶恐引起的，另外也有愧疚。

從吳浩軒家裡出來的時候，他的父母親不僅對我千恩萬謝，還硬塞了些禮品給我。但我明白，自己根本沒能從實質上幫到他們的兒子多少忙。是的，吳浩軒一開始對我說的那句話是對的——我根本就幫不了他的忙。

好了，我不願再想這件事了。爲了調整情緒，先前建議吳浩軒做的那些事情，同樣適用於我自己。我先洗了個澡，接著打開電腦，看了一部美式幽默的惡搞片，強迫自己傻笑了一個多小時——不管怎麼說，心情確實好多了。十一點整，爬上床睡覺。

躺在床上，我還是忍不住想著，吳浩軒今天晚上到底會不會又做那個惡夢？答案只有明天才能揭曉了。

結果我錯了，答案揭曉得比預期還要快。

半夜時分，我睡得正酣，突然被手機鈴聲吵醒。迷迷糊糊地接起電話，聽到對方說的第一句話，睡意立刻消失。

是吳浩軒，他的聲音混雜著無窮的驚悸和恐懼，幾乎帶著哭腔，「于老師，我剛才……又被惡夢嚇醒了，果然又是四點十七分……」

我看了一眼手機上的時間，凌晨四點二十分，看來他是在驚醒後立刻打了這通電話。

電話裡，顫抖哭泣的聲音還在繼續，「于老師，那個惡夢……可怕極了……我到現在還在發抖，可是……我還是想不起夢的內容……我知道，肯定要發生什麼事了……就是明天晚上……于老師，我眞的好害怕，我該怎麼辦……」

充滿絕望的聲音令我的心逐漸下沉，一下子也變得手足無措，面對如此詭異的事情，實在不知道該說什麼好。想安慰他，卻怕自己的聲音聽起來更加慌亂，「你別慌，吳浩軒，你……讓我想想，好嗎？讓我想想。這樣，明天早上，我會聯絡你，到時候我們再慢慢聊。別著急，別哭……我想，一切都會好的……」

我就這樣語無倫次地跟他說著一些不著邊的勸慰的話，好歹是讓他稍微平靜了一些。

通話結束之後，我失眠了，躺在床上輾轉反側，前思後想，試圖把這一系列詭異莫名的事件以符合邏輯的方式串聯起來，並得出一個解釋。但這麼睜著眼睛想了大半夜，沒得出絲毫頭緒，只覺得越想越駭人，儘管裹著厚厚的被子，身體還是陣陣發冷，不寒而慄。

到了早上，我仍然想不出任何合理的解釋，更別說是解決的辦法。這使我感到爲難，明明答應了要打給吳浩軒，可是，這通電話打過去，我跟他說什麼好呢？老實告訴他，無法給予明確的解決和應對方法，豈不是會讓他感到更加絕望無助？而且，我也隱隱有種不安的預感——也許這件事情超出了正常人的認知範疇，不該涉入太深，否則極可能惹禍上身。

基於種種考慮，我沒有打電話給吳浩軒，意外的是，他也沒有打過來。我不清楚他現在是何種狀態，只有樂觀地認爲，他也許學會了怎樣自我調整，並在心中默默地祈禱他能平安無事。

就這樣，我在忐忑不安中度過了星期天。

6 凌晨四點十八分

星期一的早上，我剛來到辦公室，就聽到晴天霹靂的消息——高一十二班的吳浩軒今天凌晨於家中死亡，死法跟藍田宇如出一轍。

「太可怕了，最近怎麼會發生這種事情？」

「還好這個學生是在家裡出事的，要是又發生在寢室裡，我看我們學校就只有關門了。」

「聽說這次這個學生也是在睡夢中被嚇死的，而且死亡時間差不多！這到底是怎麼回事啊？我背皮都發麻了。」

「是啊，我也覺得挺嚇人的……」

辦公室的老師們七嘴八舌地議論著，我的腦子一片空白，不能確定自己聽進去了多少。我甚至不能確定我是怎樣上完課，又是怎樣離開學校，回到公寓的。整個一天，都處於恍惚呆滯的狀態。

這一次，我不願再去打聽吳浩軒死亡的具體情況，因爲我幾乎能百分之百地肯定，他的死亡時間就是連續三天被嚇醒的那個時刻——四點十七分。至於箇中緣由，我也不願再去追究探索了，腦中只剩下一個想法：遠離並忘掉這件可怕的事，不要再跟它扯上任何關聯。

晚上，我邀了一群朋友吃飯，之後又去唱KTV、按摩。對於這幾天遇到的詭異事件，我隻字未提，眼下需要的只有放鬆和快樂。事實證明，這樣做是對的，經過這一晚的娛樂，身心都輕鬆了不少，好像卸下了一身的包袱，忘掉了一切的不愉快，又變得精神煥發了。

我們一群人玩到接近十二點才各自回家。回到公寓，我疲倦得連洗漱的力氣都沒有，脫掉鞋襪，倒在床上，胡亂裹上被子，不一會兒就進入了夢鄉。

接下來發生的事，很難敘述清楚，原因是我真的什麼都記不起來了，但那種感覺又真實得可怕，讓人記憶猶新。打個比方，就像你坐在自家陽台上悠閒地喝著紅茶，什麼都沒想，忽然低頭，看見杯裡有一隻死壁虎。

是的，任何人遇到這種狀況都會條件反射地彈跳起來，失聲尖叫，驚恐萬分。但我得告訴你，我所做的這個比喻，比起實際受到的驚駭，輕了數十倍。

「啊——」一聲大叫，我從夢中驚醒，大汗淋漓、心臟狂跳，全身的毛孔一陣一陣地收縮，四肢發冷。

我瞪大了雙眼，在黑暗中喘著粗氣，頓了大概十幾秒鐘，一個可怕的念頭像閃電般擊中頭腦。我像發了瘋似的從包裡摸出手機，看了一眼上面顯示的時間。

老天啊！

看清時間的刹那，呼吸幾乎停止。

四點十八分！

我感覺整個世界旋轉起來，天翻地覆，一片漆黑。最擔心最懼怕的事情，終於還是發生了。

其實，我先前就隱隱有種預感，知道牽涉進這件事裡來，有可能像病毒感染一樣被傳染。如今，不詳的猜測已得到應驗，吳浩軒之後，我就是下一個受害者！

我心慌意亂地在床上坐了好幾分鐘，強迫情緒鎮定下來，打開燈，去廁所用冷水洗了把臉，看著鏡中的自己，反覆對自己說：冷靜下來，于陽。還沒到絕望的時候。現在能救你的，也就只有你自己了。

我重新回到臥室，坐在書桌前，點了支煙，努力思索著有沒有解救的方法。

很快，我想到了幾點重要的線索，在桌子上隨便抓了張紙和一枝筆，把那幾點寫了下來：

第一，這是一件超越科學範疇的離奇事件，不是人爲控制的，這一點毋庸置疑。

第二，事件的關鍵在於一個「惡夢」，這個惡夢會連續三天將人在同一個時間嚇醒，在第四天要了那個人的命。

第三，藍田宇是第一個受害者，他在做惡夢後，把這件事講給了吳浩軒聽。講給我聽，是在他第三次做惡夢之後。所以吳浩軒成爲藍田宇死後的第二個受害者，而我因爲較晚知道這件事，成爲第三個受害者。由此判斷，知道了這件事的人，都會出現同樣的狀況。

寫到這裡，我大概理清了思緒，放下筆，思忖著：任何事情都應該是有緣由的，這件事也不會例外。這個「惡夢」以一種極富規律的方式將人殺死在夢中，肯定有某種原因。只要找到了事情的根源，說不定就能發現破解的方法，避免在「第四天」死亡。

對了，如果惡夢的目的僅僅是要將人嚇死，爲什麼要連續做三天之後，才在第四天晚上「下手」？爲什麼不直接選擇第一天晚上？另外，爲什麼前三天要在同一個時間把人嚇醒？這樣有什麼意義嗎？是不是在暗示著什麼？

思來想去，一個突如其來的念頭從腦海中閃現——這種狀況，會不會就是傳說中的「託夢」？也許是某種靈異的力量，想通過「託夢」這種方式，達到某種目的。

而它給了三天的期限，如果三天之內，對方沒能辦到所託之事，它就將其殺死，並將目標轉移到下一個人身上。

產生這種想法，我自己都嚇了一跳，並覺得荒謬絕倫，但此時此刻，無法想出更合理的解釋了。目前只有一條路可走，就是找到這件事情的根源，解開惡夢所隱藏的秘密。

可是，該死的！我醒過來的時候，完全不記得夢境的內容了，就跟之前藍田宇和吳浩軒說的一樣，只記得有種異常恐怖的感覺襲來，將我驚醒，其他什麼都想不起來。

連惡夢的內容都無法探知，其他的不就更加無從說起？

焦躁地思索了一陣子，我緊皺的眉頭漸漸舒展開——對了，我怎麼忘記了自己的職業？我是心理學老師啊，普通人的確無法回憶起夢境的內容，我卻可以運用心理暗示法幫助自己。

7 初入夢境

我沒心思再去上班，打電話跟學校請了三天的病假，然後一整天待住家裡做些無聊的事情。

這真是種充滿矛盾的折磨，既害怕夜晚的來臨，又期盼著白天早點結束。就像病人懼怕接受手術，又期望著透過手術把病治好。

好不容易，終於熬到了晚上。九點鐘，我開始進行睡前的「特殊準備」。

我站在廁所的鏡子前，盯著鏡中自己的眼睛，在絕對安靜的環境下，全神貫注地輕聲對自己說：「今天晚上，你也許會做一個惡夢。記住，從進入夢境的那一刻起，你必須記住夢中的所有內容，即使醒來也要記得。這對你來說非常容易，從在夢中看到第一個場景起，暗示便開始生效。」

我將這段話反覆默念了二十遍，直到感覺昏昏欲睡，這意味著自我催眠起作用了。我保持著這種狀態，慢慢走到床邊，幾乎在躺下去那一瞬間就睡著了。

朦朧中，我置身於一棟建築物內。

這地方昏暗、破舊，空無一人，我在走廊上緩慢地行走，然後不由自主地進了一扇門。門內有低矮的講台、斑駁的黑板，以及幾十張樣式陳舊的課桌、木椅，分明就是一所學校的某間教室。

是我現在所在的學校嗎？不對，我所在的高中要新多了。

奇怪，爲什麼會有熟悉的感覺？

我走到教室右側的窗前，低頭往下看，下面的操場看起來更加眼熟，無疑就是我們學校的操場，只是沒有嶄新的跑道，也沒有新建的室內籃球場，只有一片泥地。偌大的操場空空蕩蕩，一個人都沒有。

不對，不是一個人都沒有，操場右側有一個沙坑，就是體育課用於跳高跳遠的那種沙坑。坑旁蹲著一個七、八歲左右的小男孩，背對著我，在那裡玩沙。

想來是睡覺之前的自我催眠起了作用，我居然意識到自己正在做夢，潛意識還告訴我，沙坑旁的小男孩正是關鍵所在。

意識到這一點，我隨即取得了對身體的控制權，迅速地走出那間教室，奔下樓梯，來到操場上。小男孩就蹲在大概幾十米遠的地方，仍然背對著我。

我大步向他跑去，但還沒跑到地方，忽然覺得有點不對。低頭看了一眼腳下，泥地竟然沁出了鮮紅的液體，是血！

正感到驚愕，耳邊傳來一個陰冷的聲音……

「你要來陪我嗎？」

「啊！」

我大叫一聲，醒了過來，驚恐萬狀，汗水將背心完全沁濕。大喘了幾口粗氣，條件反射地拿起枕邊的手機看了一眼：四點十八分。

這是意料之中的事，不能再讓我感到驚愕。現在有更重要的事得做——這一次，我記得夢境的內容！

爲了不至於隨後就忘掉，我立即打開燈，翻身下床，坐到書桌前，在早就準備好的本子上，寫下方才夢到的一切。

寫完之後，我鬆了口氣，認爲自己起碼取得了一些線索，接著思索起來。

老校舍、舊操場、沙坑和那個只看到背影的小男孩，這就是夢境的全部內容，到底說明了什麼呢？

琢磨了幾分鐘，我深吸一口氣，幾乎大喊出聲——我想起來了！幾天前，康瑋說過的那番話！

「你忘了嗎？以前那個地方還不是現在這所高中，是一所破舊的小學。因為實在太舊了，校方就針對幾棟校舍進行了整建。學校當時既在上課，又在施工，有些混亂，結果管理出了疏漏，一個一年級的小男生上完了體育課，居然就像人間蒸發一樣消失了。學校裡的人把校園搜了個底朝天，愣是找不著，警衛又堅持說絕對沒看到學生偷跑出去——你說，這不是怪事嗎？」

天哪，我有些明白了，為什麼在夢中，置身於那所學校，會有種熟悉的感覺。夢中出現的小男孩，如果我沒猜錯，一定就是十一年前失蹤的小學生！

現在的學校是沒有沙坑的，學生們練習跳高或者跳遠的時候，體育老師都是拿一張軟墊子鋪在地上。

如此看來，沙坑、小男孩，就是揭開謎底的關鍵！

可是，我醒得太快了，甚至還沒走到那個小男孩身邊去，就驚醒了過來。這樣怎麼行呢？僅僅是觸碰到了這件事的邊緣罷了，完全不曉得夢境的意欲何在。光憑這一丁點線索，又能採取什麼樣的自救行動？

我撐著額頭長歎一口氣，看來，只有等第三天晚上了，那是最後的機會。

8

惡夢中的隱密

白天的時候，我試圖透過網路來了解十一年前發生的那起失蹤案，但一無所獲。一是實在太久遠了，二是那年頭的網路不像今日這樣發達，根本找不到任何相關記載。我估計最多就是當時的報紙報導了一下這件事。總之，花了整整一個白天，連那個失蹤的小男孩的名字都沒查到，更別說其他有用的訊息了。似乎隨著時間的推移，所以人都已經忘了這件事，忘了世界上曾經有這樣的一個小男孩存在。

到了晚上，昨天那種矛盾的狀況又出現了，但今天更多了一份緊張感和恐懼。這是第三個晚上了，也是解開謎夢的最後機會。如果今晚在夢中仍然沒有任何突破，明天等待我的，就是跟藍田宇、吳浩軒相同的命運。

但是說實話，到了要睡的時候，反而不是那麼害怕了。該面對的就得鼓起勇氣去面對，害怕也沒有用。如果這就是命，那我無話可說。

跟昨天晚上一樣，我依舊在大鏡子前做了二十分鐘的自我催眠，然後倒頭就睡。

惡夢開始了。

相同的場景浮現，我進入了跟昨天一模一樣的夢境之中，還是那棟昏暗的舊校舍、狹窄的走廊。但這次我有明確的目標，自知在夢中不能待太久，於是一秒鐘都沒有浪費，發瘋般狂奔下樓。

沒有錯，又是那個沙坑，那個背對著我的小男孩。答案就在前方等待，我快步向他跑去。

不行，不知道爲什麼，我控制不住自己的腳步。越是想快點走過去，雙腳就越是沉重，幾乎有些拖不動。感覺起來，潛意識在懼怕著前面的什麼東西，命令我不准靠近。

四周一片漆黑，陰風陣陣，空氣中似乎夾雜著一些鬼哭狼嚎般的聲音，令人心膽俱裂、毛骨悚然。每朝那個小男孩靠近一步，心中的恐懼感就增加一分。更讓人恐懼的是，時間不多了，我很快就又會驚醒，不能在這裡耽擱太久！

終於，我來到了沙坑前。小男孩依然蹲在地上，堆著沙坑裡的沙。他一直背對我，看不到他的臉。

我問：「小朋友，你是誰啊？把臉轉過來好嗎？」

他沒有理會。我又問：「你一個人在這裡幹什麼？」

這次他回答了，「我在玩沙。」

我問：「你怎麼不回家呢？」

他說：「我回不了家了，只能在這裡玩沙。」

我問：「爲什麼回不了家？」

他說：「爸爸媽媽想不起我了，他們不要我了，大家也都想不起我了。」

他的聲音充滿憂傷，有種深深的淒涼感，幾乎令我落下淚來。我強忍著悲傷繼續問：「你在這裡有多久了？」

他說：「很久很久了，我一直在這裡，哪兒都去不了。叔叔，你要陪我玩嗎？」

我問：「我怎麼陪你玩？」

突然，他的聲音變得尖厲刺耳，正是昨晚聽到的那道陰冷的聲音，「你死了，就能來陪我了，我要好多好多的人一起來陪我！」

突如其來的變化令我大驚失色。緊接著，更恐怖的事發生了，他的臉慢慢地轉過來，「你不是要看我的臉嗎？好啊，給你看……」

「不要！」彷彿有一種致命的恐怖即將襲來，我毛骨悚然，失聲狂喊，在同一瞬間醒了過來。

這一次的恐懼感是昨天的數倍，我全身抽搐，篩糠似的猛抖著，後背不斷冒起涼意。過了好一陣子，才慢慢地從床上坐起來，打開燈，可心緒還是久久難以平靜。

儘管如此，我沒忘記自己該做什麼——必須將今天夢到的內容也詳詳細細地記載下來。

好了，我放下筆，闔上本子，離開書桌，從飲水機裡倒了一杯溫開水來喝，這才感覺好了些。

到了這個時候，我想，正看著這個故事的你，一定跟當時的我一樣，已經徹底弄明白這是怎麼一回事了。你得出的結論，必定跟我完全相同。

毫無疑問，我夢到的小男孩，就是十一年前失蹤的那個一年級學生。而所謂的「失蹤」，代表著一個無比殘酷的事實——那所該死的小學竟然在學生上課的時候施工，我光是想到那些捲揚機、攪拌機，就已經不寒而慄，壓根不敢細想那可憐的男孩究竟遭遇了怎樣的事故。唯一敢肯定的是，十一年前他在那裡，而現在，他仍然在那裡。出事的地點十有八九就是如今我們學校的室內籃球場，我在夢中看到的那塊沙坑的位置。

另外還有一點讓我心寒徹骨——我不相信一個學生在學校裡出了這種事，真的沒有一個人知情。天曉得當初那些人是怎樣地掩蓋事實，把他的身亡偽裝成了「失蹤」。我甚至懷疑現在的室內籃球場建在那裡也不是巧合，誰知道會不會也是某些人爲了隱瞞眞相，刻意爲之？這判斷絕非無端猜測，若非如此，那個小男孩怎麼會有這麼大的怨氣？若干年之後，還要拉著這個地方的人到地下去陪他。

分析了這麼多，最重要的問題卻沒有得到解決。擺在面前的難題是——我接下來該怎麼辦？就算知道了眞相，就算推測全都是對的，也不代表已經成爲怨靈的小男孩會放過我。他在夢中說了，他要我死，去陪他玩，這表示他會在明天凌晨四點十八分準時要了我的命。而我，有辦法在短短一天裡找到解救的方法嗎？比如說，找到他的屍骸，讓他得到超度，解脫升天？

我可以去向校長說明這一切，要求他請人打掉室內籃球場，徹底地挖掘一遍。他一定會邊聽邊微笑地點頭，隨後致電精神病院，找人來把我帶走。那麼，我自己帶著一把鋤頭去挖？別傻了，挖得出來才怪。

莫非我已經完全無計可施，只有等死一條路了？

9

保命的方法

次日上午（對於我來說，就是最後的「第四天」），我終於想出了一個暫且保命的方法，就是今天晚上不睡覺，跳過「死亡時刻」。這絕非長久之計，但多活一天算一天吧！除了消極對抗，又能怎麼辦呢？

晚上，我上高級的餐廳吃了一頓大餐，心中卻無比淒涼，美食嚼到嘴裡，都變得索然無味，形同嚼蠟。

之後，我去超市買了咖啡，做好熬夜的準備。

熬夜這種事情，如果你是在做著愉快輕鬆的事，比如吃宵夜、打牌或者玩遊戲什麼的，就不會感到多痛苦，甚至還會覺得時間過得很快，一轉眼天便亮了。可對於這時的我，想想看吧，處於生死關頭，對於玩遊戲、上網、看電影這一類的事，怎麼還可能提得起興趣？純粹爲了熬夜而熬夜，這絕對是一種對身體和精神的雙重折磨。

咖啡已經喝了三杯，一開始還有點作用，但到了凌晨兩點左右，我覺得任何東西都阻擋不了睡意了。坐在電腦桌前，頭像雞啄米似的不斷朝前點，又立刻收回來。頭腦裡最後一絲負隅頑抗的意識還在提醒著自己：別睡，不能睡，一旦睡著就沒命了。但模糊的意識中，又有一個微小的聲音對我說：就閉上眼五秒鐘吧，只是讓抬不動的眼皮休息一下，應該沒問題的……

不知道過了多久，我突然抽搐了一下，猛地醒了過來——老天啊，我居然在不知不覺中睡著了！

驚惶地摸出手機，看了一眼上面顯示的時間，我呆住了。

凌晨五點十分。

怎麼回事？我竟然在睡夢中安然無恙地度過了「四點十八分」這個死亡時刻？頭腦一時反應不過來，這是怎麼回事？我並沒有做什麼特殊的事啊。按理說，不是應該跟藍田宇和吳浩軒一樣，在睡夢中被嚇死嗎？

仔細回想了一下，根本就沒有做夢的感覺。

爲什麼？那個小男孩爲什麼單單對我網開一面？

我的腦子急速轉動著，回憶並思索著一個問題：難道是我在無意間做了什麼事，破解了惡咒？

百思不得其解之際，目光瞥到電腦桌上的一樣東西，體內的血液在一瞬間凝固了，全身寒毛直立。

我清楚地記得，自己睡著之前，正坐在電腦桌前瀏覽網頁，當時面前除了螢幕和咖啡，其他什麼都沒有。但現在，電腦桌上多出了一樣東西——被我放在書桌上的本子。

這兩天拿來記錄夢境的本子！

就在這一剎那，我什麼都明白了。原來如此，「它」放過我，的確是因爲我做了一件之前那兩個學生沒有做的事——我把夢境的內容記錄了下來！而那個怨靈的要求和目的，如今也再清楚不過了。「它」在夢中說過的一句話，此刻清晰地浮現於耳際。

「我要好多好多的人一起來陪我。」

上帝啊，這就是它要的！知道這件事的人都會染上「死亡病毒」，而它要我做的，就是把自己記錄下來的內容，拿給盡可能多的人看，讓更多的人成爲受害者，這樣，那些人就能去陪它了。

這就是我一直在苦苦思索的，唯一的活命方法。

但，這種保命手段，會不會太殘忍、太自私了？

尾聲

經過內心多番的掙扎，我最終做出了決定——人始終是自私的，我不能眼睜睜地看著自己悲慘、恐怖地死去。但，就像一開始我說的，這樣做，眞的是迫不得已。

我把我記錄下來的惡夢內容和這件事的整個過程寫成一篇小說，寄到雜誌社去。因爲不放心，擔心大多數人沒有耐心看完這篇小說，或者是根本沒有看它，又利用自己的心理學專長玩了一個小計謀，刻意在小說的開頭提示大家，不要看這個故事。

世上絕大多數人都是有逆反心理的，越是叫他不要做的事，他就偏偏要去做。就像現在，你已經完整地看完了這個故事，不是嗎？

啊，請不要急著怪我，起碼，我在小說中寫出了解救的方法。而且我可以負責任地告訴你，這個保命法絕對管用。自從把小說寄出去，我再也沒有做過什麼惡夢，並且好好地活到了現在。

我唯一不敢肯定的是……會有多少人在凌晨四點十九分醒來？

第三個故事之後

夏侯申的故事講完了，圍繞在他身邊的十一個人都用怪異的眼神注視著他。

「你說，這故事是根據眞實事件改編的？」歌特歪著頭問：「這怎麼可能？」

夏侯申十指交叉，頂住下顎，用神秘莫測的口吻說：「你覺得不可思議？老實說，我當初也這麼認爲。但後來經過證實，它的確是發生在我身邊的一件怪事。當然，作爲故事講出來，我做了一些藝術加工和改編，不過大致經過就是這樣。」

「你憑什麼讓我們相信這是一起眞實事件？」荒木舟質疑道。

夏侯申注視他，「記不記得前不久的報紙和電視台，報導過一則新聞：M市一所高中在短短幾天內連續有兩名學生死亡，而且死因不明？」

北斗啊地叫了一聲，嚷道：「我知道！我看過相關的報導！」

「我也知道。」荒木舟說：「但是，我們怎麼能相信，這件事和你講的那個故事有關？」

「我在講之前就說了，故事是根據我一個朋友的親身經歷改編的，而那個朋友，就是故事中的心理學老師。當然，我用的是化名。」

夏侯申略微停頓，接著說：「你們肯定還會提出質疑，我那個朋友會不會是在騙我呢？也許這一切都是他編造的。對於這一點，我不是很想解釋，總之，我相信自己的判斷力。另外，這個故事的眞實性，沒有那麼重要吧？如果你們不相信，就當成虛構的故事評分好了。」

荒木舟搖著頭說：「不重要嗎？在我看來，『眞實性』這個問題，對於你的故事來說，非常重要。這樣說吧，如果故事是虛構的，我只會打七分，可若是眞實事件改編，我的分數會超過九分！」

夏侯申詫異地望著他，做出難以理解的表情，「爲什麼你這麼在意故事的眞實性？這樣也太鑽牛角尖了。」

「是你自己告訴我們，這個故事是眞實的，又不是我們提出的要求。我的意思說穿了就是，如果你能拿出有力的證據，證明故事確實是以眞實事件爲依據，我想，大家都願意給你打一個目前最高的分數。」

說完這番話，荒木舟環顧著周圍的十個作家，其中有幾個附和著他的意思，連連點頭。

夏侯申望著他們，雙手抱在胸前，歎息道：「眞沒想到你們會這麼認眞。要說證據，我當然是有的，因爲這件事情，我除了聽那個朋友講述，另外也做了一些調查，比如到兩個死去的學生家裡，找他們的父母談話。他們說的情況互相吻合，所以我相信這件事。」

他將身子向前探一些，眼光遊走於在場人之間，「難道你們以為，我是那麼輕信的人？我又不是個小孩！但現在要我拿出具體證據，這分明就是為難人。」他指向那扇緊閉的鐵門，「能證明這件事真實性的人全在外面，我怎麼把他們帶進來？」

幾個附和荒木舟點頭的人對視了一眼，似乎都無話可說了。

夏侯申又道：「而且，我真的不懂，為什麼你們會認為一個故事的『真實性』，有這麼重要？」

這時，克里斯開口道：「夏侯先生，其實我也認為荒木舟老師說得有道理。我們對這個故事的評分，確實在很大程度上要取決於故事本身的真實性。」

夏侯申凝視著他，「說說理由。」

克里斯不緊不慢地說：「我們是同行，都該明白這個道理。舉個例子吧，倘若一部電影在片頭註明『本故事根據真實事件改編』，它引起的關注和對觀眾的震撼，顯然就要比虛構的故事強得多。就像你看《火山爆發》（一部以洛杉磯為背景的虛構災難片），只會把它當做一部娛樂片，但看《洛杉磯大地震》，心靈的震撼會多出很多很多倍。」

「嗯，我贊成這一點。」南天點頭，「據我所知，俘獲奧斯卡評審委員的心，奪得最佳影片的很多電影，都是以眞實事件爲素材改編的。」

「我們別把話題扯遠了。」荒木舟說：「不妨直說吧，這個叫『謎夢』的故事如果眞有其事，將令我感受到深入骨髓的恐怖。但如果是虛構，就相當一般了。」

夏侯申聽了他們的話，聳了下肩膀，倚向椅子靠背，「對，你們說得很有道理，但我的確無法證明什麼，怎麼評分，各位看著辦吧。」

克里斯的眼珠轉動了幾下，「其實，不用去找什麼證人，有一個最簡單的方法，能驗證故事的眞實性。」

衆人都望向他。

「根據『謎夢』的情節，只要是知道了『這件事』的人，都會被那小男孩的惡靈纏身。在場的十一個人都聽了故事，若是眞的，我們也會遇到故事中的主角那樣的情況。」

此話一出，聽者無不大吃一驚，同時感到一陣寒意從腳底升起。連夏侯申都驚呆了，顯然這是他沒有想到的事。

沉寂了片刻，白鯨突然想起什麼，問道：「對了，夏侯先生，假設這故事是眞的，當初你聽朋友講了這件事，沒遇到和他一樣的情況？」

夏侯申望著他，過了半晌才答道：「說實話，我當時聽了也是半信半疑，不過，爲了保險起見，把這件事的大概過程記錄了下來，準備寫成一篇小說發表。」

「我明白了，故事中那個心理學老師最後做的事（把整件事寫成小說發表），其實就是你的想法。」荒木舟犀利地道。

夏侯申不得不承認，「是的……不過，我只是把這件事簡單地記錄了一下，還沒來得及寫成小說，就被『請』到了這個地方來。但目前爲止，我沒有遇到我朋友遭遇的那種詭異情況。」

南天若有所思，「這麼說，只要將惡夢的內容記錄下來，不管是否傳播，都能夠避免惡靈纏身。這就是保命的方法，對吧？」

夏侯申不置可否地抿了下嘴。

許久沒吭聲的暗火擺了擺手，「你們越說越玄乎了，弄得就跟眞的一樣，未免太入戲了吧？老實說，這故事我覺得還挺不錯的，但要說是眞事，實在讓人難以信服。」

聞言，夏侯申的語氣透出慍怒，「那你的意思是我在撒謊？笑話！我寫了十多年的小說，難道還不明白小說本來就是虛構的道理？這又不是什麼不好的事，我幹嘛非得要說故事是眞的不可？」

「剛才荒木舟老師不也說了嗎？如果故事是眞的，完全有理由得到目前最高分。」暗火不依不饒。

夏侯申不屑地哼了一聲，「你認爲我是故意裝腔作勢，想幫自己的故事加分？那我就明說了吧，我不在乎你們評多少分，認爲故事是假的，就打得低一些無所謂，我懶得再證明什麼！」

說完，他氣呼呼地將頭扭到一邊，氣氛變得尷尬起來。

克里斯笑笑地道：「既然暗火先生不相信夏侯先生的故事，肯定會無視那個『保命的方法』，這不就簡單了？明天早上，我們通過暗火先生有沒有做惡夢，就能驗證故事的眞實性。」

暗火聽完一怔，瞇起眼睛，「聽這意思，好像你們打算按那個所謂『保命方法』去做，讓我一個人當實驗者？」

「我們沒有要求你當實驗者，你不是不信嗎？那不妨親自來驗證。」夏侯申的語氣充滿挑釁意味。

暗火不以爲然地道：「好啊，試就試。明天一早，我就告訴你們結果。」

紗嘉想起一個問題，「這樣的話，今晚就不能替夏侯先生的故事評分了。」

「明天早上，等結果出來之後再說吧！」南天說。

「就這麼說定了。」荒木舟露出一絲捉摸不透的笑容，「我們現在就各自休息吧。眞有意思，這個故事的眞實性，竟然關係到每一個人。」

最後這句話，好像在暗示著什麼。

起碼南天是這麼覺得。回到房間，爲求保險，他拿出紙和筆，寫下了「謎夢」這個故事中的惡夢的內容。

寧可信其有，不可信其無吧。

第四天

01

次日早晨，衆人很早就陸陸續續地集中在了大廳裡，看起來都頗爲關心「試驗」的結果。可是最重要的那個人——暗火，偏偏沒有這麼早下來。

大家從櫃子裡拿出各種適合作爲早餐的食物，吃東西的時候，北斗悄聲問南天，「喂，你昨晚也那樣做了嗎？」

南天咬著麵包，含混不清地問：「做什麼？」

「『保命的方法』呀！」

他唔了一聲，「做了，你呢？」

北斗嘿嘿笑道：「我當然也做了。在這麼詭異的狀況下，什麼怪事都有可能發生，小心一點沒啥不好。」

南天一邊點頭，一邊悄悄觀察其他人，沒人有異常的表現，也沒人提到惡夢的事。看來，大夥都是十分謹慎的。

南天又暗中將注意力集中到夏侯申身上，發現他時不時地就會抬頭瞟一眼暗火的房間。看來，他表面上說對分數無所謂，實際上還是很在乎的。

接近九點半，暗火還沒從房間裡出來。大家有些等不及了，萊克道：「暗火怎麼還不下來？我們要不要去叫他一聲？」

「我記得他前幾天早上沒這麼遲下來。」白鯨蹙眉，「處在現在這種境地，誰都沒法睡得太踏實，偏偏今天……」

紗嘉面露憂色，「該不會……他又出什麼事了吧？」

眾人對視著，南天說：「我上去看看。」

正要朝樓梯走去，龍馬叫住他，「不用了。」

南天抬頭一看，暗火的房門被推開，他從裡面走了出來。

樓下的人都鬆了口氣。

暗火還沒走下樓梯，北斗就趕緊迎上去問道：「怎麼樣？你昨天晚上遇到『那種情況』了嗎？」

暗火望了他一眼，將目光移向前方，發現此時大廳裡的人都注視著自己。很顯然，所有人都在等待他的「答案」。

他面無表情，望了他們許久，吶吶地回道：「沒有。」

這種反應讓人感到迷惑——昨天晚上，他明明擺出一副不屑一顧的樣子，認爲夏侯申的故事絕對不會是眞的。如果今天驗證出確實如此，按理說，應該要十分得意。但看他這副模樣，非但沒有半點得勝的感覺，反而顯得底氣不足，不得不讓人懷疑，他是否心口不一？

北斗替其他人問出心中的疑惑，「你眞的沒做那惡夢？」

暗火不再說話，逕自朝櫃子走去，從裡面拿出東西來吃，不再搭理他，擺明了在逃避問題。

幾人望了他好一會兒，終於，歌特無奈地說：「既然他說沒有，那就是沒有吧。現在可以幫夏侯先生的故事評分了嗎？」

夏侯申說：「恕我直言，暗火目前的狀況，我認爲只能有兩種解釋：第一、他做了那個惡夢，但不願承認。第二、他昨晚回房間後，大概又不願用生命來冒險了，最後還是使用了『保命的方法』。」

荒木舟走到暗火身邊，問道：「眞的是這樣嗎？是這兩種情況之一？」

暗火垂著頭，嚼著一塊午餐肉，不肯做任何解釋，只是重複著方才的話：「我沒做惡夢。」

荒木舟回過頭，「我看不用再問了，情況估計就跟夏侯申的判斷差不多。」

「可這件事情還是不清不楚呀，我們到底該怎麼替夏侯先生的故事評分？」萊克問。

夏侯申說：「就憑你們的判斷和直覺吧，你覺得是眞的，就是眞的；你不相信，就當成虛構的無妨。」

「就這樣吧。」荒木舟說：「現在就來評分。」

南天從櫃子中拿出紙和筆，準備挨著分給每個人。卻在這時，一個人沿著樓梯走了下來。

是徐文。昨天晚上他沒來聽故事，今天又遲遲不出現，以致於大家都忽視了他的存在。這時看到他走下來，才想起還有這個人。

徐文還是那副萎靡不振的模樣，見眾人聚集在大廳中，又見南天手裡拿著紙和筆，不禁覺得奇怪，強打起精神問道：「你們改在白天講故事了？」

「不是，我們還沒幫夏侯先生昨晚講的故事評分。」南天簡單解釋。

「哦！」徐文應了一聲，並不多問，走到櫃子前，拿了一個麵包和一盒牛奶，轉身又要回房裡去。走到樓梯口，像是想起了什麼事，回過頭問了一句：「你們……晚上有沒有遇到什麼怪事？」

幾人都愣了一下，南天問道：「什麼樣的怪事？」

他張了張嘴，低聲道：「唔……算了，沒什麼，大概只是巧合……」

荒木舟很不滿，「什麼巧合？你把話說明白些，別這麼藏著掖著的好不好？」

徐文遲疑了片刻，說道：「不知道怎麼回事，這兩天晚上，我老是做同樣的一個惡夢，然後被嚇醒。」

02

夏侯申猛地抬起頭，目瞪口呆地盯著徐文，表情和動作都凝固了。

其他人吃驚的程度也不亞於他，龍馬張口結舌地問道：「你說清楚些，是怎麼回事？」

徐文顯然也很詫異，不知道大家爲什麼聽到他這句話後，都變得緊張起來，不安地解釋道：「前天晚上，我做了一個惡夢，被嚇醒了。本來沒怎麼在意，但沒想到，昨天晚上，又做了同樣的一個惡夢。而且奇怪的是，這兩次被嚇醒，我都看了手錶，時間居然是一樣的。」

我的天哪！南天感覺一陣寒意迅速遍佈全身，令他汗毛直立，震驚得連呼吸都暫停了。

夏侯申的驚駭程度是南天的數十倍，眼睛幾乎要瞪裂，臉上的血色瞬間褪了個一乾二淨，身子開始微微發抖。

北斗用焦急的口吻問道：「徐文先生，你做的那個惡夢是什麼內容？你還記得嗎？」

徐文搖著頭說：「記不起來了，每次一醒來，我就會忘了那個夢境，只能通過心中的驚駭感覺到，那是一個非常可怕的惡夢。」

「您醒來的時間是幾點？」

徐文嚥了口唾沫，「兩次都是凌晨四點十八分。」

「這不可能！」平日裡穩重老成的夏侯申此刻像瘋了一樣，「我昨天晚上才講了這個故事，你說你前天就遇到這種事了？」

徐文大驚，「什麼故事？我做的惡夢……和你講的故事有什麼關係？」

夏侯申瞪著那雙銅鈴般的眼睛，神情突然變得猙獰，怒吼道：「我明白了！你是故意陷害我的，對吧？你故意用這種方式，使我講的故事和我們現在經歷的事『雷同』！」

徐文嚇得臉都白了，一步步向後退，「我不知道你在說什麼……我根本就沒聽你的故事……還有，我爲什麼要陷害你？」

「因爲你就是那個該死的『主辦者』！」夏侯申咆哮道：「你昨晚假裝不參加講故事，卻躲在房間裡悄悄地聽了我的故事，然後對我們說出剛才那番謊言，好讓我的故事出現『雷同』！」

「你瘋了！」徐文劇烈地搖晃腦袋，「我自己都是受害者啊！如果我是主辦者，爲什麼要策劃一件使我自己陷入不利的事情出來（尉遲成死亡事件）？」

「那是你有意迷惑我們，好讓我們放鬆警惕！最好的證據就是——你違反了規則，爲什麼沒像尉遲成一樣被殺死？爲什麼還好好地活著？」

徐文尖厲地吼道：「你希望我被殺死，對不對？我沒死，讓你很失望？」

「別再演戲了！你露出破綻了！」夏侯申猛撲過去，一把掐住徐文細長的脖子，「老實把鑰匙交出來，放我們出去！」

瘦弱的徐文根本不是身材強壯的夏侯申的對手，脖子被死死卡住，血液的流通被那雙肥碩的大手阻止。

他的眼珠幾乎迸裂，舌頭很快吐了出來，雙手硬直地向前伸，喉嚨裡發出乾澀的聲音，「啊……啊……」

這一切發生得太快了，等衆人從驚愕中回過神，才驚覺徐文快要沒命了！幾個人一擁上前，使盡全力把夏侯申往回拉，南天大聲道：「夏侯先生，你冷靜些！不管他是不是主辦者，你都不能殺他，要不我們就出不去了！」

這句話提醒了夏侯申，那雙鐵鉗一樣的手慢慢鬆開。徐文在幾乎窒息的當口逃過一劫，搖晃著又後退幾步，一下撞到牆上，癱倒在地，大口喘息。

南天對仍然惡狠狠地瞪視徐文的夏侯申說：「你冷靜下來，別這麼武斷地下結論，甚至動手。你說徐文昨晚在房間裡偷偷地聽了你的故事，但實際上，我們在這裡待了這麼幾天，早就該清楚，這地方的隔音效果算是不錯，只要關上房門，就聽不到樓下的說話聲。」

「如果他使用類似竊聽器之類的道具，不就能辦到了？」夏侯申喘著粗氣說。

「那也不可能。」一個聲音從後面傳來。

夏侯申回頭望著說話的克里斯，「你說不可能是什麼意思？」

「徐文不可能事先計劃好用這種方式來陷害你。」克里斯說：「你眞的失去理智了，忽略了簡單的邏輯。」

夏侯申怔怔地望著克里斯，一時反應不過來。

「啊，我明白了！」南天一拍掌，若有所悟。

克里斯點了下頭，對夏侯申解釋道：「正如你所說，徐文不可能在你講故事之前預先知道故事的內容。那麼，他昨晚提出不參加講故事之前，怎麼曉得能夠陷害到你？」

夏侯申呆住了，過了半晌，他喃喃道：「那麼，這究竟是怎麼回事？爲什麼會有這麼巧的事？他所經歷的事，恰好就是我要講的故事。」

「這不會是巧合。我早就說過了，這件事情不是我們想像得這麼簡單。」克里斯說。

「難道所有的一切，都在那個『主辦者』的計算之中？他究竟是神靈還是魔鬼？能操縱這麼多細節！」夏侯申怒吼一句，聲音隨即沉下去，「如果眞是這樣，不管我們怎麼掙扎，也逃不過死亡的命運……」

南天的心重重地往下沉。

是啊，目前發生的事，簡直可以用匪夷所思來形容。那個人到底是怎麼做到這一切的？難道混跡在我們之中的，眞是一個來自地獄的魔鬼？

目光掃過身邊的每一個人。該死，「主辦者」明明就在眼前，卻沒有辦法分辨出來。

第一個講故事的尉遲成已經死了，排第二的徐文、第三的夏侯申，現在看來都是凶多吉少，如此下去……

十四天之後，我眞的能活著離開這裡嗎？

•更多精采內容在《十四分之一卷貳》，請繼續閱讀

鬼話連篇
青丘
BT公寓·夜鬼
壹 雙喜鬼

犯罪推理系列

013

十四分之一
卷壹：必須犯規的遊戲

作　　者　寧航一
社　　長　陳維都
美術總監　黃聖文
編輯總監　王　凌
出 版 者　普天出版社
新北市汐止區康寧街 169 巷 25 號 6 樓
TEL / (02) 26921935 (代表號)
FAX / (02) 26959332
E-mail：popular.press@msa.hinet.net
http://www.popu.com.tw/
郵政劃撥 19091443 陳維都帳戶
總 經 銷　旭昇圖書有限公司
新北市中和區中山路二段 352 號 2F
TEL / (02) 22451480 (代表號)
FAX / (02) 22451479
E-mail：s1686688@ms31.hinet.net
法律顧問　西華律師事務所・黃憲男律師
電腦排版　巨新電腦排版有限公司
印製裝訂　久裕印刷事業有限公司
出 版 日　2019 (民 108) 年 4 月 第 1 版
ISBN◉978-986-389-600-5　條碼 9789863896005

國家圖書館出版品預行編目資料

十四分之一 卷壹：必須犯規的遊戲
寧航一著. —第 1 版. —：新北市, 普天
108.04 面；公分. - (犯罪推理；013)
ISBN◉978-986-389-600-5 (平裝)

普天之下・盡是好書

普天出版家族
Popular Press Family

凌雲 A-Plus Creative Company 文創